新古文觀止的故事

（古今對照版）

高詩佳——著

作者序

乘著經典的羽翼，解開古文觀止之謎

相信很多朋友不會忘記，過去在學習文言文的篇章時，總會遇到語言晦澀、難以理解的問題。這時，如果有人能幫我們把這些難懂的部分，通通轉化成現代易懂的文字語言，再搭配精彩有趣的詮釋，那麼這些古老篇章的學習，想必就不會這麼的困難。

確實，古典文學的學習首先必須克服的就是語言的障礙。如果這一關無法通過，就算文字的描述再怎樣美妙，傳達的微言大義多麼深刻有用，我們就是無法從中找到可以穿越的入口。例如《古文觀止》的文章，主要出自《左傳》、《國語》、《戰國策》、《史記》等史書，也有許多文學家所寫的史論。史官記敘史實的筆法，著重於呈現歷史事實的發展而非結論，因此留下了許多空間讓讀者思索。至於文學家們，往往身兼政治人物，寫作有時必須有所保留，自然也留下不少值得我們玩味之處。

本書在寫作時，除了顧及史實與原作的考量外，更希望能跳脫框架，讓閱讀成為培養獨立思考能力的利器。比方說，在陶淵明的〈桃花源記〉裡，一般人僅讀到他所勾勒的美好世界，卻沒注意到文中的名士「劉子驥」，其實反映了陶淵明心中的失落與美好世界之不可得。同樣的，歐陽修在修《新五代史》時寫下〈新五代史伶官傳序〉，談到後唐莊宗李存勖的崛起與失敗，一般理解的是國君耽溺於聲律、信任伶人導致亡國。本書則指出李存勖甘受伶人的巴掌，不只是盲目寵信，更由於他自小所受的藝術薰陶，使其將在台上受巴掌當成是戲的一部分，而非昏庸的鐵證。如此，人性的多面與完整性，在這樣的理解中就可以獲得保全。

諸如此等，筆者在細心閱讀原文尋找問題的過程中，試圖解開這些經典名篇裡的重重謎題。過程遭受不少障礙，卻也發掘出不少有趣的想法。為了能夠跟大家分享這些想法，於是

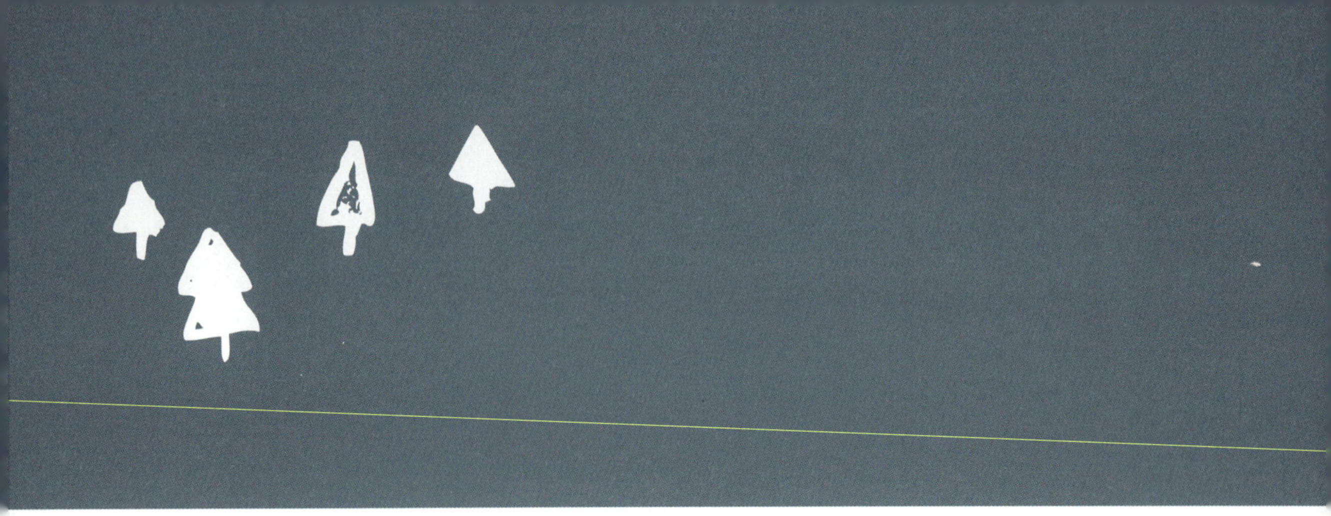

決定在各篇文章之後，將自己對古文原作的理解、考察、思索與史觀，透過獨特的想像力，將古文轉化成好看的短篇故事，用現代小說的筆法取代直白的翻譯，將生硬的古文「再創作」，讓埋藏其中的人生哲理和謀略一一解密。

本書從《古文觀止》與歷代經典名篇中，選出最精彩好看的古文共五十篇，各單元如下：

【經典原文】從《古文觀止》與歷代的筆記小說、傳奇、古典小說中，精選出最經典的古文，配合作者介紹、題解與詳細的注釋。選文時兼顧故事性與趣味性，有助於提昇文言文閱讀能力。

【評析】詳細解讀原文故事的歷史背景與意義，深入評析原文的寫作技巧，可從閱讀經典學習寫作，加強思考力。

【經典故事】以小說筆法將古文改寫成故事，力求貼近現代人的閱讀需求，將深奧的文章內涵和寓意，深入淺出地融入故事，有助於對內容的理解與記憶。

【《新古文觀止文選》閱讀素養 100 題】本書五十篇經典文章搭配一百題閱讀測驗，以期透徹理解文章內容與題旨，有效地增強理解力。

筆者期待這樣的引導安排，使整個閱讀的過程充滿趣味，也期望讀者與我一同乘著經典的羽翼，在迷人的故事與文字中，開啓生命的格局與智慧。

目錄

魏晉南北朝

唐

宋

明

清

附錄

春秋

第一課

燭之武退秦師

《左傳》

經典原文

九月甲午，晉侯、秦伯①圍鄭，以其無禮於晉②，且貳於楚③也。晉軍函陵④，秦軍氾南⑤。佚之狐⑥言於鄭伯曰：「國危矣，若使⑦燭之武見秦君，師必退。」公從之。辭⑧曰：「臣之壯也⑨，猶⑩不如人；今老矣，無能爲也已⑪。」公曰：「吾不能早用⑫子，今急而求子，是寡人之過也⑬。然⑭鄭亡，子亦有不利焉！」許之⑮。

夜，縋⑯而出。見秦伯曰：「秦、晉圍鄭，鄭既⑰知亡矣。若亡鄭而有益於君，敢以煩執事⑱。越國以鄙遠⑲，君知其難也，焉用亡鄭以陪鄰⑳？鄰之厚，君之薄也。若舍鄭以爲東道主，行李㉑之往來，共㉒其乏困，君亦無所害。且君嘗爲晉君賜矣㉓，許君焦、瑕，朝濟而夕設版焉㉔，君之所知也。夫晉，何厭㉕之有？既東封鄭㉖，又欲肆其西封㉗。不闕㉘秦，將焉取之？闕秦以利晉，惟君圖之。」

秦伯說，與鄭人盟，使杞子、逢孫、楊孫戍之，乃還。

子犯請擊之。公曰：「不可。微夫人之力不及此。因人之力而敝之，不

仁㉙；失其所與，不知㉚；以亂易整，不武㉛。吾其還也㉜。」亦去之㉝。

作者

《左傳》舊傳是春秋末年左丘明所撰，清代今文學家認爲是西漢劉歆改編，近人認爲是戰國初年人據古各國史料編成，多用事實解釋《春秋》。《左傳》起自西元前七二二年（魯隱公元年），終於西元前四七九年（魯哀公十六年），書中保存了大量的古代史料，文字優美，記事詳明，是中國古代的史學和文學名著。

題解

〈燭之武退秦師〉載於《左傳．僖公三十年》。西元前六三二年（僖公二十八年）發生城濮（今河南陳留縣）之戰，晉文公戰勝楚國，建立了霸業。西元前六三〇年（僖公三十年），晉和秦合兵圍鄭。圍鄭對秦國沒有什麼好處，鄭大夫燭之武看到這點，所以向秦穆公說明利害關係，勸穆公退兵，秦穆公因此退兵，晉文公只好撤退，化解了一場戰爭。

注釋

① 晉侯、秦伯：指晉文公和秦穆公。春秋時期有公、侯、伯、子、男五等爵位，公為最高之爵位。
② 以其無禮於晉：「於晉無禮」的倒裝句，指晉文公即位前流亡國外，經過鄭國時沒有受到應有的禮遇。以，因為。
③ 且貳於楚：並且在聽命於晉的同時，又親近楚。且，並且。貳，從屬二主。於，對。
④ 晉軍函陵：晉軍駐紮於函陵。軍，名詞作動詞用，駐軍之意。函陵，鄭國地名，在今河南新鄭北。
⑤ 秦軍氾南：秦軍駐紮於氾南。氾，音ㄈㄢˋ。氾南，古代東氾水的南面，在今河南中牟南。

⑥佚之狐：鄭國大夫。佚，音ㄧˋ。之，語助詞，此名和「燭之武」、「介之推」同，古人的姓名中常加有虛字。

⑦使：派。

⑧辭：推辭。

⑨臣之壯也：我壯年的時候。「臣」在此為燭之武本人之自稱。

⑩猶：尚且。

⑪無能為也已：不能做什麼了。為，做。已，同「矣」。

⑫用：任用。

⑬是寡人之過也：這是我的過錯。寡人，古代國君自謙之詞。

⑭然：然而。

⑮許之：答應、承諾這件事。之，指鄭伯。

⑯縋：縋，ㄓㄨㄟˋ。用繩子拴著從城牆上往下吊。

⑰既：已經。

⑱敢以煩執事：冒昧地拿這件事麻煩您。執事，負責事務的人，是對對方的敬稱，此指秦伯。

⑲越國以鄙遠：越過別國而把遠地當作邊邑。越，越過。鄙，邊遠地區，此處當動詞用。

⑳焉用亡鄭以陪鄰：怎麼會用滅掉鄭國，來幫鄰國增加土地呢？焉，怎麼。以，來。陪，增加。

㉑行李：也作「行吏」，外交使節。

㉒共，通「供」，供給。

㉓嘗為晉君賜矣：曾經給予晉君恩惠。嘗，曾經。為，給予。賜，恩惠。晉君，實指晉惠公。

㉔朝濟而夕設版焉：早上渡過黃河，晚上就築城防禦，背叛之意。濟，渡河。版，築土牆所用的夾板。設版，為築牆之意。

㉕厭：通「饜」，滿足。

㉖東封鄭：在東邊讓鄭國成為晉國的邊境。封，疆界，作動詞用。

㉗肆其西封：擴展西邊的疆界。指晉國滅鄭後，必將圖謀秦國。肆，延伸、擴張。

㉘闕：ㄑㄩㄝ，使減損。
㉙因人之力而敝之，不仁：依靠別人的力量，又返回來損害他，這是不仁義的。因，依靠。敝，毀壞。
㉚失其所與，不知：失掉自己的盟國，不明智。與，結交、親附。知，音ㄓˋ，通「智」。
㉛以亂易整，不武：用混亂相攻取代聯合一致，不符合武德。亂，自相衝突。易，代替。不武，不合武德。
㉜吾其還也：我們還是回去吧。其，表商量或希望的語氣，還是。
㉝去之：離開。

評析

善於說服他人的人，往往能洞察人心，還要爲對方設想，才能打動對方。燭之武對秦穆公的說辭，其實是利用秦、晉兩國的矛盾，達到分化兩國合作關係的目的。燭之武判斷眼前的局勢：秦、晉合作聯合攻打鄭國，兩國暗地裡又存在競爭的敵人關係，正是見縫插針的良機。他首先指出晉國曾經對秦穆公失信，有過不良紀錄，挑撥離間；其次問秦穆公聯軍攻打鄭國所爲何來？恐怕只是晉文公爲了報私仇與併吞鄭國，所以慫恿秦軍協助吧！況且晉距離鄭近而離秦遠，秦耗費兵馬攻鄭，只能爲他人作嫁衣裳，自己得不到半分利益。聽了這番分析，秦穆公果然退兵了。

經典故事

外頭來報：「晉公子重耳一行人，正向國都走來。」

鄭文公擺擺手：「我知道，退下吧！」卻沒有交代任何話。

大夫叔瞻上前勸告：「聽說晉公子賢明，他的隨從都是國家的棟梁，又與大王同姓姬，有同宗的情誼，應該以禮節迎接。」

鄭文公搖了搖頭說：「從自己的國家逃出來，又經過我國的公子實在太多了，怎可能都按禮儀接待呢！」

叔瞻建議：「您如果不打算以禮相待，和重耳交個朋友，不如殺掉他，免得將來遭到報復！」

鄭文公大笑，根本不相信重耳有那麼大的能耐，因此也沒有禮遇重耳。後來重耳終於回到晉國，即位爲晉文公。

過了幾年，晉國、秦國聯合起來圍攻鄭。晉軍駐紮函陵，秦軍駐紮氾南，隨時可以發動攻擊。晉文公對大夫子犯說道：「我逃難時，鄭伯不以禮相待而態度冷淡，這就算了，還和楚國親近，顯然對我有二心。今日，我就要一舉滅了鄭國！」

鄭文公坐在大殿上，得知晉、秦聯手攻來，焦急得不得了。

大夫佚之狐思索了片刻，就建議：「國家正在危急存亡之際，如果派燭之武去見秦伯，秦軍一定撤走，晉軍就無法獨自進攻了。」鄭文公便下令召見。

不料，燭之武見了文公卻推辭道：「臣壯年時還遠不如人，現在老了更不中用。」鄭文公放低姿態道：「唉，我不能及早任用你，現在國家危急了才來求你，是我的錯。但鄭國滅亡，對你也不是好事啊！」燭之武只好答應了。

到了晚上，燭之武在腰間綁了根繩子，吊下城去求見秦穆公。他見了秦穆公就說：「秦、晉圍攻鄭，鄭已經知道要亡。如果滅掉鄭國對您有利，那就沒話說。但是越過別國，以別人的土地當作自己的國境，那是很難的！您這麼做，等於滅掉鄭來增加晉國的土地，晉擴大，您就被削弱了啊！」

秦穆公面色一變，心想自己從未考慮過這點。

燭之武察言觀色，接著說：「如果您不攻打鄭，而以鄭作為東方的盟友，只要貴國有使者來，鄭可以供應所缺，對您沒有害處啊！而且您曾對晉君有恩，晉君承諾給您焦、瑕二地作為報答，但他早上才渡過黃河回國，晚上就修築防禦工事防備秦軍，這是您知道的。晉哪裡會滿足呢？既在東邊的鄭國開拓疆域，又想在西邊擴展領土，未來如果不侵犯秦國，那要到哪裡取得土地呢？這次的戰事，恐怕是晉君有意削弱秦國，請您多加考慮。」燭之武故意將晉惠公失信，移花接木到文公身上，秦穆公面色果然為之一變。

秦穆公聽了燭之武的話，深覺有理，於是和鄭國締結盟約，又派遣杞子、逢孫、楊孫等人戍守鄭國，協助防衛。秦穆公就帶兵返國了。

晉軍見狀，都大感驚異。大夫子犯連忙請求晉文公截擊秦軍。晉文公阻止說：「不行！如果不是秦伯，就沒有今天的我。受人幫助而回頭來害他，是不仁；失去秦國友邦，是不智；以混亂相攻取代團結合作，則是不武。我們回去吧。」於是晉軍撤退。

燭之武的一席話，就解除了鄭國的危機。

第二課

退避三舍

《左傳》

經典原文

重耳及①楚，楚子饗之②，曰：「公子若反晉國，則何以報不穀③？」對曰：「子、女、玉、帛④，則君有之；羽、毛、齒、革⑤，則君地生焉。其波及⑥晉國者，君之餘也；其何以報君？」曰：「雖然，何以報我？」對曰：「若以君之靈⑦，得反晉國，晉、楚治兵，遇于中原，其辟君三舍⑧。若不獲命⑨，其左執鞭、弭⑩，右屬櫜、韔⑪，以與君周旋⑫。」

子玉請殺之。楚子曰：「晉公子廣而儉，文而有禮。其從者肅而寬，忠而能力。晉侯無親，外內惡之。吾聞姬姓唐叔之後，其後衰者也，其將由晉公子乎！天將興之，誰能廢之？違天必有大咎。」乃送諸秦。

作者

《左傳》。

題解

選自《左傳．僖公二十三年》。晉公子重耳逃亡在楚國時，楚成王收納了他。楚成王問重耳將來怎樣報答自己？重耳回答，如果將來晉、楚交兵，他將會「退避三舍」。後來晉、楚在城濮交戰，晉文公果然遵守諾言，將軍隊撤到九十里外。

注釋

①及：到達。
②楚子饗之：楚王設宴招待他。楚子，楚成王，因楚國國王受封子爵故稱楚子。「饗」，通「享」，招待。
③何以報不穀：如何答謝我。不穀：楚王自稱不善的謙詞。
④子女：男女僕人。玉帛：玉器及絲綢。
⑤羽毛齒革：羽，鳥羽。毛，獸毛。齒，象牙。革，獸皮。
⑥波及：遍及、散及。
⑦以君之靈：即託您的福。
⑧舍：古者師行一宿為一舍，而師行每日三十里，故三十里即為一舍。
⑨獲命：得到楚國諒解而退兵。
⑩左執鞭弭：左邊拿著鞭子和弓。鞭，鞭子。弭，弓。
⑪右屬櫜鞬：右邊帶著裝箭與弓的袋子。屬，用手摸著也。櫜，音ㄍㄠ，盛箭矢之囊袋。鞬，音ㄐㄧㄢ，盛弓之物。
⑫周旋：應付。此指交戰。

評析

怎樣才是一個君主應具有的才能和風範？楚成王的遠見與晉文公的雄才大略，在這個故事中給了我們典範。退避三舍的事件，表面上是晉文公講究誠信，回報楚成王當年收留他的恩情；之後兩國交戰，晉文公守信，對昔日恩人手下留情，因此博得了美名。但是就戰略的觀點來看，「以退爲進」正是戰術的運用，指的是佯裝退卻，其實卻準備進攻的一種策略，這種作法的好處，在於讓對手卸下過高的防備心，方法就是「假裝示弱」，晉軍假裝示弱，退避三舍，讓楚軍卸下心防，最後終於掉入了陷阱。

經典故事

西元前六三二年，晉國友邦宋國的都城商丘，被楚軍團團包圍，幾乎淪陷。晉國爲了救宋，又想趁機會實現霸業，不得不與楚國兵戎相見。

晉文公重耳坐在中軍帳內，看著參謀與將士們各個精神飽滿、自信十足的神氣，也感到意氣風發，不禁想起那些年顛沛流離的生活……

「父親聽信驪姬的讒言，想改立奚齊爲太子，還將太子申生殺了，聽說又要派人捉拿你我二人，」公子重耳對弟弟夷吾說：「我們各自奔逃吧！遲了就來不及了！」兄弟就此分道揚鑣，若干年後，夷吾先回到晉國，是爲晉惠公。

重耳逃出晉國後，到過翟地、齊國、曹國、宋國、鄭國，或是受到冷落、或是接受禮遇。接著就來到了楚國，楚成王認爲重耳日後必定大有作爲，就以接待貴賓的禮儀迎接他，還招待他住在楚國。

這一日，楚成王設宴招待重耳。宴會裡歌舞喧天，美女如雲，楚王與重耳飲酒談天，觥籌交錯之間，氣氛融洽。待楚成王喝到酒酣耳熱時，忽然半開玩笑的問重耳：「如果有一天，公子回晉國即位，該怎麼報答我呢？」

重耳舉起酒杯喝了口酒，思索一下便說：「妖嬈的美女、忠心的待從、珍貴的寶物與絲綢，大王都有了；世間難見的珍禽羽毛、象牙獸皮，更是貴國的特產。那些會流散到晉國的物事，都是您不要的，晉國哪有什麼珍奇物品可獻給大王呢？」重耳將楚成王褒揚了一番。

楚成王仰頭大笑：「公子太謙虛了！話雖這麼說，可總該對我有所表示吧？」他揮揮手，命令樂工暫時將音樂停下來，氣氛就變得有點凝重。

重耳微笑說：「要是託您的福，眞的回國當政的話，我願意與貴國友好。但如果晉、楚之間發生戰爭，雙方的軍隊即將交鋒，我一定命令軍隊先退後九十里，禮讓您的軍隊；如果還不能得到您的原諒，堅持交戰，我只好左手拿著馬鞭和弓梢，右邊掛著箭袋和弓套，與您較量一番了。」

楚成王聽了，感到很驚異，左右大臣對重耳的言論則是反感至極。然而楚成王僅是哈哈大笑，揮手命樂工繼續演奏，若無其事的再度舉起酒杯與重耳吃喝談笑。當晚賓主盡歡。

曲終人散[1]後，楚國大夫子玉急忙去見楚成王，勸道：「大王，重耳狂妄，如

1 曲終人散：比喻場面熱鬧後趨於冷清。

果留下他，恐怕會像養一頭老虎，將來會作亂的！不如趁機除掉他。」

楚成王神態自如地說：「晉公子志向遠大而生活儉樸，言辭文雅而合乎禮儀，他的隨從態度恭敬而待人寬厚，忠心而盡力。現在的晉惠公夷吾，身邊沒有親信，國內外的人都憎恨他。看來姬姓這族，要靠重耳來振興了。老天要他崛起，誰又能剷除他呢？逆天而行必會遭到大禍，此事不必再提！」

子玉行禮告退而去，心中對大王的識人之明與氣度佩服不已。後來，楚成王就派人將重耳送去秦國。秦穆公熱烈地接待重耳，四年後，就將重耳護送回晉國。此時晉國由夷吾之子晉懷公執政，受到人民反對，懷公被迫出奔。

重耳終於回到晉國，即位為晉文公。他在諸侯當中威信很高，晉國日益強大，並與楚、秦等曾經幫助他的國家，維持良好的往來……

晉文公坐在中軍帳內，低頭沉思：「但這是不夠的，我想要像齊桓公那樣，做中原的霸主！」他想到楚成王待自己的恩義及當時的諾言，於是發布了一道命令：「我軍後退九十里，駐紮在城濮。」

楚軍見晉軍拔營後退，以為對方害怕了，馬上追擊。晉軍卻利用楚軍驕傲輕敵的弱點，聯合秦晉兵力大破楚軍，取得了城濮之戰的勝利。

第三課

鄭伯克段于鄢

《左傳》

經典原文

初[1]，鄭武公[2]娶于申[3]，曰武姜[4]，生莊公及共叔段[5]。莊公寤生[6]，驚姜氏，故名曰寤生，遂惡之[7]。愛共叔段，欲立之。亟請於武公[8]，公弗許[9]。及莊公即位[10]，爲之請制[11]。公曰：「制，巖邑[12]也。虢叔死焉[13]，佗邑唯命[14]。」請京[15]，使居之，謂之「京城大叔」。

祭仲[16]曰：「都、城過百雉[17]，國之害也。先王之制，大都，不過參國之一[18]；中，五之一；小，九之一。今京不度[19]，非制也[20]，君將不堪[21]。」公曰：「姜氏欲之，焉辟害[22]？」對曰：「姜氏何厭之有[23]？不如早爲之所，無使滋蔓[24]！蔓，難圖也。蔓草猶不可除，況君之寵弟乎？」公曰：「多行不義，必自斃，子姑待之。」

既而大叔命西鄙、北鄙貳於己[25]。公子呂[26]曰：「國不堪貳，君將若之何？欲與大叔，臣請事之；若弗與，則請除之，無生民心。」公曰：「無庸，將自及。」

大叔又收貳以爲己邑，至於廩延[27]。子封曰：「可矣，厚將得衆[28]。」公曰：

「不義，不暱[29]。厚將崩。」

大叔完、聚[30]，繕甲、兵[31]，具卒、乘，將襲鄭[32]，夫人將啓之[33]。公聞其期，曰：「可矣。」命子封帥車二百乘以伐京。京叛大叔段。段入於鄢。公伐諸鄢。五月辛丑[34]，大叔出奔共。

《書》曰[35]：「鄭伯克段於鄢。」段不弟，故不言弟；如二君，故曰克；稱鄭伯，譏失教也；謂之鄭志[36]；不言出奔，難[37]之也。

作者

《左傳》。

題解

選自《左傳．隱公元年》。鄭伯，鄭莊公。鄭，春秋時國名，姬姓，在現在河南省新鄭縣一帶。段，鄭莊公之弟共叔段。鄢，鄭地名，在現在河南省鄢陵縣境內。《左傳》認爲共叔段超越了弟弟的本分，故稱段而不是弟。鄭莊公沒有完成教導弟弟的責任，故意放任共叔段，故稱爲鄭伯而不是兄。而共叔段後來的行爲匹敵國君，故用打贏敵國採用的「克」字。

注釋

① 初：當初。《左傳》追述以前的事情常用，指鄭伯克段于鄢以前。

② 鄭武公：名掘突，鄭桓公的兒子，鄭國第二代君主。

③ 娶于申：從中國娶妻。申，春秋時國名，伯夷之後，姜姓，地處現在河南省南陽市北，後為楚所滅。于，同

「於」。
④武姜：武姜，鄭武公之妻，「武」是丈夫武公的諡號，「姜」是娘家的姓。
⑤共叔段：鄭莊公的弟弟，名段，在兄弟中年歲小，稱「叔段」。失敗後出奔共，又稱「共叔段」。共，春秋時國名，音ㄍㄨㄥ，在現在河南省輝縣。叔，排行最後的兄弟。
⑥莊公寤生：莊公出生時難產。寤，音ㄨˋ，通「啎」，逆、倒著。寤生，胎兒的腳先生出來。
⑦遂惡之：因此厭惡他。
⑧亟請於武公：屢次向武公請求。亟，音ㄑㄧˋ，屢次。於，向。
⑨公弗許：武公不答應。弗，不。
⑩及莊公即位：到了莊公做國君的時候。及，到。
⑪為之請制：姜氏請求把制邑作為共叔段的封地。制，地名，在現在河南省汜水縣境內。
⑫巖邑：險要的城池。巖，險要。邑，城市。
⑬虢叔死焉：東虢國的國君死在那裡。虢，音ㄍㄨㄛˊ，指東虢，古國名，被鄭國所滅。焉，「於是」、「於此」。
⑭佗邑唯命：選別的都邑，就聽從您的吩咐。佗，音ㄊㄚ，他。唯命，只聽從您的命令。
⑮請京：討封京邑。京，地名，在現在河南省滎陽縣東南。
⑯祭仲：鄭國大夫，字足，其先人為祭地封人。祭，音ㄓㄞˋ，姓。
⑰都、城過百雉：一般的城市、城牆超過三百丈。都，音ㄉㄨ，都邑。城，城垣。雉，音ㄓˋ，古建築量法，長一丈、高一丈（一方丈）曰堵，三堵曰雉。百雉，三百方丈。
⑱大都，不過參國之一：大城市的規模不得超過國都的三分之一，即不能超過百雉。國：國都。
⑲今京不度：現在京邑的城池規模不合乎規定。不度，不合制度。
⑳非制也：不符合先王所定下的制度。
㉑君將不堪：恐怕對你不利。君，指莊公。
㉒姜氏欲之，焉辟害：姜氏要這麼做，我有什麼辦法避免這樣的害處呢？焉，何也。辟，同「避」。
㉓姜氏何厭之有：姜氏怎麼有滿足的時候？厭，同「饜」，滿足。

㉔滋蔓：草滋長蔓延難以芟除，比喻人的權勢漸大除之漸難。

㉕大叔命西鄙、北鄙貳於己：太叔命令西部、北部邊境違背莊公聽從自己。大叔，即太叔，尊稱天子的叔父。鄙，邊境。貳，指背叛國君。

㉖公子呂：鄭大夫，字子封。

㉗廩延：在今河南延津縣北。

㉘可矣，厚將得衆：現在可以剿滅太叔了，否則他不斷擴展勢力將得到土地及民心。可矣，可治段罪。厚，勢力雄厚，下「厚」字義同。

㉙不義不暱：對君主不義，對兄長不親。暱，ㄋㄧˋ，親近。

㉚完、聚：修築完城牆而聚集人民。完，修繕。

㉛繕甲、兵：修整皮甲武器。繕，修補。

㉜將襲鄭：將要偷襲鄭國。

㉝夫人將啓之：姜氏準備開城門接應。啓，開門作內應。

㉞五月辛丑：隱公元年五月二十三日。

㉟書曰：《春秋》上記載。書，指《春秋》。

㊱鄭志：鄭伯的意願。指鄭莊公意在殺弟。

㊲難：難於下筆。

評析

毫無疑問，鄭莊公的確是個深謀遠慮、有才幹的政治人物，卻也是個虛偽的統治者。莊公明知母親武姜和弟弟共叔段的謀反計畫，卻不加以勸阻，反而故意放縱他們，任由共叔段僭越體制，最後掉入陷阱，再藉機消滅。一般人養虎貽患會害到自己，莊公卻是爲了殺掉這隻老虎而養大老虎，可謂深謀遠慮。因爲兄弟相殺不祥，莊公不願背負弒殺兄弟的惡名，唯有養大了老虎才能師出有名。歷史上說，莊公母子最後握手言和了，在穎考叔的撮合下，挖了地道和武姜見面，其實莊公思念母親，只不過是蒙蔽國人罷了，而武姜爲了生存，也只能裝做寬容的慈母，二人心照不宣地「和好」了。

經典故事

身爲父母親的如果偏心，很可能會帶給子女帶來莫大的災害。

周朝末年，鄭武公娶了申國的女子武姜，生下莊公和共叔段，但因爲武姜偏愛小兒子，而造成兄弟相殘的悲劇。

莊公出生時胎位不正，造成難產，使得母親武姜的心中留下陰影，所以討厭起這個大兒子，還給莊公取名爲「寤生」，意思就是「腳先出生」。武姜討厭長子，卻很偏愛小兒子共叔段，當莊公和共叔段長大後，她便希望立共叔段爲太子，可是每次向武公請求都遭到拒絕。

等到武公過世，莊公即位了，武姜就請求大兒子，希望能讓共叔段封在「制」這個地方。

莊公委婉的回應母親：「制是形勢險峻的地方，從前虢叔就是死在那裡，很不吉利，要是別的地方我一定從命。」其實莊公是爲了防範共叔段造反，所以不能將這麼好的地方送他。

武姜又請求封共叔段在京地，莊公就答應了，還稱共叔段爲「京城太叔」，意思是莊公的第一個弟弟，這稱號讓母親和弟弟極有面子。

然而這麼做實在不符合君臣的禮節，大夫祭仲便憂慮地勸莊公說：「都城的城牆長度太高，就容易抗命，將會給國家帶來禍害。所以大城的城牆，不會超過國都的三分之一；中等的，不超過五分之一；小的，也不超過九分之一。現在京地已經不合乎規矩了，您將會有困擾的啊！」

莊公揚了揚眉，說道：「這是姜氏要求的，我哪有辦法呢？」背著莊姜，莊公連「母親」的稱呼都省了，直呼「姜氏」。

祭仲想要試探莊公的心意，就勸道：「姜氏貪婪，不如早一點處置，不要讓太叔繼續擴張土地，萬一蔓延就難處理了。野草尚難鏟除，何況是君王的弟弟呢？」

沒想到莊公哈哈笑道：「做了太多不義的事，必定自取滅亡。你等著看吧！」祭仲哪裡知道莊公故意不處理，其實正是爲了藉此除掉共叔段。

果然過不久，共叔段就命令西鄙、北鄙兩地聽他管轄，逐漸僭越體制。

大夫公子呂看不下去，就對莊公說：「國家不容許有兩個君王，您打算怎麼辦呢？如果您想把國家交給太叔，那麼臣就去侍奉他；如果不是，就請把他除掉，不要讓民心背離。」莊公擺一擺手說：「不必，他將會自尋死路的。」

後來共叔段更把西鄙、北鄙據爲已有，還將領土更擴大了。

公子呂急了，又對莊公勸道：「可以討伐了！再讓太叔擴張勢力，追隨他的民眾會越來越多的。」

然而莊公卻一點都不擔心：「他對國君不義，對兄長不親，想造反也沒有正當性，勢力雖大，仍然不能團結眾人。」

接著，共叔段便開始修城郭、聚糧食、修補武器，準備戰士、戰車，想偷襲鄭國的都城，據說國母武姜準備開城門作內應。

當莊公得知共叔段進兵的日期時，就點點頭說：「時機到了。」於是命令子封率領兩百輛戰車討伐京地。結果連京地的人民都反對共叔段，不肯聽段之命造反，共叔段只好落荒而逃。

人倘若仗著自己的權勢，而不顧應有的道德，久而久之就會因爲做了太多不義的事，遭遇自取滅亡的下場。

第四課

趙盾弒其君

《左傳》

經典原文

晉靈公不君①。厚斂以彫牆②；從臺上彈人，而觀其辟丸③也；宰夫④胹⑤熊蹯⑥不熟，殺之，寘諸畚⑦，使婦人載以過朝⑧。趙盾、士季見其手⑨，問其故，而患⑩之。將諫，士季曰：「諫而不入⑪，則莫之繼也。會⑫請先，不入，則子繼之。」三進，及溜⑬，而後視之，曰：「吾知所過矣，將改之。」稽首⑭而對曰：「人誰無過，過而能改，善莫大焉。《詩》曰：『靡不有初，鮮克有終。』⑮夫如是，則能補過者鮮矣。君能有終，則社稷之固也，豈惟群臣賴之。又曰：『袞職有闕，惟仲山甫補之。』⑯能補過也。君能補過，袞不廢矣。」

猶不改。宣子驟⑰諫，公患⑱之，使鉏麑賊⑲之。晨往，寢門闢矣，盛服將朝。尚早，坐而假寐。麑退，歎而言曰：「不忘恭敬，民之主也。賊民之主，不忠；齊君之命，不信。有一於此，不如死也。」觸槐而死。

秋九月，晉侯飲趙盾酒，伏甲，將攻之。其右提彌明知之，趨登⑳，曰：「臣侍君宴，過三爵，非禮也。」遂扶以下。公嗾㉑夫獒焉，明搏而殺之。盾曰：「棄人用犬，雖猛何爲！」鬭且出。提彌明死之。

初，宣子田于首山[22]，舍[23]于翳桑，見靈輒餓，問其病。曰：「不食三日矣。」食之，舍其半[24]。問之。曰：「宦三年矣，未知母之存否，今近焉，請以遺之。」使盡之，而爲之簞[25]食與肉，寘[26]諸橐[27]以與之。既而與爲公介[28]，倒戟[29]以禦公徒[30]而免之。問何故，對曰：「翳桑之餓人也。」問其名居，不告而退，遂自亡也。

乙丑，趙穿殺靈公於桃園。宣子未出山而復。大史書曰：「趙盾弒其君。」以示於朝。宣子曰：「不然。」對曰：「子爲正卿，亡不越竟[31]，反不討賊，非子而誰？」宣子曰：「嗚呼！《詩曰》：『我之懷矣，自詒伊慼[32]。』其我之謂矣！」

孔子曰：「董狐，古之良史也，書法不隱[33]。趙宣子，古之良大夫也，爲法受惡。惜也，越竟乃免。」

作者

《左傳》。

題解

選自《左傳．宣公二年》。晉靈公，名夷皋，晉襄公之子，文公之孫，晉國第二十六君，在位十四年，是中國歷史上有名的暴君。趙盾，晉國的正卿，諡號宣子。本文是敘述晉靈公不君，被趙穿所殺的事蹟，董狐記載「趙盾弒其君」，因而後世對晉靈公是否爲趙盾所謀殺，有一番論辯。

注釋

①不君：在君位而不合為君之道，指晉靈公是暴君。
②厚斂以彫牆：收取沉重的賦稅用來建築城牆。厚斂，厚賦。彫墻，以畫為飾的墻。
③辟丸：閃避以土作成的彈丸。辟，同「避」。
④宰夫：廚師。
⑤胹：音ㄦˊ，煮。
⑥熊蹯：熊掌。蹯，音ㄈㄢˊ。
⑦寘諸畚：用草編織的畚盛裝屍體。寘，音ㄓˋ，放置。諸：之於。畚，音ㄅㄣˇ，畚箕。
⑧使婦人載以過朝：讓宮女抬著屍體經過朝會所在。
⑨見其手：看到屍體的手露出於外。
⑩患：憂慮。
⑪入：音ㄋㄚˋ。納。
⑫會：士季，一稱隨會。會，士季自稱也。
⑬溜：音ㄌㄧㄡˋ，即屋簷下。三進：分別是進門庭、中庭、升階。
⑭稽首：頓首，俯首至地的最敬禮。
⑮靡不有初，鮮克有終：《詩經．大雅．盪》句，指人很少是有始而無終。
⑯袞職有闕，惟仲山甫補之：《詩經．大雅．烝民》句。周王有所過失，仲山甫能匡就君過。袞，音ㄍㄨㄣˇ，天子以及上公之禮服，借代為天子。仲山甫，周宣王時的賢臣樊侯，亦稱樊仲甫，輔佐宣王而中興。
⑰驟：屢次。
⑱患：惡。
⑲賊：刺殺。
⑳趨登：趨行而登上堂。

㉑嗾：音ㄙㄡˇ，以口作聲對狗發出命令。
㉒首山：首陽山，今山西省永濟縣東南。
㉓舍：音ㄕㄜˋ，居住。
㉔舍其半：指靈輒將一半的食物先存放起來。舍，安置。
㉕簞：音ㄉㄢ，古代盛飯的圓形筐。
㉖寘：音ㄓˋ，安置。
㉗橐：音ㄊㄨㄛˊ，袋子。
㉘既而與為公介：不久後，就成為趙盾的甲士。與，音ㄩˋ，參與。介，甲士。
㉙倒戟：倒戈。戟，音ㄐㄧˇ。
㉚公徒：伏甲、武士。
㉛越竟：返國。竟，同「境」。
㉜我之懷矣，自詒伊慼：我多所懷戀，自遺此憂。詒，音ㄧˊ，遺也。慼，音ㄑㄧ，憂也。《詩經．邶風．雄雉》云：「我之懷矣，自詒伊阻」，與引詩一句之差，應是其所本。
㉝書法不隱：寫作史書不隱匿趙盾之罪。書法，史家記事的體例方法。

評析

晉靈公派人追殺趙盾，是想除掉不聽話的大臣；而趙盾還沒逃離國家，就傳出靈公被堂弟趙穿刺殺身亡的消息，於是連忙趕回來，繼續當大官。史官董狐記載此事時寫道：「趙盾弒其君。」趙盾抗議，說人不是他殺的，而是趙穿殺的。於是董狐冷冷地回應：「既然要逃亡，爲何不逃出國境？返回以後，又爲何不聲討弒君的趙穿？所以人是你殺的！」許多人讀這段歷史，以爲董狐不分青紅皂白亂寫，事實上，趙盾非但沒有聲討趙穿，還不顧爭議地重用他，加上兩人是兄弟，自然難以避免瓜田李下之嫌。

經典故事

晉國大臣趙盾和平常一樣，與其他大夫在議政殿等待早朝。

這時天還沒亮，昏暗中，趙盾彷彿看見幾個宮女偷偷摸摸地推著車，從殿前經過。忽然，他瞥見車上的畚箕垂下了一隻人手，連忙叫住宮女盤問，才知道昨晚的熊掌沒燉爛，晉靈公大怒，竟命人將廚師宰了，然後將屍體載去扔掉。

趙盾驚駭不已，心想：「大王荒淫無道，做出許多殘忍的事，不但向百姓徵收重稅裝潢宮牆，還幼稚地在高臺上用彈弓射人，現在更濫殺無辜。如何是好？」

大臣士季先去勸靈公，靈公見了他，立刻說：「我知錯了，將會改正。」士季高興的行禮道：「人人都會犯錯，您知錯能改，眞是太好的事啊！」但靈公只是嘴上說說罷了，依然我行我素。

趙盾很心急，認爲委婉的勸說無效，就用強硬的話勸諫。這使靈公非常反感，私下派出刺客鉏麑刺殺趙盾。

鉏麑趁著昏暗的清晨，到趙盾家執行任務。此刻趙家人還在沉睡，唯獨趙盾的房門開著，微微透出光亮來。鉏麑向屋裡張望，只見趙盾已經穿戴整齊準備上朝，可是時辰還沒到，就先坐在椅子上打盹。

鉏麑嘆著氣，心道：「此人不忘恭敬，又能勤政，是百姓的福氣。殺了他是不忠，不服從國君的命令是沒有信用。不論哪一樣，我都沒有臉活在世上了。」於是一頭撞死在趙家的槐樹下。

靈公仍不死心，處心積慮的安排筵席，賜趙盾酒喝，暗地裡卻派人刺殺他。趙盾的武士提彌明察覺了，立即上前扶著趙盾離開。

靈公又叫獒犬出來攻擊他們，但提彌明非常神勇，徒手就把獒犬打死，只不過雙拳難敵眾多的惡犬，最後還是殉難了。

就在趙盾失去保護，獨自奮力搏鬥之際，突然追兵中有位身手矯健的士兵，反過來替趙盾抵擋攻擊，助他脫身。趙盾問士兵爲什麼倒戈相助？士兵神色激動的說：「您記得嗎？我就是那個餓倒在桑樹底下被您搭救的人。」

這話喚起遙遠的記憶，趙盾記起某天出外打獵時，在桑樹下過夜，遇到一個飢餓倒地的人，名叫靈輒。趙盾送食物給他，他卻只吃一半，原來是爲了省下來給母親吃。趙盾便要他吃完，另外準備整筐的飯和肉給他帶走。這份恩情，靈輒一直銘記在心。

趙盾很感謝靈輒的相助，趕緊詢問他的名字和住處，可是靈輒一句話也不說就走了。之後趙盾開始逃亡。沒多久，宮內傳來趙盾的堂弟趙穿刺殺靈公的消息，當時趙盾還沒逃出國境，聽說靈公已死，就馬上回來主持朝政。

史官董狐於是寫道：「趙盾弒殺了他的國君。」並拿到朝廷上公布。

趙盾知道後極力辯解。董狐卻冷冷的說：「您是國家大臣，明知將受到嚴厲的處置，逃亡時竟然不逃出國境；返回時也不聲討弒君的趙穿，豈不可疑？若不是您殺害國君，又會是誰呢？」後來趙盾果然不顧爭議重用趙穿。

董狐冷眼旁觀這一切，繼續對著燭火書寫歷史，誠實地將人們的是非功過記載下來，留待後人評說。

第五課

周鄭交質

《左傳》

經典原文

鄭武公、莊公爲平王卿士①。王貳于虢②，鄭伯怨王。王曰：「無之。」故周、鄭交質③。王子狐④爲質於鄭，鄭公子忽⑤爲質於周。王崩⑥，周人將畀⑦虢公政。四月，鄭祭足⑧帥師取溫⑨之麥。秋，又取成周⑩之禾。周、鄭交惡。

君子曰：「信不由中，質無益也。明恕⑪而行，要⑫之以禮，雖無有質，誰能間⑬之？苟有明信⑭，澗、谿、沼、沚之毛⑮，蘋、蘩、蘊、藻之菜⑯，筐、筥、錡、釜⑰之器，潢、汙、行潦之水⑱，可薦⑲於鬼神，可羞⑳於王公，而況君子結二國之信，行之以禮，又焉用質？〈風〉有〈采蘩〉、〈采蘋〉㉑，〈雅〉有〈行葦〉、〈泂酌〉㉒，昭㉓忠信也。」

作者

《左傳》。

題解

選自《左傳．隱公三年》。周王室自從平王東遷後，勢力衰微，失去對其他諸侯國的控制，以致發生鄭莊公與周平王交換人質的事件。周、鄭靠人質維持恐怖平衡的關係。失去了「信」，上下之間的「禮」也混亂了，作者把周、鄭稱爲「二國」，就蘊含譏諷之意。周平王的虛辭掩飾與鄭莊公的強橫，反映那時諸侯間互相提防戒備和弱肉強食的政治狀況。

注釋

① 卿士：周朝官職名，執政的王卿。
② 貳於虢：二心，偏重。指平王想把政權一半讓給虢公。虢，西虢公，周王室卿士。
③ 交質：交換人質。質，音ㄓˋ。
④ 王子狐：周王平的兒子。
⑤ 公子忽：鄭莊公太子，即位為昭公。
⑥ 崩：古稱天子之死。
⑦ 畀：音ㄅㄧˋ，給予。
⑧ 祭足：祭仲，鄭大夫。祭，音ㄓㄞˋ。
⑨ 溫，周朝小國，在今河南溫縣南。
⑩ 成周：周地，今在河南洛陽市東。
⑪ 明恕：互相了解和原諒。
⑫ 要：約束、約定。音ㄧㄠ。
⑬ 間：離間。音ㄐㄧㄢˋ。
⑭ 明信：彼此瞭解，坦誠相待。

⑮澗谿沼沚之毛：山溝與池塘中的草。澗、谿，都是山溝之水。沼沚，小池塘。沚，音ㄓˇ。毛，草。

⑯蘋蘩蘊藻之菜：蘋：浮萍、白蒿、水藻等等野菜。蘋，水生植物，浮萍。蘩，白蒿。蘊藻，一種聚生的藻類。

⑰筐筥錡釜：盛裝水草的竹器與烹飪用的鐵器。筐筥，竹製容器，方為筐，圓為筥。錡釜，烹飪之器，有角為錡，無角為釜。筥，音ㄐㄩˇ。錡，音ㄑㄧˊ。釜，音ㄈㄨˇ。

⑱潢汙行潦之水：水池中與流動於路面的積水。潢、汙皆為積水之義，大為潢，小為汙。行潦，大雨水積於道路。潢，音ㄏㄨㄤˊ。潦，音ㄌㄠˇ。

⑲薦：進獻。

⑳羞：進奉。

㉑采蘩、采蘋：為《詩經．召南》篇名，寫婦女採集野菜以供祭祀。

㉒行葦、泂酌：為《詩經．大雅》篇名，前者寫周祖先燕享先人仁德，歌頌忠厚、進獻的詩。後者寫汲取行潦之水供宴享。泂，音ㄐㄩㄥˇ。

㉓昭：彰顯，表明。

評析

《左傳》把周、鄭稱爲「二國」，就暗含譏諷之意。周是天子，鄭是諸侯，天子和諸侯有高下之分，並稱周、鄭於禮不合，反映了當時的政治現實。周天子自從東遷後，軍權、政權已經大不如前，如果遇到外敵，就需要靠鄭國出兵保護；依賴久了，天子對鄭莊公懷有戒心，想將鄭的權力分散，就用謊言敷衍，還自降身分與鄭交換人質，表示互信。然而這麼做不但失去了天子的尊嚴，交換人質的作法，也顯示兩國根本就無法互信。周平王身爲天子而沒有實力，不能服人，底下的諸侯就會作亂，天下因而大亂。

很多年以前，有位智者將這段歷史寫了下來，告訴我們信任的眞諦：

在一個寂寞的黃昏、無邊無涯的旅途中，周平王的王子「狐」只帶著幾個隨從，就匆匆忙忙的上路，往鄭國的方向前進。

一路上，狐的心情是複雜的，他忍住不平與埋怨，無奈地想：「今天這一去，恐怕再也沒有回國的機會了。」

狐怎麼也想不到，父親是以什麼心態命親骨肉到鄭國作人質？

在古代，人質政治時常用在兩國結盟，因爲口頭約定往往沒有什麼用處，於是就有了「人質」的產生。國家命運和皇家骨肉的命運連在一起，最直接的辦法是將皇子送到盟國當人質，作爲許諾的保證。王子狐就是這種國家政權鬥爭的抵押品。

時光回到了隱公三年，鄭武公、莊公父子相繼擔任周平王的執政大臣，相當於宰相的位置，位高權重，顯赫無比。這讓周平王非常不安，深怕鄭君父子坐大，因此想了一個讓權力分散的法子。

周平王命令虢公參與執政，偶爾也將政權分給虢公。這麼一來，鄭莊公自然坐臥不安，氣得跳腳了，他父子倆獨享大權多年，怎麼能平白地讓虢公分享？因此十分怨恨。

周平王當然對鄭莊公的埋怨略有耳聞，心裡也著實忌憚莊公，爲了安撫他，便來跟莊公交心，說：「沒這回事！我哪有重用虢公？那純粹是別有用心的人製造謠言。這樣吧！我把我的兒子狐與你的兒子忽交換，當作抵押品，以表達我對你的信任和倚重，不就沒事了嗎？」鄭莊公就答應了。

於是周、鄭兩國交換人質，周王室的王子狐到鄭國做人質，而鄭國的公子忽到周王室做人質。

沒想到世事多變化，周平王不久就逝世了，王室打算將執政大權託付給虢公。鄭莊公聽說了，非常不滿，就派遣大夫祭足帶兵到周的國土，割取了溫地的麥子；到了秋天，又去收割成周一帶的穀子，簡直是明目張膽的侵犯周天子的領土。此後，周王室和鄭國就結下了仇恨。

寫到這裡，智者長嘆一聲放下了筆，說道：「如果不能發自內心誠意的交往，就算交換人質也無濟於事啊！如果雙方能互相諒解的行事，再用禮儀彼此約束，雖然沒有人質，又有誰能離間他們？有誠信的君子締結兩國之間，按照禮儀行事，又何需人質呢？唉，這些人實在不懂信任的眞諦啊！」

第六課

宮之奇諫假道

《左傳》

經典原文

晉侯復假道於虞以伐虢。①宮之奇諫曰：「虢，虞之表也②；虢亡，虞必從之。晉不可啓③，寇不可翫④。一之謂甚，其⑤可再乎？諺所謂『輔車⑥相依，唇亡齒寒』者，其虞、虢之謂也。」

公曰：「晉，吾宗⑦也，豈害我哉？」

對曰：「大伯、虞仲，大王之昭也⑧。大伯不從，是以不嗣⑨。虢仲、虢叔⑩，王季之穆也，爲文王卿士⑪，勳在王室，藏於盟府⑫。將虢是滅，何愛於虞？且虞能親於桓、莊乎？其愛之也⑬，桓、莊之族何罪？而以爲戮，不唯偪⑭乎？親以寵偪⑮，猶尚害之，況以國乎？」

公曰：「吾享祀豐絜，神必據我⑯。」

對曰：「臣聞之，鬼神非人實⑰親，惟德是依。故《周書》曰：『皇天⑱無親，惟德是輔。』又曰：『黍稷⑲非馨，明德惟馨。』又曰：『民不易物⑳，惟德繄物。』如是，則非德，民不和，神不享矣。神所馮依㉑，將在德矣。若晉取虞，而明德㉒以薦馨香，神其吐㉓之乎？」

弗聽，許晉使。

宮之奇以其族行㉔，曰：「虞不臘㉕矣。在此行也，晉不更舉㉖矣。」

作者

《左傳》。

題解

選自《左傳．僖公五年》。魯僖公二年，晉侯初次向虞國借道攻打虢，滅虢於夏陽。僖公五年，晉侯再一次向虞借道伐虢。虞大夫宮之奇。識破了晉侯的陰謀，力勸虞公不要借道。他先從小國應團結，開始陳述虞、虢唇亡齒寒的關係，揭露晉侯企圖併吞的本質，最後提醒虞公：國家存亡在於君主的德行，而不在於虛無的神靈。但虞公不聽勸告，最終滅國。

注釋

① 晉侯：晉獻公。復假道：又借路。僖公二年，晉曾向虞借道伐虢，僖公五年，又借道。虞：國名，姬姓。周文王封古公亶父（ㄉㄢˇ ㄈㄨˇ）之子虞仲後代的侯國，在今山西省平陸縣東北。虢：國名，姬姓。周文王封其弟仲於今陝西寶雞東，號西虢，後為秦所滅。本文所說的是北虢。

② 表：屏障、藩籬。指虞、虢猶如表、裡，關係密切。

③ 啓：啓發，指引起晉的貪心。

④ 翫：音ㄨㄢˋ。即「玩」，這裡是輕視、玩忽的意思。

⑤ 其：反詰語氣詞，難道。

⑥輔：面頰。車：牙床骨。

⑦宗：同姓，同一宗族。晉、虞、虢都是姬姓的諸侯國，同一祖先。

⑧大伯、虞仲，大王之昭也：大伯、虞仲都是大王之昭。大伯、虞仲為周始祖太王（古公亶父）的長子和次子。昭，古代宗廟制度，始祖的神位居中，其下則左昭、右穆。昭位之子在穆位，穆位之子在昭位。昭、穆相承，所以又說昭生穆，穆生昭。

⑨大伯不從，是以不嗣：大伯因為離去了，所以無法繼承王位。不從，不依從父命。嗣，繼承王位。

⑩虢仲、虢叔：虢的開國祖先，是王季的次子和三子，文王的弟弟。王季於周為昭，昭生穆，故虢仲、虢叔為王季之穆。

⑪卿士：執掌國政的大臣。

⑫盟府：主持盟誓、典策的宮府。

⑬桓莊：桓叔與莊伯，指桓莊之族。莊伯是桓叔之子，桓叔是獻公的曾祖，莊伯是獻公的祖父。晉獻公曾盡殺桓叔、莊伯的後代。其：豈能，哪裡能。之：指虞。

⑭偪：威脅的意思。同「逼」。唯，僅僅因為。

⑮親以寵偪：桓、莊之族因其親近且曾受寵，故能施壓於獻公。親，指獻公與桓莊之族的血統關係。寵，在尊位，指桓、莊之族的高位。

⑯享祀豐絜，神必據我：我一向準備豐盛、整潔的祭品祭祀，神明一定會保佑於我。享祀，祭祀。絜，同「潔」。據我，依從我，保佑我。

⑰實：同「是」。

⑱皇天：上天。

⑲黍稷：音ㄕㄨˇ ㄐㄧˋ，泛指五穀。黍，黃黏米。稷，不黏的黍子。

⑳易物：改變祭品。

㉑馮：音ㄆㄧㄥˊ，同「憑」。

㉒明德：使德明。

㉓吐：指不食所祭之物。
㉔以其族行：率領全族離開虞。以，介詞，表率領。
㉕不臘：不能過臘祭。臘：歲終祭祀。
㉖舉：舉兵。

評析

在面對危機的時候，認知錯誤將會造成嚴重的誤判。晉國大軍來襲，虞公卻有恃無恐。宮之奇指出虞公至少犯了三個錯誤：第一，以爲自己和晉侯同姓「姬」，祖先有血緣關係，就認爲彼此應該以誠相待。但宮之奇指出晉侯連更親的同祖兄弟「虢」都能誅殺，何況是遠親的虞？第二，認爲自己虔誠，神明一定會保佑。但如果君王無所作爲又引狼入室，鬼神該從何保佑起呢？第三，相鄰的小國應該團結起來抵禦外侮，但虞公反而助晉滅虢，使自己孤立。因此虞國滅亡不是沒有原因的。

經典故事

虞國與虢國相鄰，所以晉國打算借虞的路進兵滅掉虢。虞大夫宮之奇看出晉國其實是要順路滅虞，好將虞、虢一舉併吞，就向虞公苦諫，想讓君王注意這件事。

宮之奇憂心的說：「虢國是鄰國，又是我們的屏障，一旦虢國滅亡，我們必定跟著滅亡。晉向我們借路攻打虢，是不懷好意啊！我們不能引起晉的野心，對侵略者的行爲更不能忽視。上次借路已經過分了，怎能再借第二次呢？俗語說：『輔車相依，唇亡齒寒。』虞和虢的關係也是如此啊！」

虞公搖頭不信，反駁道：「晉國的國君是我的同姓兄弟，難道會害我嗎？」

宮之奇說：「國際之間只有利害，沒有情義。虢的祖先虢仲、虢叔在宗族關係上，比虞更接近晉國，可是晉國的歷代君王都是六親不認的，現在他們準備滅掉虢國了，對宗族關係較遠的我們，又怎麼會愛惜呢？只要對晉侯造成威脅，就算是親族也要殺害，何況是爲了擴張領土的利益呢！」宮之奇一語道破虞公的迂腐和不切實際。

面對宮之奇的苦口婆心，虞公仍舊頑固而有自信的說：「我用來祭祀的物品豐盛潔淨，神明必定保佑我的！」

宮之奇聽虞公如此昏庸，不禁有氣，卻還是竭力勸道：「如果晉國滅掉虞，是不會有什麼後患的。聽說鬼神不親近每個人，只親近有德行的人，所以《周書》說道：『上天對人不分親疏遠近，只有德行完美的人才能得到老天的幫助。』又說：『祭品都差不多，只有品德高的人提供的祭品，才是眞正的祭品。』如果沒有德行，人民就不會和睦，神明也不會享用祭品。所以，神明在意和保佑的只是德行。」

虞公沉默不語。

宮之奇接著說：「如果晉國吞併了我們，然後開始弘揚美德，進獻芳香的祭品給神明，神明難道還會把祭品吐出來嗎？自然是笑納接受了。所以就算晉國滅掉我國，神明仍然會保佑他們的。」這番話說得句句是理，可惜頑固的虞公不聽勸諫，還是答應晉國借道路攻打虢國了。

於是宮之奇連忙帶著家人倉皇地逃離虞國，他預言道：「虞國不但過不了年終的臘月，也沒有機會祭拜神明了！這次虞國必定會被晉國消滅，晉國連再次調集軍隊攻打我國，都不必費事了。」

果然那年的冬天，晉國成功地滅了虢國，在班師回晉的路途中，借住虞國，又趁機侵占虞，同時也捉住了虞公。

第七課

子魚論戰

《左傳》

經典原文

楚人伐宋以救鄭。宋公將戰，大司馬①固諫曰：「天之棄商②久矣，君將興之，弗可赦也③已。」弗聽。

冬十一月己巳朔，宋公及楚人戰于泓④。宋人既成列⑤，楚人未既濟⑥。司馬⑦曰：「彼眾我寡，及其未既濟也，請擊之。」公曰：「不可。」既濟而未成列，又以告⑧。公曰：「未可。」既陳⑨而後擊之，宋師敗績⑩。公傷股⑪，門官⑫殲焉。

國人皆咎⑬公。公曰：「君子不重傷⑭，不禽⑮二毛⑯。古之爲軍也，不以阻隘⑰也。寡人雖亡國之餘⑱，不鼓⑲不成列。」子魚曰：「君未知戰。勍敵⑳之人，隘㉑而不列，天贊㉒我也；阻而鼓之，不亦可乎？猶有懼焉。且今之勍者，皆吾敵也。雖及胡耇㉓，獲則取之，何有於二毛？明恥、教戰㉔，求殺敵也。傷未及死，如何勿重？若愛重傷㉕，則如勿傷；愛其二毛，則如服㉖焉。三軍㉗以利用㉘也，金鼓以聲氣㉙也。利而用之，阻隘可也；聲盛㉚致志，鼓儳㉛可也。」

作者

《左傳》。

題解

選自《左傳・僖公二十二年》。本文以對話呈現兩種對立的軍事思想。西元前六三八年，宋、楚兩國爲爭奪中原霸權在泓水邊戰爭，當時鄭國親近楚國，宋襄公爲了削弱楚國，出兵攻打鄭。楚出兵攻宋救鄭，爆發了這次戰爭。當時楚強宋弱，一開始形勢對宋軍有利，但宋襄公堅持君子不乘人之危，拒絕接受子魚的意見，以致貽誤先機，慘遭失敗。

注釋

①大司馬：掌管軍政、軍賦的官職，此即子魚，是宋襄公的庶兄。
②天之棄商：上天不肯降福給商。宋國為商微子的後代。
③弗可赦也：赦，宥，指獲罪於天，不可赦宥。
④泓：泓水，在今河南省柘城縣西。
⑤成列：排成戰鬥行列。
⑥既濟：完全過河。既：盡，完全。濟：渡河。
⑦司馬：一說指公孫固，一說指目夷，字子魚。子魚為宜。固，是堅決的意思。
⑧以告：報告。
⑨陳：通「陣」，這裡作動詞，擺好陣勢。
⑩敗績：大敗。
⑪股：大腿。

⑫門官：國君的衛士。
⑬咎：怪罪，歸罪，指責。音ㄐㄧㄡˋ。
⑭重傷：殺傷已經受傷的人。
⑮禽：通「擒」，俘虜。
⑯二毛：頭髮斑白的人，指代老人。
⑰阻隘：不迫人於險，趁人之危。阻，迫也。隘，險也。
⑱亡國之餘：亡國者的後代。宋襄公是商朝的後代，商亡於周。
⑲鼓：擊鼓進軍，名詞做動詞。
⑳勍敵：強敵，勁敵。勍：音ㄑㄧㄥˊ，強而有力。
㉑隘：這裡作動詞，處在險隘之地。
㉒贊：助。
㉓胡耇：年紀很大的人。胡，年老。耇，音ㄍㄡˇ，背彎曲、面有壽斑的老人。
㉔明恥教戰：先有不受國恥之心，後教之以戰術。明恥，認識什麼是恥辱。教戰，教授作戰的技能。
㉕愛重傷：憐憫受傷的敵人。愛，憐。
㉖服：對敵人屈服。
㉗三軍：春秋時，諸侯大國有三軍，即上軍，中軍，下軍。這裡泛指軍隊。
㉘利用：施用，這裡指作戰。
㉙金鼓：古時作戰，擊鼓進兵，鳴金收兵。金：金屬響器。聲氣：振作士氣。
㉚聲盛：謂金鼓之聲大作。
㉛儳：音ㄔㄢˋ，不整齊。指不成陣勢的軍隊。

評析

「對敵人仁慈，就是對自己殘忍」，這是子魚想告訴宋襄公的。作戰時，最重要的就是洞燭先機，當戰爭開始，形勢對宋軍有利，可是宋襄公死抱著「君子不乘人之危」的迂腐觀念不放，危急之際竟然對敵人大講仁義，拒絕接受子魚的意見，以致錯失時機，慘遭失敗。子魚對戰爭的觀點和宋襄公的迂腐，形成了強烈的對比：子魚主張抓住先機，攻其不備，先發制人，企圖徹底地消滅敵人，這樣才能讓戰爭中弱勢的一方奪取勝利；反之，宋襄公雖有成就霸業的野心，卻固守迂腐的行事，必然會遭到失敗。

經典故事

西元前六三八年，宋、楚兩國爲了爭奪中原的霸權，在泓水邊發生戰爭。當時鄭國與楚國互爲盟友，宋襄公爲了削弱楚國的力量，出兵攻打鄭國。楚國也立刻出兵援救，於是爆發了這場戰爭……

雖然楚強宋弱，但宋襄公準備應戰了。

宋國的大司馬子魚竭力地勸諫：「上天拋棄商朝已經很久了，您想要振興商朝，那是不可能的事，還是放過他們罷！」可是宋襄公是個野心勃勃的君主，聽不進子魚的話。

宋和楚在泓水交戰，宋軍已經先到了一步，並且排好陣勢，人人手執兵器鎮定的等待敵軍；楚軍卻隊伍凌亂，還沒有全部渡過泓水。

司馬子魚看見這情形，便高興的建議宋襄公：「兩軍相比，楚軍人多，我軍人少，在敵強我弱的狀況下，應趁他們還沒有全部渡過泓水，下令攻擊！」然而宋襄公伸手阻止：「不可以這樣做，這是趁人之危。」

楚軍的兵馬一個個登陸了，搖旗吶喊，氣勢漸大，直到全部渡過泓水，但還沒擺好陣勢。子魚急得滿頭大汗，苦勸襄公：「趁著楚軍的氣勢還沒凝聚，該下令攻擊了！」宋襄公卻搖頭說：「還不可以。」子魚心裡非常焦急。

就在說話間，楚軍終於擺好陣勢，宋襄公才下令擊鼓進攻，楚軍如排山倒海般殺來，宋軍幾乎被酷烈的殺伐之聲淹沒，大敗而逃。襄公就在混戰中被毒箭射中，大腿受傷，連左右的護衛都陣亡了。

眾人護送襄公向西北退去，拼命逃跑，好不容易才得以逃脫，直到離戰場遠了，才讓隨軍太醫爲襄公拔出箭來，把傷藥敷上。

泓水之戰楚國大勝，宋國全國上下都怪罪宋襄公。

宋襄公臥在床上，雙頰深陷，毒氣已經深入骨髓，卻說：「君子不會殺害受傷的敵人，不會俘虜白髮蒼蒼的老人。古人用兵時，也不會藉著險隘的地形阻擋敵人。我不願意對還沒排好陣勢的敵人攻擊，那是小人的行爲。」

子魚嘆著氣說：「唉，仁慈的您不瞭解戰爭啊！強大的敵人在險地來不及佈陣，那是天助我們，這時候襲擊他們，有什麼不可以？何況還不見得能獲勝。姑且不論跟我們作戰的是敵人，即使七八十歲頭髮全白的老頭子，我們也要抓起來殺掉，何況只是頭髮斑白的人呢？」襄公默然不語。

子魚又道：「我們鼓勵士氣的目的，就是要消滅敵人！爲什麼不能殺死受傷、但還沒死的敵人呢？若是不忍心殺害受傷的敵人，那乾脆不要傷他；若是不忍心俘虜頭髮斑白的敵人，那不如投降。軍隊是爲了打勝仗而發動的，鳴金擊鼓是用來振奮士氣的，既然如此，那麼利用險隘的地方與敵人對抗，攻擊尚未擺好陣勢的敵人，當然可以啊！」

宋襄公緩緩地睜開眼來，對著子魚和滿屋子的大臣、嬪妃瞧了瞧，痛悔的說：「我本來以紂王爲戒，對人講仁義，想要做出一番大事業，可惜我沒能做到。」他嘆了口氣，眼角滾出淚來。次年，宋襄公便因爲重傷不治逝世，由兒子宋成公繼位。

曹劌論戰

《左傳》

經典原文

十年①春，齊師②伐我③。公④將戰，曹劌⑤請見。其鄉人曰：「肉食者謀⑥之，又何間⑦焉？」劌曰：「肉食者鄙⑧，未能遠謀。」乃入見，問何以戰⑨。公曰：「衣食所安，弗敢專也⑩，必以分人⑪。」對曰：「小惠未徧⑫，民弗從也。」公曰：「犧牲、玉帛⑬，弗敢加⑭也。必以信。」對曰：「小信未孚⑮，神弗福⑯也。」公曰：「小大之獄⑰，雖不能察⑱，必以情⑲。」對曰：「忠之屬也⑳，可以一戰㉑。戰，則請從㉒。」

公與之乘㉓，戰于長勺㉔。公將鼓之。劌曰：「未可。」齊人三鼓。劌曰：「可矣。」齊師敗績㉕。公將馳㉖之。劌曰：「未可。」下，視其轍㉗，登軾㉘而望之，曰：「可矣。」遂逐齊師。

既克㉙，公問其故。對曰：「夫戰，勇氣也㉚。一鼓作氣㉛，再而衰，三而竭。彼竭我盈㉜，故克之。夫大國，難測㉝也，懼有伏㉞焉。吾視其轍亂，望其旗靡㉟，故逐之。」

作者

《左傳》。

題解

選自《左傳．莊公十年》。記敘曹劌在長勺之戰中對此次戰爭的評論，並描述在戰時活用「一鼓作氣，再而衰，三而竭」的原則，必能擊退實力強大的齊軍，是歷史上以弱勝強的著名戰例之一。

注釋

①十年：魯莊公十年（西元前六八四年）。

②齊師：齊國的軍隊。齊，今山東省中部。師，軍隊。

③我：指魯國。魯，今山東省西南部。《左傳》傳為魯國史官而作，故稱魯國為「我」。

④公：諸侯的通稱，指魯莊公。

⑤曹劌：春秋時魯國大夫。著名的軍事理論家。劌，音ㄍㄨㄟˋ。

⑥肉食者：指居高位、享厚祿的人。謀：謀劃。

⑦間：參與。音ㄐㄧㄢˋ。

⑧鄙：鄙陋，指目光短淺。

⑨何以戰：即「以何戰」，憑藉什麼作戰？

⑩衣食所安，弗敢專也：衣食這類養生的物品，不敢獨自享用。安：「養」的意思。弗：不。專：獨自專有，個人專有。

⑪必以分人：省略句，省略「之」。完整句子是「必以之分人」，一定把它分給別人。以，把。人：指魯莊公身邊的近臣或貴族。

⑫ 徧：通「遍」。遍及，普遍。
⑬ 犧牲、玉帛：古代祭祀用的祭品。犧牲，祭祀用的豬、牛、羊等。玉，玉器。帛，絲織品。
⑭ 加：虛報。
⑮ 小信未孚：這只是小信用，未能讓神靈信服。孚，音 ㄈㄨˊ，使人信服。
⑯ 福：名詞作動詞，降福。
⑰ 獄：案件。
⑱ 察：明察。
⑲ 情：情理。
⑳ 忠之屬也：這是盡了職分的事情。忠，盡力做好分內的事。
㉑ 可以一戰：可以憑藉這個條件打一仗。可，可以。以，憑藉。
㉒ 戰則請從：如果作戰，請允許我跟從。從，隨行，跟從。
㉓ 公與之乘：魯莊公和他共乘一輛戰車。之，指曹劌。
㉔ 長勺：魯國地名，今山東萊蕪東北。
㉕ 敗績：潰敗。
㉖ 馳：驅車追趕。
㉗ 轍：音 ㄔㄜˋ，車輪在地上碾過的痕跡。
㉘ 軾：音 ㄕˋ，古代車子前用的橫木。
㉙ 既克：已經戰勝。既，已經。
㉚ 夫戰，勇氣也：作戰靠的是勇氣。夫放句首，表示將發議論。
㉛ 一鼓作氣：第一次擊鼓能振作士氣。
㉜ 彼竭我盈：他們的勇氣已盡，我們的勇氣正盛。彼，代詞，指齊軍。盈，充沛，飽滿，指士氣旺盛。
㉝ 難測：難以推測。測，推測，估計。
㉞ 伏：埋伏。

㉟靡：音ㄇㄧˇ，倒下。

評析

曹劌論戰的故事，重點不是在描述戰爭的情況，而是強調曹劌的「戰術」運用，因此詳細地描述曹劌與魯莊公的對話。透過曹劌對戰爭的一番分析，以及弱國戰勝強國的史實，表現曹劌卓越的政治和軍事才能，也說明了在戰爭時，只有獲得人民支持以及運用正確的戰術，才能取得勝利。在故事的敘述技巧上，將曹劌和魯莊公對比，以突顯曹劌的遠見和莊公的短淺，而莊公能夠向曹劌虛心求教，頗為難能可貴。

經典故事

魯莊公十年的春天，一點也不平靜，齊國派出強大的兵馬攻打魯國，魯莊公準備迎戰。這場戰爭，使得溫暖的春天充滿了肅殺之氣。

魯國的軍事家曹劌聽到消息，就請求進見莊公，希望能貢獻自己的才能。親友們疑惑的問他：「打仗的事，自然有那些大夫以上的人謀劃，你又何必淌這種渾水呢？」

曹劌哈哈一笑，說：「那些人很淺薄，不能深謀遠慮的。」於是進宮去了。

魯莊公聽說曹劌來了，親切的接見他。一見面，曹劌劈頭便問：「敢問您憑什麼要百姓支持這場戰爭？」莊公毫不猶豫的說：「有舒適的衣服，我不敢獨享，一定會分給百姓，將財富與民共享。」曹劌卻皺眉道：「這種小恩惠無法分給所有人，老百姓不會跟從您的。」

莊公又說：「我也不敢擅自虛報祭祀用的牛羊和玉帛，一定會誠實地獻給神明。」曹劌搖搖頭，道：「這種小誠實無法取得神明的信任，神不會降福的。」

莊公略思索了一下，又說：「所有的官司案件，雖然不能全部明察，但一定會按照情理去處置。」曹劌這才高興的說：「這的確是爲百姓盡心盡力啊！我軍可以一戰了。出戰時，請讓我跟隨您吧！」莊公答應了。

到了齊、魯兩軍準備交戰的時刻，魯莊公和曹劌共乘一輛車，在長勺這個地方和齊軍對峙。莊公準備擊鼓進軍了，曹劌卻伸手阻擋說：「還不行。」莊公感到奇怪，但還是聽從曹劌的話止住不發。

等齊軍擊了三次鼓之後，曹劌才點頭說：「可以開戰了。」於是莊公下令擊鼓發動攻擊。

兩軍交戰，魯軍氣勢如虹，齊軍果然戰敗，分頭迅速逃竄。魯莊公見獵心喜，打算乘勝追擊，曹劌卻阻止說：「時機還沒到。」只見他忽然跳下車，來回地檢查齊軍的車輪痕跡，又登上車前的橫木瞭望齊軍，看了一會兒才說：「可以追擊了！」在魯軍的追擊下，齊軍終於被徹底擊敗。

戰爭結束後，莊公忍不住問曹劌：「爲何三番兩次阻止我發兵呢？」

曹劌微笑著說：「作戰，靠的是士兵的勇氣。第一次擊鼓時，士氣最振作；第二次擊鼓，士氣就會比前次衰退；等到第三次擊鼓，士兵的勇氣就會消失殆盡。我們等齊軍擊完戰鼓，當他們士氣竭盡時，卻是我軍最振奮的時候，所以很容易就打敗齊軍了。」

莊公點點頭，一邊沉思箇中奧妙。

曹劌繼續說：「至於我爲什麼不讓您乘勝追擊？那是因爲大國的實力很難預測，我擔心齊軍詐敗，在路上設置埋伏突襲我軍，所以先下車查看齊軍的車輪，發現車輪痕跡混亂，再登高遠望，又看見敵軍的旌旗東倒西歪的，一副顧著逃命的樣子，才有十足的把握下令追擊。這場戰爭就是這麼得勝的。」

莊公聽完曹劌論戰後，終於恍然大悟，忍不住大笑起來，對曹劌的軍事才能佩服不已。

第九課

介之推不言祿

《左傳》

經典原文

晉侯[1]賞從亡者[2]，介之推[3]不言祿，祿亦弗及。

推曰：「獻公[4]之子九人，唯君在矣。惠、懷[5]無親，外內棄之。天未絕晉，必將有主。主晉祀者，非君而誰？天實置[6]之，而二三子[7]以爲己力，不亦誣[8]乎？竊人之財，猶謂之盜，況貪天之功以爲己力乎？下義其罪[9]，上賞其奸[10]，上下相蒙[11]，難與處矣。」

其母曰：「盍[12]亦求之？以死，誰懟[13]？」

對曰：「尤[14]而效之，罪又甚焉。且出怨言，不食其食[15]。」

其母曰：「亦使知之，若何？」

對曰：「言，身之文[16]也。身將隱，焉用文之？是求顯也。」

其母曰：「能如是乎？與女偕隱。」遂隱而死。

晉侯求之，不獲，以緜上爲之田[17]。曰：「以志[18]吾過，且旌[19]善人。」

作者

《左傳》。

題解

選自《左傳．僖公二十四年》。介之推跟著晉文公重耳在外流亡回國後，晉文公大賞群臣，卻獨獨遺漏了他，但他不誇功，也不求賞，反而和老母隱居在緜上深山裡。劉向《新序》中：「求之不能得，以謂焚其山宜出。及焚其山，遂不出而焚死。」為原文「遂隱而死」留下了想像空間。

注釋

①晉侯：晉文公，即重耳。因驪姬之亂逃亡在外，在秦國的幫助下回晉繼承君位。
②從亡者：跟隨文公出亡在外之臣，如狐偃、趙衰等人。
③介之推：亦從亡之臣。晉文公臣子，曾割自己腿上的肉餵飢餓的文公。
④獻公：重耳之父晉獻公。
⑤惠、懷：惠公、懷公。惠公是文公重耳的弟弟，懷公的父親。
⑥置：立。
⑦二三子：那幾個人，指跟隨文公逃亡的諸臣。
⑧誣：欺騙。音 ㄨ。
⑨下義其罪：言貪天之功，在下位者把罪過當作正當的事。義，正當的事。
⑩上賞其奸：在上位者也對壞事加以獎賞。
⑪蒙：欺騙。
⑫盍：音 ㄏㄜˊ，何不。

⑬ 懟：音ㄉㄨㄟˋ。怨恨。
⑭ 尤：責怪。
⑮ 其食：其祿也。
⑯ 文：花紋，裝飾。人之有言，所以文飾其身。
⑰ 緜上：地名，在今山西省介休縣南、沁源縣西北的介山之下。田：祭田。
⑱ 志：記載。
⑲ 旌：表彰。音ㄐㄧㄥ。

評析

只能共患難而不能共安樂，是許多領導人的問題，晉文公就是鮮明的例子。當初重耳落難出亡時，介之推割下股肉救活他，等重耳回國即位，大封群臣，卻完全不提有功的介之推；那些貪婪的臣子將功勞據爲己有，晉文公卻不以此爲奸，還賞賜他們，成了上下蒙蔽，因此介之推不願同流合汙，決定歸隱山林。介之推是言行一致的君子，晉文公卻是政客，「忘記」封賞與愚蠢燒山的決定，可能源自「忌才」的心態，試想，百姓寫詩諷刺文公，文公豈有不怒？藉此除掉功高震主的介之推，恐怕才是他的眞意。

經典故事

有句話說：「介之推不言祿，祿亦弗及。」介之推從來不要求賞賜，賞賜便也輪不到他。怎麼會這樣？論功行賞，不是天經地義的事嗎？

話說在晉獻公時，宮廷發生內亂，公子重耳出逃，逃亡的途中沒有食物可吃，

飢腸轆轆的重耳只好吃野菜充饑，尊貴的公子怎咽得下野菜呢？在旁的介之推就割下大腿的一塊肉，煮成湯，端給重耳喝。

重耳讚美湯的味道，後來發現介之推走路一拐一拐的，追問之下才明白眞相，令重耳感動不已，對介之推承諾：「等我回國後，必定重賞你。」

重耳回到晉國後，平定了叛亂，成爲有名的晉文公。意氣風發的文公，對追隨的臣子論功行賞，卻唯獨忘記介之推。

介之推便對老母親說：「獻公有九個兒子，現在只有君王還在。君王的弟弟夷吾和夷吾的兒子沒有親信，國內外都拋棄他們。老天不想滅晉，所以安排文公成爲君王。現在掌管國家的人，不正是文公嗎？這是天意。那些跟隨君王逃亡的人，卻認爲是自己的功勞，這不是欺騙嗎？偷竊錢財叫做盜竊，更何況搶了老天的功勞！臣子把罪過當作正當，國君又賞賜這群小人，上下互相欺瞞，我實在很難和他們相處共事！」說罷，介之推的心裡不禁有氣，並不是因爲沒有得到封賞，而是對汙濁的政治感到氣憤。

母親憂慮的說：「你爲什麼不去要賞賜呢？這樣貧窮的死去，又能埋怨誰？」因爲擔心愛子，老母親臉上的皺紋似乎更加深了。

介之推神情嚴肅，慨然說道：「我責備這種行爲而自己又去做，是罪加一等。況且我已經說出埋怨的話，以後更不能拿君王的俸祿了。」

母親仍不放棄，柔聲勸說：「你就讓君王知道這些想法，好嗎？」

介之推搖搖頭，堅定的回答：「言語，只是人的裝飾。我就要隱居了，還要裝飾做什麼？這樣等於是向他們乞求顯貴，我不願意。」母親知道兒子爲人正直，只好嘆氣：「你眞的能夠隱居起來嗎？那麼娘就和你一起隱居吧！」於是，介之推便帶著老母親歸隱山林，躲進了緜山。

有人爲介之推抱不平，作詩諷刺晉文公忘恩負義，詩歌在大街小巷流傳開來，很快就傳到文公耳中。文公有些惱怒，但爲了彌補過錯，便親自帶著大臣前往緜山迎介之推出山，介之推卻躲在山中不願出來。

趙衰、狐偃等人非常嫉妒介之推，便建議文公：「只要燒掉三面的山，留下逃生的路，介之推爲了救母親必定下山。」糊塗的晉文公答應了。趙衰、狐偃卻將山的四面都燒掉，等火熄滅後，文公派人上山，才發現介之推與母親抱著一棵大樹，早已經被火燒死。全國哀悼，於是晉文公將介之推的忌日定爲寒食節。

第十課

王孫滿對楚子

《左傳》

經典原文

楚子伐陸渾之戎①，遂至於雒②，觀兵③于周疆④。定王⑤使王孫滿⑥勞⑦楚子。楚子問鼎之大小、輕重焉。

對曰：「在德不在鼎⑧。昔夏之方有德也，遠方圖⑨物，貢金⑩九牧⑪，鑄鼎象物⑫，百物⑬而為之備⑭，使民知神、姦⑮。故民入川澤、山林，不逢不若⑯。螭魅⑰罔兩⑱，莫能逢之。用⑲能協⑳于上下，以承天休㉑。桀有昏德㉒，鼎遷于商，載祀㉓六百㉔。商紂暴虐，鼎遷於周。德之休明㉕，雖小，重也。其姦回㉖昏亂，雖大，輕也。天祚㉗明德㉘，有所厎止㉙。成王定鼎㉚于郟鄏㉛，卜世㉜三十，卜年㉝七百，天所命也。周德雖衰，天命未改。鼎之輕重，未可問也。」

作者

《左傳》。

題解

選自《左傳・宣公三年》。當楚莊王吞併一些小國，確立了地位後，將軍隊駐紮在周朝邊境，他對王孫滿問九鼎的輕重，正是想竊取周朝的王權。周大夫王孫滿針對楚莊王的問話，先說明了九鼎的來歷，再藉機指出統治天下的條件「在德不在鼎」，並且「周德雖衰，天命未改」，挫敗了楚莊王併吞的野心。

注釋

①陸渾之戎：古戎人的一支，又叫允姓之戎。原在秦晉的西北，春秋時被秦晉誘迫，遷到伊川（今河南省伊河流域），周景王二十年（西元前五二五年）為晉所併。

②雒：指雒水，今作洛水。發源於陝西，經河南流入黃河。

③觀兵：檢閱軍隊以示軍威。

④疆：邊境。

⑤定王：襄王的孫子，名瑜，周朝第二十一位王。

⑥王孫滿：周大夫，周共王的玄孫。

⑦勞：慰勞。音ㄌㄠˋ。

⑧鼎：即九鼎。相傳夏禹收九牧所貢之金鑄成九個大鼎，象徵九州，三代時奉為傳國之寶，也是王權的象徵。楚莊王問鼎的大小輕重，反映他對王權的覬覦（ㄐㄧˋ ㄩˊ）。

⑨圖：畫。

⑩金：指青銅等金屬品。

⑪九牧：即九州。傳說古代把天下分為九州，州的長官叫牧。貢金九牧，是「九牧貢金」的倒裝，猶言天下貢金。

⑫鑄鼎象物：用九州的貢金鑄成鼎，把畫下來的各種東西的圖像鑄在鼎上。

⑬百物：萬物。
⑭備：具備。
⑮神姦：鬼神怪異之物。姦：音ㄐㄧㄢ，邪惡。
⑯不逢不若：不會遇到不順從的東西。逢，遇。若，順，順從。
⑰螭魅：音ㄔ ㄇㄟˋ，也作「魑魅」。傳說山林裡能害人的妖怪。
⑱魍魎：音ㄨㄤˇ ㄌㄧㄤˇ，傳說中河川裡的精怪。
⑲用：因。
⑳協：和諧。
㉑休：蔭庇，保佑。
㉒昏德：昏亂的行為。
㉓祀：年。與「載」同義。
㉔六百：謂殷商有六百年的歷史。
㉕德之休明：猶言德若休明。休明，美善光明。
㉖姦回：奸惡邪僻。
㉗祚：音ㄗㄨㄛˋ，賜福，保佑。
㉘明德：美德。指明德的人。
㉙厎止：限度，極限。厎，音ㄓˇ，定，「底」的異體字。
㉚定鼎：定都。九鼎為古代傳國的重器，王都所在，即鼎之所在。
㉛郟鄏：音ㄐㄧㄚˊ ㄖㄨˋ。地名。周王城所在，在今河南省洛陽市西。
㉜卜世：預卜周朝能傳至幾代。卜，占卜。古人用火灼龜甲，根據灼開的裂紋來預測未來吉凶。世，父子相繼為一世。
㉝卜年：謂所得之年。

評析

「鼎」是國家重器，只會隨著改朝換代而改變安放的所在，楚莊王對周使者王孫滿「問鼎」，等於公然表露奪取政權的野心。下文「經典故事」的開頭，加入楚莊王過去荒廢國政的事蹟，是爲了突顯「鼎」的意義。王孫滿說：「在德不在鼎。」又說：「德之休明，雖小，重也。其姦回昏亂，雖大，輕也。」意思是周天子有德，而你楚王無德，天子仍然是天命所歸，鼎也就不會變更主人。王孫滿抓住楚莊王過去昏亂逸樂的行徑，用「德」字抬高周天子地位和政權的合理性，讓楚莊王知道天命在周而不在楚，最後迫使楚軍退兵。

經典故事

楚莊王是楚成王的孫子，在位三年了，什麼事也不管，整天不是醇酒美人，就是到山野之間打獵爲戲。

大臣們紛紛勸告，但是楚莊王並不想聽他們嘮叨，就乾脆頒出一條禁令：「有敢勸諫者，殺無赦。」嚇得那些想要勸諫的人，都不敢再勸了。

大夫蘇從按捺不住，有一天進宮對著莊王大哭。

莊王問：「你這是在哭什麼？」蘇從一把鼻涕、一把眼淚地說：「臣是哭自己就快死了，而楚國也快滅亡了。」楚莊王氣得手指著蘇從大罵：「你是不是也想來囉唆？寡人下禁令，敢諫者死，看到了沒有？你冒死來說話，不是太愚蠢了嗎？」

蘇從抹抹眼淚，說道：「大王是萬乘之君，享有千里之地，軍馬精強，諸侯都敬畏您，按四時貢獻不絕，國家可享用萬世。如今卻沉溺在酒色、音樂，不理朝政、不親賢才，恐怕國內外將有叛變發生，現在歡樂，日後就有災難了。因爲一時的歡樂，拋棄萬世的基業，是您太愚蠢。臣的愚只不過殺身，死後還可與龍逢、比干等賢臣齊名；但大王的愚，連匹夫都及不上，豈不是愚到了極點？臣冒死直言，請大王賜我死罪。」說完伏地跪拜，痛哭流涕。

楚莊王霍地站起，走下台階，牽著蘇從的手說：「如果不是大夫的直言，寡人眞要誤了大事。」從此以後果眞遠離美女，撤走音樂，用心革新政治，任用賢才，楚國便日益強盛起來。

後來，楚莊王更開疆拓土，討伐陸渾的戎人。這天，楚軍一路行軍到雒水邊，就在周王室的境內擺開陣勢示威，頗有與周天子一爭雄雌的意味。

天子周定王得知楚軍過境，連忙派遣大夫王孫滿到楚國的軍營慰問。

這時楚莊王已不把天子放在眼裡，當王孫滿到了，莊王便撣了撣衣服上的灰塵，傲慢地問：「寡人聽說大禹治水後鑄有九鼎，三代相傳，是世間至寶。鼎在周的首都洛陽，但不知鼎的大小輕重如何？」

王孫滿不慌不忙的說：「鼎的大小、輕重是看君王的德行，而不在鼎本身。從前夏朝剛擁立明主時，工匠畫出各種奇異的圖象，用九州進貢的金屬鑄成九鼎，把這些圖畫都鑄在鼎上，上頭有各種事物，使百姓知道哪些是神，哪些是邪。所以百姓進入江河山林中，不會碰到像山精水怪、螭魅魍魎之類的惡物，因此百姓沒有災害，國家上下和諧，承受上天的庇佑。」

莊王聽得出神。

王孫滿又道：「……傳到了夏朝，桀昏亂無德，被湯推翻，九鼎就遷到了商朝，長達六百年。傳到暴虐的紂，又被周給推翻，九鼎便遷到了周朝。君王的德行如果很好，鼎雖然小，也重得無法移走；倘若君王昏庸，九鼎再大，也輕得容易遷移。上天再怎麼降福給有德的人，總是有限的。」

楚莊王知道王孫滿在嘲諷他，但又被這番話給說得心服口服，一時無言。他想到自己剛即位時種種荒唐的行徑，不禁冒出了冷汗。

這時王孫滿忽然揚起頭來，堅定的說：「鼎有固定安放的位置。周的國運雖然衰退，但天命卻還沒改變，因此九鼎的輕重是不能詢問的！」

楚莊王雖然口出狂言侮辱周室，但也看清楚稱霸中原的時機尚未成熟，只好先退出了周境。

第十一課　勾踐復國

《國語》

經典原文

越王勾踐棲於會稽之上①，乃號令於三軍曰：「凡我父兄、昆弟及國子姓②，有能助寡人謀而退吳者，吾與之共知③越國之政。」大夫種④進對曰：「臣聞之，賈人夏則資皮⑤，冬則資絺⑥。旱則資舟，水則資車，以待乏也。夫雖無四方之憂，然謀臣與爪牙之士⑦，不可不養而擇也。譬如蓑笠，時雨既至，必求之。今君王既棲於會稽之上，然後乃求謀臣，無乃後乎⑧？」勾踐曰：「苟得聞子大夫之言，何後之有⑨？」執其手而與之謀。

遂使之行成⑩於吳，曰：「寡君勾踐乏無所使，使其下臣種，不敢徹聲聞於天王，私於下執事，曰：『寡君之師徒，不足以辱君矣⑪；願以金玉、子女賂⑫君之辱。請勾踐女女⑬於王，大夫女女於大夫，士女女於士，越國之寶器畢從⑭。寡君帥越國之眾，以從君之師徒，唯君左右之⑮！若以越國之罪爲不可赦也，將焚宗廟，係妻孥⑯，沉金玉於江⑰；有帶甲五千人，將以致死，乃必有偶⑱，是以帶甲萬人以事君也。無乃即傷君王之所愛乎？與其殺是人也，寧其得此國也，其孰利乎⑲？』」

夫差[20]將欲聽，與之成。子胥[21]諫曰：「不可！夫吳之與越也，仇讎敵戰之國也；三江環之，民無所移[22]。有吳則無越，有越則無吳。將不可改於是矣。員聞之，陸人居陸，水人居水。夫上黨之國[23]，我攻而勝之，吾不能居其地，不能乘其車；夫越國，吾攻而勝之，吾能居其地，吾能乘其舟。此其利也，不可失也已。君必滅之！失此利也，雖悔之，亦無及已。」

越人飾美女八人，納之太宰嚭[24]，曰：「子苟赦越國之罪，又有美於此者將進之。」太宰嚭諫曰：「嚭聞古之伐國者，服之而已；今已服矣，又何求焉？」夫差與之成而去之。

勾踐說於國人曰：「寡人不知其力之不足也，而又與大國執讎[25]，以暴露百姓之骨於中原，此則寡人之罪也。寡人請更[26]。」於是葬死者，問傷者，養生者；吊有憂，賀有喜；送往者，迎來者；去民之所惡[27]，補民之不足。然後卑事夫差，宦士三百人於吳[28]，其身親爲夫差前馬[29]。

勾踐之地，南至于句無，北至于禦兒，東至于鄞，西至于姑蔑[30]，廣運[31]百里。乃致其父兄、昆弟而誓之，曰：「寡人聞古之賢君，四方之民歸之，若水之歸下也。今寡人不能，將帥二三子夫婦以蕃[32]。」令壯者無取[33]老婦，令老者無取壯妻；女子十七不嫁，其父母有罪；丈夫二十不取，其父母有罪。將免[34]者以告，公令醫守之。生丈夫，二壺酒，一犬；生女子，二壺酒，一豚[35]；生三人，公與之母[36]；生二人，公與之餼[37]。當室者死，三年釋其政[38]；支子[39]死，三月釋其政：必哭泣葬埋之如其子。令孤子、寡婦、疾疹、貧病者，納宦其子㊵。其達士㊶，絜其居，美其服，飽其食，而摩厲㊷之於義。四方之士來者，必廟禮之㊸。勾踐載稻與脂於舟以行。國之孺子之遊者，無不餔也，無不歠也㊹：必問其名。非其身之所種則不食，非其夫人之所織則不衣。十年不收於國㊺，民俱有三年之食。

國之父兄請曰：「昔者夫差恥吾君於諸侯之國㊻；今越國亦節㊼矣，請報之。」勾踐辭曰：「昔者之戰也，非二三子之罪也，寡人之罪也。如寡人者，安與知恥？請姑無庸戰。」父兄又請曰：「越四封之內，親吾君也，猶父母也㊽。子而思報父母之仇，臣而思報君之仇，其有敢不盡力者乎？請復戰！」勾踐既許之，乃致其眾而誓之，曰：「寡人聞古之賢君，不患其眾之不足也，而患其志行之少恥㊾也。今夫差衣水犀之甲者億有三千㊿，不患其志行之少恥也，而患其眾之不足也。今寡人將助天滅之。吾不欲匹夫之勇也，欲其旅進旅退[51]。進則思賞，退則思刑；如此，則有常賞。進不用命，退則無恥；如此，則有常刑。」

果行，國人皆勸[52]。父勉其子，兄勉其弟，婦勉其夫，曰：「孰是君也，而可無死乎[53]？」是故敗吳于囿，又敗之于沒，又郊敗之[54]。

夫差行成，曰：「寡人之師徒不足以辱君矣，請以金玉、子女，賂君之辱。」勾踐對曰：「昔天以越與吳，而吳不受；今天以吳予越，越可以無聽天之命而聽君之令乎？吾請達王甬、句東[55]，吾與君爲二君乎！」夫差對曰：「寡人禮先壹飯矣[56]。君若不忘周室而爲弊邑宸宇[57]，亦寡人之願也。君若曰：『吾將殘女社稷，滅女宗廟(58)。』寡人請死，余何面目以視於天下乎！越君其次(59)也！」遂滅吳。

作者

《國語》是春秋時期的國別史，分周、魯、齊、晉、鄭、楚、吳、越八語，共二十一卷，成書時間不會早於戰國初期。司馬遷曾說：「左丘失明，厥有《國語》。」一般認爲作者就是左丘明。《國語》記敘的事件很多與《左傳》相同，但記事簡單，記言論則很詳細，似乎二書在「記事」和「記言」方面有所分工。因此東漢時班固、王充等人，都曾把《國語》稱作《春秋外傳》或《左氏外傳》。

題解

選自《國語》卷二十《越語上》。越王勾踐在初敗於吳國以後，臥薪嘗膽，刻苦圖強，「十年生聚，十年教訓」，終於使越國由弱變強，到最後攻滅吳國。本文內容多由人物的言論構成，充分展示了《國語》「記言」的書寫特色。

注釋

① 越王勾踐棲於會稽之上：勾踐，又作「勾踐」，春秋末年越國國君，春秋五霸之一。會稽（ㄍㄨㄟˋ ㄐㄧ），山名，今浙江紹興東南。勾踐即位初常與吳國相戰，魯哀公元年被吳王夫差大敗於夫椒，退會稽山。

② 昆弟及國子姓：昆弟，兄弟。國子姓，與越王同姓的宗族。

③ 知：音ㄓ，主持、執掌。

④大夫種：文種，字子禽，本為楚人，入越官任下大夫，與范蠡助勾踐滅吳，但後遭勾踐疑忌，被迫自殺。

⑤賈人夏則資皮：商人在夏天積貯毛皮貨物，等待冬天高價出售。賈（ㄍㄨˇ）人，本指經營買賣之人，後泛指所有商人。資，取，引申為積貯。皮，毛皮貨物。

⑥絺：音ㄔ，細葛布，用做夏天衣物。

⑦爪牙之士：指武臣將士。爪，音ㄓㄠˇ。

⑧然後乃求謀臣，無乃後乎：君王敗退會稽山後，才下令求謀臣，豈不是太遲了？前「乃」字，意為才。無乃，表示委婉反問的語助詞，猶言「豈不是」。後，遲、晚。

⑨苟得聞子大夫之言，何後之有：倘若能聽到文大夫的謀略言論，哪有什麼遲呢？苟，如果、倘若。何後之有，「有何後」，倒裝句。

⑩行成：要求停戰，協議和平。

⑪寡君之師徒，不足以辱君矣：我國的軍隊已不足以承蒙您吳王親自來討伐。寡君，謙詞，指勾踐。師徒，軍隊。

⑫賂：音ㄌㄨˋ，贈送財物。

⑬女女：音ㄋㄩˇ ㄋㄩˋ，後女字用作動詞，將女兒許配給人。

⑭畢從：全部歸屬於吳國。畢，全部；從，歸屬。

⑮唯君左右之：任由您擺布越國之衆。左右，控制、擺布之意。

⑯係妻孥：將與妻子兒女死生同命，寧死不作吳國的俘虜。係，同「繫」，拘囚。孥，音ㄋㄨˊ，子女。

⑰沉金玉於江：把金玉投到江中，而不讓吳國獲得。

⑱將以致死，乃必有偶：將拼死決戰，必定人人勇氣倍增，能以一當二。致死，誓死、拼死。偶，成對、加倍。

⑲與其殺是人也，寧其得此國也，其孰利乎：兩國決戰而殺掉越國之衆，與兩國講和而使吳坐得越國之衆，這二者哪個更有利？寧，安。孰，誰、哪個。

⑳夫差：春秋末年吳國國君，吳王闔閭（ㄏㄜˊ ㄌㄩˊ）之子，始祖是周太王之子太伯，姬姓。

㉑子胥：伍員字。伍員本為楚人，父兄都被楚平王聽信讒言殺死，他被迫投奔吳國，積極佐吳伐楚，經過五次戰役，終於攻入楚都郢，並掘楚平王墓鞭屍雪恥。吳王夫差時，他反對夫差許越求和，屢請滅越，但被越國使反

間計賄賂太宰嚭進讒，中傷他有異謀，夫差遂賜劍令其自殺。伍員死時曾預言越必滅吳，後果然。胥，音ㄒㄩ。

㉒三江環之，民無所移：吳越之地被眾多江河所環繞，民眾無處遷徙，故吳越二國必為爭奪地盤而戰，勢不兩立。三江，近人以為三江乃吳越之地多條水道的總稱。移，遷徙。

㉓上黨之國：泛指中原齊、魯、晉、鄭等國。黨，處所。

㉔太宰嚭：太宰，官名，吳國正卿。嚭，音ㄆㄧˇ，人名，姓伯，本為楚人，因父伯州黎被楚靈王所殺，他便避禍投奔吳國，官至太宰。

㉕執讎：結仇。執，結也。讎，音ㄔㄡˊ，同「仇」。

㉖更：改過。

㉗去民之所惡：剔除民眾所厭惡的政令。惡，音ㄨˋ。

㉘卑事夫差，宦士三百人於吳：勾踐帶領三百人入吳，像臣僕一樣卑賤地侍奉吳王夫差。卑，低賤。事，侍奉。宦，侍奉帝王的臣僕。

㉙其身親為夫差前馬：勾踐親身充作吳王夫差的馬前走卒。前馬，前驅在馬前。

㉚句無、禦兒、鄞、姑篾：均古地名。句無，今浙江諸暨南。禦兒，今浙江桐鄉崇德鎮東南。鄞，浙江寧波。姑篾，亦作姑蔑，今浙江金華、衢縣北。

㉛廣運：東西為廣，南北為運。

㉜將帥二三子夫婦以蕃：二三子，猶言諸位、各位。蕃，通「繁」，繁殖人口。

㉝取：通「娶」。

㉞免：通「娩」，分娩、生孩子。

㉟生丈夫，二壺酒，一犬；生女子，二壺酒，一豚。丈夫，男子。犬，狗。豚，小豬。古人認為狗屬陽畜，豬屬陰畜，生男要送狗，生女則送豬。

㊱生三人，公與之母：生三胞胎者，由公家供給奶媽哺乳。母，指乳母、奶媽。

㊲餼：音ㄒㄧˋ，食物。

㊳當室者死，三年釋其政：嫡長子死亡，則免除戶主的徭役三年。當室，嫡長子。古代實行嫡長子繼承法，嫡長

子將繼承父位而當家主事。釋，免除。政，徭役。

㊴支子：庶子，包括嫡妻所生的次子以及妾所生的兒子。

㊵納宦其子：凡孤寡病弱之家的子女，皆由公家代為收養撫育。納，入、收。宦，養。

㊶達士：明智通達的士人。

㊷摩厲：通「磨礪」，原指磨琢玉石，這裡借喻人的修身養性。

㊸必廟禮之：凡來投奔越國的士人，勾踐都要在宗廟行禮接待，以示敬重。廟，宗廟。禮，以禮相待。

㊹勾踐載稻與脂於舟以行。國之孺子之遊者，無不餔也，無不歠也：勾踐常用船載著粱肉等食物，到國內各處巡行，凡遇到未成年而流浪無依的人，都會給予食物、飲料。稻，糜。脂，膏，泛指粱肉食物。孺子，幼童、未成年者。餔，通「哺」，給人以食。歠，音ㄔㄨㄛˋ，「啜」古字，給人以飲。

㊺十年不收於國：勾踐十年不向民眾徵收租稅，以便百姓家有積蓄，才有實力為國效命。

㊻昔者夫差恥吾君於諸侯之國：昔，過去。恥，恥辱。恥吾君，使我們的國君蒙受恥辱。

㊼節：有節度，強大而有秩序。

㊽越四封之內，親吾君也，猶父母也：越國全體民眾愛戴國君勾踐，就像愛自己的父母一樣。封，疆界。四封之內，全國之內。

㊾少恥：謂缺少榮辱之心，因而不思進取，臨難苟且偷生。

㊿今夫差衣水犀之甲者億有三千：言吳王手下裝備精良的士兵為數眾多。衣，音ㄧˋ，動詞，穿著。水犀，生活在水中的犀牛，皮厚而韌，可用做上等護身衣甲；衣水犀之甲者，裝備精良的士兵。億有三千，指數量之多，非實數。

(51)旅進旅退：作戰時必須進則俱進，退則俱退，行動步調必須一致。旅，軍隊。

(52)果行，國人皆勸：果真行動起來時，國民都互相勉勵。果，果真。勸，勉勵、激勵。

(53)孰是君也，而可無死乎：有誰像我們國君這樣愛民如子，我們能不為他效死力嗎？孰，誰。

(54)是故敗吳於囿，又敗之於沒，又郊敗之：越國於魯哀公二十年（西元前四七五年），連續在笠澤、沒、吳都郊外三地大敗吳軍，進而包圍吳都。是故，因此。囿音ㄧㄡˋ，古江湖名，指笠澤。沒，古地名。郊，指吳國都城（今江蘇蘇州）郊外。

㊺吾請達王甬、句東：勾踐打算把吳王夫差遣送至東邊海島上囚禁起來。達，遣送。王，指夫差。甬、句東，《左傳》哀公二十年和《史記・吳世家》均作「甬東」，無「句」字。甬東，即今浙江舟山群島。一說，甬即甬江；句，即句章，今浙江餘姚東南，指海中之山。

㊻寡人禮先壹飯矣：壹飯，一頓飯，借喻微有恩惠。從情理上說，我以前曾有恩於越國（指以前夫差許越求和事）。

㊼君若不忘周室而為弊邑宸宇：越君若能看在周王的情面上，允許吳在貧瘠偏僻之地立國，並以越國之力庇護吳國。亦即允許吳作越的附庸。周室，周王室，指吳國國君乃周王族的後裔，與周王同為姬姓。弊邑，指貧瘠偏僻的地方。宸宇，屋簷下，借喻蔭庇。

㊽殘女社稷，滅女宗廟：殘，毀滅。女，同「汝」。社稷，古代祭祀天地之所，代指國家政權。宗廟，古代供奉和祭祀祖先之所，代指王朝政權。

㊾次：部隊駐紮留宿，指攻占吳都。古代行軍一宿稱「舍」，再宿稱「信」，超過兩宿則稱「次」。

評析

「臥薪嘗膽，十年生聚，十年教訓」，說來很簡單，卻要具備過人的意志才能夠達成。越王勾踐忍辱偷生，終於在西元前四七三年，發動了祕密藏在民間的三萬雄兵，一舉將吳國首都姑蘇城圍困，此時，吳王夫差還掌握了五萬兵馬，卻因爲糧草供給困難而不敢出城一戰。夫差想效仿二十年前勾踐向他求和的方式，央求勾踐接納吳國人民；然而，此時的勾踐並不是當年的夫差，他有當年夫差的雄心壯志，卻沒有夫差貪財好色的弱點，他深知在生死存亡的面前，絕對沒有退讓的餘地。

越王勾踐將頭枕在冰冷的兵器上，堅硬的鋼鐵頂得頭皮發疼，身子底下的柴草堆發出沙沙的聲響。又是一個失眠的夜晚，不是這刻意布置的床使他不能安睡，而是復國的大業尚未實現。

勾踐坐起身來，舔著屋子裡懸掛的苦膽，心道：「你難道忘記會稽之恥了嗎？」當時，他被吳國打得退守會稽山後，經過徹底反省，就向全軍宣布：「哪位能協助我擊退吳國，我就請他和我共同管理國家政事。」

大夫文種上前進諫：「一個國家就算沒有外患，也該事先培養和選擇有謀略的大臣及勇士。現在大王退守到會稽山才來尋求人才，未免太晚了吧？」

勾踐大爲驚訝：「能聽到大夫的這番話，怎能算晚呢？」就握著文種的手，與他一起商量滅吳之事，不久就派文種到吳國求和。

文種對吳王夫差說：「我們的軍隊不值得您再來討伐了，越王願意把錢財及子女奉獻給您，酬謝您的辱臨，還將率領國人編入貴國的軍隊，聽您指揮。如果您不能原諒越王，我們將燒毀宗廟，把妻兒綁起來，連錢財一起丟到江裡，再帶領剩下的五千人和貴國死戰，結果不免使越國遭到損失，豈不影響您的仁慈？您情願殺光越國的人，還是不費力氣就得到越國？」

吳王很心動，打算接受文種的意見。大夫伍子胥卻勸阻：「不行！吳、越兩國是世仇，這種勢不兩立的局面是無法改變的。希望您一舉滅掉越國，如果放棄了，一定後悔！」吳王就拒絕了勾踐。

勾踐想到國家將亡，失望憤怒得想殺掉妻子，燒毀財物，和吳國決一死戰。文種卻認爲還沒絕望，他洞悉吳王好大喜功、沉迷女色的弱點，建議進獻美女以迷惑吳王。勾踐採納建議，將八個美女送給吳國太宰嚭，請他擔任說客，再獻上美女西施。吳王以爲越國已經不具威脅，又看上西施的美色，於是便和越國訂立和約。

當吳軍撤離，勾踐就帶著妻子和大夫范蠡，到吳國伺候夫差。勾踐自居奴隸，甚至在吳王生病時，爲他親嘗糞便，幫助醫生診斷，最後終於騙得夫差的信任，三年後被釋放回國。

勾踐拿著苦膽，瞧著、死盯著；他睡在柴草上，腰與肩膀隱隱作痛。每天，他親自下田耕作，夫人也親手紡織，兩手的指頭都磨破了，就是想與百姓同甘共苦。全國百姓都凝聚起向心力，紛紛請求：「允許我們報仇吧！」勾踐卻認爲準備不夠，而辭謝國人的好意。

又過了幾年，國人再向勾踐請求對吳發兵。勾踐答應了，他拋去苦膽，拾起床上的兵器，宣誓道：「聽說古代的賢君，不擔心軍隊人數不足，卻擔心士兵不懂羞恥。現在吳王不擔心他的士兵不懂羞恥，只擔心人數不足。無恥就會失掉民心，我要協助上天滅掉吳國！」

於是越國上下互相勉勵。勾踐趁著吳王北上爭霸，趁虛而入，攻入吳國的首都姑蘇，殺掉吳太子，把吳軍打得大敗。吳王返國後，嚇得派人求和：「請允許我用財寶子女慰勞越王的辱臨吧！」

勾踐斷然拒絕，他說：「先前上天把越國送給吳，吳卻不接受，如今上天把吳送給越國，越國怎能不聽從天命？」越軍圍困吳都三年後，終於占據了姑蘇城，吳王被困在姑蘇山上自殺身亡。

第十二課

敬姜論勞逸

《國語》

經典原文

公父文伯①退朝，朝②其母③，其母方績，文伯曰：「以歜④之家而主猶績⑤，懼忓⑥季孫⑦之怒也，其以歜爲不能事主乎？」其母歎曰：「魯其亡乎！使僮子⑧備官⑨而未之聞耶？居⑩，吾語女。昔聖王之處民也，擇瘠土而處之，勞其民而用之，故長王天下。夫民勞則思，思則善心生；逸則淫，淫則忘善；忘善則惡心生。沃土之民不材，逸也。瘠土之民，莫不嚮義，勞也。

是故天子大采⑪朝日⑫，與三公九卿祖⑬識⑭地德⑮；日中考政，與百官之政事。師尹⑯惟⑰旅⑱牧⑲相⑳，宣序㉑民事。少采㉒夕月㉓，與太史㉔、司載㉕糾虔天刑㉖。日入監九御㉗，使潔奉禘、郊之粢盛㉘，而後即安。諸侯朝修天子之業命，晝考其國職，夕省其典刑，夜儆百工㉙，使無慆淫，而後即安。卿大夫朝考其職，晝講其庶政，夕序其業，夜庀㉚其家事，而後即安。士朝受業，晝而講貫，夕而習復，夜而計過，無憾，而後即安。自庶人以下，明而動，晦而休，無日以怠。王后親織玄紞㉛，公侯之夫人加之紘、綖，卿之內子爲大帶，命婦㉜成祭服。列士㉝之妻，加之以朝服。自庶士以下，皆衣其夫。社㉞而賦事，烝㉟而獻功，男女效績，愆㊱則有辟㊲。古之制也！君子勞心，小人勞力，先王之訓也！自上以下，誰敢淫心舍力？

今我寡也，爾又在下位，朝夕處事，猶恐忘先人之業。況有怠惰，其何以避辟？吾冀而朝夕修㊳我，曰：『必無廢先人。』爾今曰：『胡不自安？』以是承君之官，餘懼穆伯之絕祀也。」

仲尼聞之曰：「弟子誌之，季氏之婦不淫㊴矣！」

作者

《國語》。

題解

選自《國語．魯語下》。敬姜一番話，是希望做高官的兒子能忠於職守，做好本分工作，同時要謹記勤儉節約，不要貪圖安逸。她認爲貪圖安逸會觸發人們內心的貪欲，而貪欲最終會葬送兒子的前程乃至生命。從敬姜苦口婆心勸戒兒子的言論，可見她的理性智慧與愛子之心。

注釋

① 公父文伯：魯大夫，季悼（ㄉㄠˋ）子的孫子，公父穆伯的兒子。
② 朝：音ㄔㄠˊ，古時去見君王叫朝，謁見尊敬的人也叫朝。
③ 母：公父文伯的母親，即敬姜。
④ 歜：音ㄔㄨˋ，文伯自稱其名。

⑤績：紡麻。
⑥忓：音ㄍㄢ，觸犯。
⑦季孫：季康子。當時擔任魯國的正卿，是季悼子的曾孫。季氏是魯的大族，敬姜是季康子從叔祖母，所以文伯這樣說。
⑧僮子：童子。
⑨備官：充任官職。
⑩居：坐下。
⑪大采：五采的禮服。
⑫朝日：朝，音ㄔㄠˊ。天子以春分朝日，行祭日之禮。
⑬祖：熟習。
⑭識：知。
⑮地德：古人認為地能生產百物，養育人民，便是地之德。
⑯師尹：大夫官。
⑰惟：並列，與，和。
⑱旅：衆士。
⑲牧：州牧。
⑳相：國相。
㉑宣序：全面安排。
㉒少采：三采。
㉓夕月：天子每年秋分之夜祭祀月亮的儀式。
㉔太史：主管史書記載。
㉕司載：主管天文的官。
㉖天刑：天象，上天所顯現的預兆。

㉗九御：宮中的女官。

㉘粢盛：放在祭器內供祭祀用的穀物。粢，音ㄗ，黍、稷、稻、粱、麥、菰等穀物總稱。

㉙百工：指百官。

㉚庀：音ㄆㄧˇ，治理。

㉛紞：音ㄉㄢˇ，垂於冠冕兩旁，懸繫玉瑱（ㄊㄧㄢˋ）的絲線。

㉜命婦：大夫之妻。

㉝列士：士的總稱，周代分元士、中士、庶士三種。

㉞社：春社，每年春分時祭祀土地神。

㉟烝：音ㄓㄥ，特指冬天的祭祀。

㊱愆：音ㄑㄧㄢ，過失。

㊲辟：刑法。

㊳修：勉勵。

㊴淫：貪圖安逸。

評析

敬姜是一位連孔子都佩服的女性。魯大夫公父文伯的母親敬姜，對兒子在朝爲官卻只想要安逸，深深地感到憂慮，認爲長此以往恐怕會有殺身之禍，因而勸戒兒子。敬姜說人不分貴賤，人人都必須接受工作的磨練、勤勞努力才行，如果一個人的先天環境好，卻抱著怠惰之心，只圖安逸享樂，就非常容易墮落。以小見大，如果朝廷的君主、大臣、官員們也都如此，國家就岌岌可危了，這正是所謂「憂患興邦」。敬姜主張的就是「勤奮方能成材」的教育觀念，值得現代的父母深思。

魯國大夫文伯退朝回家拜見母親敬姜，敬姜正在屋內紡織。織布機發出軋軋聲，說明了它的年歲。

文伯皺著眉對母親說道：「我這樣的家世，還讓您從事紡織的工作，怕會惹惱長官季孫，以爲我不能事奉母親吧！」

敬姜聽了嘆息地說：「魯國大概要亡了！叫小孩子做官，卻不讓他們聽聽做官的道理嗎？坐下來，娘告訴你。」文伯端坐靜聽母親的教誨。

敬姜開口說道：「聖明的先王治理百姓，故意選貧瘠的土地給他們住，是想鍛鍊百姓，並依靠他們的能力，才能長久的統一天下。百姓勤勞工作，就懂得思考，也就有善良的念頭產生；相反的，安逸就會放縱，容易忘掉善念，邪惡的念頭就產生了。住在肥沃土地上的百姓沒有才能，是由於放縱；貧瘠土地上的百姓都崇尚正義，那是由於勤勞。」文伯點了點頭，認爲母親說的很有道理。

敬姜見兒子聽得專注，便繼續說：「所以，就算貴爲天子也得勤奮工作，用裝飾文采的器具祭祀日神，和三公、九卿一起，中午考察政務，交代百官事務，使民眾的事能得到有秩序的處理；再用有文采的器具祭拜月神，和太史、司載仰察上天的垂示；日落時便督促嬪妃，讓她們清潔並準備祭品及器皿，然後天子才去休息。諸侯也得勤奮工作，在清早學習和聽取天子交辦的事，白天完成任務，傍晚則反省典章和法規，夜晚要去警告官員們，叮嚀他們不要享樂過度，然後才能去休息。」

文伯心想，確實如此！由上到下都各司其職，才能推動國家的政務。

敬姜又道：「至於卿和大夫們也一樣，早晨考察自己的職守，白天研究政事，傍晚整理一天的工作，夜晚處理自己封邑的事，然後才去休息。士大夫在早晨接受朝廷分配的事務，白天講習政事，傍晚複習，夜裡反省自己的過失，然後才去休息。從平民以下，人人白天工作，晚上休息，沒有一天可以怠惰。」

文伯深感佩服，母親每天在家中，竟對國政有如此細微的觀察。

敬姜繼續說道：「貴族的婦女同樣忙碌啊！比如王后得親自編織冠帽上繫著瑱玉的黑絲繩；諸侯夫人要編織冠纓和縫製冠頂布；卿的妻子要縫製禮服上的腰帶，大夫的妻子則縫製祭服，士的妻子還要縫製朝服。下士以下的妻子都親自做衣服給丈夫穿。不論春祭、冬祭，男女都努力做出成績，有罪就實施刑罰，這是古代的制度。君子勞心，小人勞力，這是先王的遺訓。國家從上到下，誰敢放縱偷懶而不盡心盡力呢？」

文伯終於明白，爲何母親仍舊那麼努力工作，不禁深感慚愧。

敬姜見了兒子的臉色，便溫柔的說：「孩子，現在爲娘的守寡，而你在朝爲官又處在下位，從早到晚忙著處理事務，生怕忘記先人的功業，更別說如果怠惰的話，將來怎麼逃避刑罰呢？我還指望你提醒我：『絕對不要荒廢祖先的功業。』但你現在卻說：『爲什麼不讓自己過得安逸一點？』如果再用這種想法擔任官職，我怕你爹就要絕後了。」

文伯羞愧不已，立刻向母親敬禮，表示自己的歉意。

孔子聽說這件事以後，感觸很深，就告誡弟子們說：「你們要記住敬姜的這番話，她的確能夠自我節制，而且深明大義啊！」

第十三課

召公諫厲王弭謗

《國語》

經典原文

厲王虐①，國人謗王②。召公③告曰：「民不堪命矣④！」王怒。得衛巫⑤，使監謗者。以告，則殺之。國人莫敢言，道路以目⑥。

王喜，告召公曰：「吾能弭謗矣，乃不敢言。」

召公曰：「是障⑦之也。防民之口，甚於防川⑧。川壅⑨而潰⑩，傷人必多；民亦如之。是故爲川者⑪，決之使導；爲民者，宣⑫之使言。故天子聽政，使公卿⑬至於列士⑭獻詩⑮，瞽⑯獻曲，史獻書，師⑰箴⑱，瞍⑲賦⑳，矇㉑誦，百工諫，庶人傳語，近臣盡規，親戚㉒補察，瞽、史教誨，耆、艾㉓修㉔之，而後王斟酌焉。是以事行而不悖。民之有口也，猶土之有山川也，財用於是乎出㉕；猶其有原隰㉖衍沃㉗也，衣食於是乎生。口之宣言也，善敗於是乎興㉘。行善而備敗㉙，其所以阜㉚財用衣食者也。夫㉛民慮之於心而宣之於口，成而行之，胡可壅也？若壅其口，其與㉜能幾何？」

王弗聽，於是國莫敢出言。三年㉝，乃流王于彘㉞。

作者

《國語》。

題解

選自《國語・周語上》，召公又作「邵公」。《左傳》直指厲王爲「王心戾虐，萬民弗忍」，他殘忍的作爲，引起召公的憂慮，最終被人民放逐。召公代表了當時所有的有識之士。邏輯清晰，擷取重要的對話，以對話呈現召公的遠見，反襯厲王無道，是《國語》中的名篇。

注釋

①厲王：周夷王之子，名胡，西元前八七八至前八四二年在位，共三十七年。虐，殘忍。
②國人：居住在國都裡的人，指平民百姓。
③召公：召穆公，周厲王時卿士，名虎，姬姓。
④不堪命：不能忍耐嚴苛的政令。
⑤衛巫：衛地的巫者。巫，以裝神弄鬼為職業的人。
⑥道路以目：路人相遇於道路，不敢交談，只能用眼色傳遞心中的憤怒。
⑦障：堵塞。
⑧防民之口，勝於防川：堵住人民的嘴巴，比堵塞河川還嚴重。
⑨壅：音ㄩㄥ，堵塞。
⑩潰：音ㄎㄨㄟˋ，決堤。
⑪為川者：治水的人。
⑫宣：疏導。

⑬公卿：執政大臣。古代有三公九卿。太師、太傅、太保，是三公。九卿指少師、少傅、少保、冢宰、司徒、宗伯、司馬、司寇、司空。
⑭列士：古代官員有上士、中士、下士之分，統稱列士，位在大夫之下。
⑮詩：有諷諫意義的詩篇。
⑯瞽：音ㄍㄨˇ，盲人。古代樂官多由盲人擔任，也稱樂官為瞽。
⑰師：樂師。
⑱箴：音ㄓㄣ，具有勸戒性質的文辭。指少師進言，以規評王之得失。
⑲瞍：音ㄙㄡˇ，盲人。
⑳賦：有節奏地誦讀。
㉑矇：音ㄇㄥˊ，盲人。瞍矇均指樂師。
㉒親戚：君王的內外親屬。
㉓耆、艾：年六十叫耆音ㄑㄧˊ。年五十叫艾。年長的師傅。年老的耆、艾也常對王勸誡。
㉔修：整理修飾。
㉕財用於是乎出：指人類的財富、用度，都是從山川生產出來的。
㉖原隰：平原和低濕之地。隰，音ㄒㄧˊ。
㉗衍沃：指平坦肥沃的良田。
㉘興：興起、表露之意。
㉙行善而備敗：凡是人民認為好的就應該要推行，人民認為壞的就應該要防範。指國君聽取人民意見。
㉚阜：音ㄈㄨˋ，豐厚。
㉛夫：發語詞，無義。
㉜與：語助詞，無義。一說為「跟從」，指老百姓跟從你的能有多少？
㉝三年：周厲王於西元前八四二年被國人放逐到彘，召公諫厲王事當在西元前八四五年。
㉞乃流王於彘：把國王放逐到彘地去。乃：終於。流，流放。彘，音ㄓˋ，今山西省霍縣境內。

評析

國家領導人能夠安撫百姓，給百姓適當的情緒出口和言論自由，國家才會安定。周厲王卻反其道而行，他暴虐無道，剛愎自用，以高壓手段和殺戮鎮壓人民，限制言論自由，於是引起人民的不滿，最後終於被放逐了。如果厲王願意聽召公的勸諫，就不致於這樣的下場。故事的重點在召公那段勸諫之詞，他說人民的言論是無法阻擋的，爲政者要虛心，善於聽取老百姓的意見，改正自己的錯誤，國家才會強盛。從作者的描述中，可見召公表現出耐性和委婉的話術，使人容易受到啓發。

經典故事

整個京城，瀰漫著一股難以言喻的恐怖氣氛，四方的諸侯不來朝拜了。這是西周最黑暗的時期，因爲周厲王殘暴無道，用暴政統治國家。

厲王是周朝有名的暴君，任用榮夷公等人，壟斷山林川澤的一切收益，不讓百姓前往採樵漁獵。大夫芮良夫極力勸阻：「王室恐怕就要衰微了！榮公只知道將國土據爲己有，卻不知土地財貨是老天爺給的，誰想獨占，就會觸怒很多人。您難道不擔心嗎？」但剛愎的厲王不聽勸，還是任用榮夷公掌管國事。

厲王的施政招來百姓的怨恨，爲了控制輿論，厲王從衛國找來巫師，想藉助巫術監視百姓私下的議論，只要發現謀反的蛛絲馬跡，就立即殺掉。

京城裡，士兵傾巢而出，大規模地跟蹤及搜捕異見人士，如果有人公開發言，就會被士兵強行推上車帶走。這樣一來，人們都敢怒不敢言，在路上相遇，只敢用眼神傳達內心的憤怒。

過沒多久，老百姓都不敢開口說話了，連原本應該熱鬧的大街也變得異常寂靜。厲王非常高興，得意洋洋的告訴大臣召公：「我能制止人們對我的批評，現在他們不敢說話了。」

召公嘆著氣，搖頭道：「您的做法只是將百姓的嘴堵起來罷了！堵住人民的嘴巴，比堵住江河還要嚴重。水蓄積多了，一旦潰堤，一定會傷害許多人，不讓人民說話的道理也是一樣。所以治水的人應該開通河道，使水流暢通；治理人民也應該開導他們，讓他們有發表意見的自由。……」

召公的話語，彷彿將時間拉到了遙遠的時代，那時聖君施政，無不積極要求官員們去民間採集詩篇，要樂官進獻民間的歌謠，因爲這些詩歌都反映了民意。朝廷裡，有誠實的史官撰寫史書，百官向天子進諫，將百姓的意見間接地傳達給天子，施政就不致於違背情理，能照顧老百姓的需要。

召公停頓了一下，見厲王面無表情的模樣，心裡有點膽寒，但還是鼓起勇氣說：「人民有嘴巴，就像大地有了山川，又像原野有肥沃的田地，能生產許多好的事物來。施政的好壞可以從百姓所說的話得知，作爲大王的施政參考啊！有好意見就去實行，壞的批評就去防備，可以使國家進步。現在您堵住人民的嘴巴，能維持多久呢？奉勸您改變做法吧！」

但厲王根本不聽勸阻，繼續一意孤行地控制百姓的言論。

就這樣，周朝在天災、人禍的折磨之下，弄得民不聊生。過了三年，老百姓發動聲勢浩大的起義行動，要放逐厲王。剛愎自用的厲王被暴動給嚇破了膽，連忙逃奔到彘這個地方躲藏起來，結束了殘暴的統治。

戰國

第十四課

齊人乞墦

《孟子》

經典原文

齊人有一妻一妾而處室①者，其良人②出，則必饜③酒肉而後反。其妻問所與飲食者，則盡富貴也。其妻告其妾曰：「良人出，則必饜酒肉而後反。問其與飲食者，盡富貴也；而未嘗有顯者④來，吾將瞷⑤良人之所之也。」

蚤⑥起，施⑦從良人之所之，徧國中⑧無與立談者。卒⑨之⑩東郭⑪墦間⑫，之祭者⑬，乞其餘；不足，又顧而之他，此其爲饜足之道也！

其妻歸，告其妾曰：「良人者，所仰望而終身也。今若此！」與其妾訕⑭其良人，而相泣於中庭⑮。而良人未之知也，施施⑯從外來，驕其妻妾。

由君子觀之，則人之所以求富貴利達者，其妻妾不羞也而不相泣者，幾希⑰矣！

作者

孟子（西元前三七二年—前二八九年），名軻。戰國時期魯國人。中國古代著名思想家、教育家，戰國時期儒家代表人物。著有《孟子》。孟子繼承並發揚了孔子的思想，成爲僅次於孔子的一代儒家宗師，有「亞聖」之稱，與孔子合稱「孔孟」。孟子的文章說理暢達，氣勢充沛，長於論辯，邏輯性強。

題解

選自《孟子》卷八下〈離婁下〉。孟子勾畫出一個內心極其卑劣下賤，外表卻趾高氣揚、不可一世的人物形象。墦，墳墓。指齊人向祭墓者乞求祭拜後剩下來的酒肉，後以「乞墦」指向人乞求施捨，亦指人生活困窘，或爲了謀利而不擇手段。

注釋

①處室：共處一室，住在一起。
②良人：古時妻子稱丈夫。
③饜：ㄧㄢˋ，飽食。
④顯者：地位顯要的人，指達官貴人。
⑤瞯：ㄐㄧㄢˋ，窺視，偷看。
⑥蚤：同「早」。
⑦施：音ㄧˊ，通「迤」，即斜行，迂迴曲折著走路。
⑧國中：國都之中。周代稱諸侯的首都為「國」。
⑨卒：ㄗㄨˊ，最後。
⑩之：來到。
⑪東郭：東邊的外城。
⑫墦：墦，音ㄈㄢˊ，墳墓。

⑬祭者：掃墓祭拜的人。
⑭訕：音ㄕㄢˋ，譏諷，嘲罵。
⑮中庭：庭院裡。
⑯施施：音ㄕㄕ，大搖大擺，喜悅自得的樣子。
⑰幾希：很少。希，通「稀」。

評析

孟子描繪出一個內心卑劣下賤，外表卻不可一世的人物形象。齊人爲了貪圖享受，不去工作，寧願乞討，並甚爲自得，完全拋棄人格，好逸惡勞。孟子藉齊人的嘴臉，比喻當時官僚的腐敗與無恥，他影射的正是在那個時代的所見所聞：人們不擇手段地奔走於諸侯之門，求取升官發財，那些人看似衣冠楚楚，暗地卻行徑卑劣，從事見不得人的勾當。孟子藉由這篇故事揭露他們骯髒的本性。

經典故事

齊國有一個男子，娶了妻、妾兩位美嬌娘，妻與妾都是賢慧的女人，彼此也能和睦相處，家庭平靜無波。不過，近來她們發覺丈夫每次出門以後，都是酒足飯飽了才回來，從來不願在家裡吃飯，使她們感到疑惑。

妻子有些疑心，以爲丈夫是去酒家花天酒地了，於是找了機會試探丈夫：「相公都和什麼人吃飯喝酒呢？」

丈夫若無其事的回答：「都是和一些顯要富貴的人家呀！」他擺擺手說：「男人的事，女人家少管。」說完，就出門去了。

這麼一來妻子更加懷疑了，就對妾說：「相公每次出門，都酒足飯飽了才回來，問他和誰吃飯喝酒去？他總說是跟一些富貴顯要的人家，可是這些人怎麼都沒到我們家來呢？我想跟蹤相公，看看他都跟哪些人在一起。」

於是，妻與妾兩個女人私下祕密商議著，身爲女人的直覺告訴她們，丈夫極有可能是上酒家去了。

隔天早上，妻子便暗中跟著丈夫出門，一路上躲躲藏藏，生怕被丈夫發現。然而妻子跟著丈夫走遍城市和大街小巷，甚至經過城裡最大的酒家，始終沒見到他和別人交談，而且丈夫走的道路越來越偏僻了。

妻子漸漸感到害怕，不久，就跟著丈夫走到東城外的墳場。於是妻子便躲在一棵樹後面，遠遠的觀望，沒想到竟然看見丈夫向祭祀的人討乞剩餘的酒肉，等討來了，就拿到一旁大吃起來。這家吃得不夠，又往別家的墳上乞討。

「原來這就是相公酒足飯飽的方法啊！」妻子簡直不敢相信自己的眼睛，她默默的落淚，然後轉身離開，一路上失魂落魄，也不知怎麼回到家裡的。

妻子把實情告訴妾，妾也驚訝得張大了嘴，說不出話來。

妻說：「相公是我們依靠一輩子的人，想不到他有妻妾、有家庭，竟然不努力工作，還去乞討，撿現成的食物來吃，眞是不爭氣！」兩個女人痛罵著丈夫，在庭院裡相對哭泣，爲自己的命運感到悲哀。

丈夫還不知道他在墳地乞討的事已被揭穿，仍然得意洋洋的從外面回來，對著妻妾趾高氣揚，炫耀他在富貴人家聚會的熱鬧風光，自以爲很了不起。

妻與妾更絕望了。

孟子知道這件事後，就對學生說：「一般人求取升官發財時，難免露出醜態，好比齊人乞討免費食物時，也是醜態畢露，如果讓這些人的妻妾看到了，恐怕也會覺得羞恥，還要抱在一起哭吧！」

第十五課

庖丁解牛

《莊子》

經典原文

庖丁①爲文惠君②解牛③，手之所觸，肩之所倚，足之所履，膝之所踦④，砉然⑤響然，奏刀騞然⑥，莫不中音：合於〈桑林〉⑦之舞，乃中〈經首〉⑧之會。

文惠君曰：「嘻，善哉！技蓋⑨至此乎！」

庖丁釋刀對曰：「臣之所好者，道也，進⑩乎技矣。始臣之解牛之時，所見無非牛者；三年之後，未嘗見全牛也。方今之時，臣以神遇而不以目視，官知止而神欲⑪行。依乎天理⑫，批大郤⑬，導大窾⑭，因其固然⑮，技經肯綮之未嘗⑯，而況大軱⑰乎！良庖歲更刀，割也；族⑱庖月更刀，折⑲也。今臣之刀十九年矣，所解數千牛矣，而刀刃若新發⑳於硎㉑。彼節者有間㉒，而刀刃者無厚；以無厚入有間，恢恢乎㉓其於游刃必有餘地矣，是以十九年而刀刃若新發於硎。雖然，每至於族㉔，吾見其難爲，怵然㉕爲戒，視爲止，行爲遲，動刀甚微，謋㉖然已解，如土委地㉗。提刀而立，爲之四顧，爲之躊躇滿志㉘，善㉙刀而藏之。」

文惠君曰：「善哉！吾聞庖丁之言，得養生焉。」

作者

《莊子》又名《南華眞經》，作者莊子（約西元前三六九年—前二八六年），名周，生卒年約與孟子同時。戰國時宋國蒙（今河南省商丘市東北，一說安徽蒙城）人，曾任漆園吏。著名思想家、哲學家、文學家，是道家學派的代表人物，老子思想的繼承和發展者。後世將他與老子並稱爲「老莊」。

題解

選自《莊子．養生主》。〈庖丁解牛〉闡述的是養生之道，因此放到〈養生主〉的開篇。內容詳述庖丁解剖全牛的過程，比喻只要經過反覆實踐，掌握了事物的客觀規律，做起事來就能得心應手，運用自如。

注釋

①庖丁：廚師。庖，音ㄆㄠˊ。
②文惠君：梁惠王。
③解牛：宰牛，指把整個牛體開剥分剖。解，音ㄐㄧㄝˇ，動詞。
④踦：音ㄧˇ，支撐，抵住。指用一條腿的膝蓋頂牛。
⑤砉然：皮骨相離的聲音。砉，音ㄏㄨㄛˋ。
⑥奏刀騞然：奏，動詞，運作。騞：狀聲詞，音ㄏㄨㄛˋ，進刀解剖聲。
⑦桑林：傳說中商湯時的樂曲名。
⑧經首：傳說中堯樂曲《咸池》中的一章。會：節奏。此兩句互文，即「乃合於〈桑林〉、〈經首〉之舞之會」。

此二句庖丁解牛時的動作、聲音，都合於音樂的節拍。
⑨蓋：通「盍」，何，怎樣。
⑩進：超越。
⑪神欲：精神活動。指經驗多，心中有數，不必用眼睛看就可下刀。
⑫依乎天理：依，順也。天理，牛生理上的天然結構。
⑬批大郤：由大的縫隙批入。批：用力使物分離。郤，音ㄒㄧˋ，空隙。
⑭導大窾：順著大的孔隙切開。窾，音ㄎㄨㄢˇ，空穴，指骨頭空處。
⑮因其固然：因，依。固然，牛體本來的結構。
⑯技經肯綮之未嘗：經絡和筋骨一點都沒有妨礙庖丁下刀。技經，經絡。肯，附在骨上的肉。綮，音ㄑㄧㄥˋ，筋肉聚結處。此為「未嘗技經肯綮」的倒裝句。
⑰軱：音ㄍㄨ，股部的大骨。
⑱族：眾，一般的。
⑲折：用刀砍骨頭。
⑳發：出。
㉑硎：音ㄒㄧㄥˊ，磨刀石。
㉒彼節者有間：那骨節有空隙。間，音ㄐㄧㄢˋ。指牛的骨節有空隙，庖丁的刀刃卻薄到沒有厚度似的。
㉓恢恢乎：寬綽的樣子。指極薄的刀刃插入骨節，顯得空間寬綽，游刃有餘。
㉔族：筋骨交錯聚結處。
㉕怵然：恐懼的樣子。怵，音ㄔㄨˋ。
㉖謋：狀聲詞。同，「磔」，音ㄓㄜˊ，骨肉離開的聲音。
㉗委地：散落在地上。委，拋丟。
㉘躊躇滿志：從容自得，心滿意足。躊躇，音ㄔㄡˊ　ㄔㄨˊ。
㉙善：擦拭。

評析

莊子是用庖丁解牛的過程與難度，來比喻人世間的錯綜複雜。殺牛時，不懂操刀的人又砍又割，只是吃力不討好而已，就好比不懂道理的人處理事情，雖然耗費心力，結果卻是徒勞無功。庖丁的刀能順著空隙走，不去硬碰硬，就如同人在處事時給自己留下餘地，保留彈性應變的空間，這便是處事之法。同時庖丁保養「刀」的方法，也是說明養生之法：做任何事情都不要用盡力氣，應該保留實力，才是修身養性之道。庖丁不只是解剖牛隻，更由「技」入「道」，將技術提升至藝術家的境界。

經典故事

文惠君聽說庖丁殺牛的技術很好，就請他來殺牛，而自己在一旁觀看。

只見庖丁殺牛時，手接觸的地方，肩膀倚靠的地方，腳踩的地方，膝蓋所頂的地方，嘩啦一響，骨肉就分離了。進刀的聲音豁豁地，刀子敏捷的出入在筋骨縫隙之間，似乎都有節拍，就像商湯時〈桑林〉舞樂的旋律，又像帝堯時〈經首〉樂曲的節奏，非常完美。

文惠君看了，不斷地讚嘆說：「好啊！想不到你的手藝已到了這樣的程度！」

庖丁放下刀子，行禮說道：「我所喜愛的，是從宰殺牛當中領悟的道理。剛開始殺牛的時候，我看到的是一頭完整的牛。三年後，因爲經驗多了，這時看到的就不只是一頭牛，而是牛的五臟和筋骨。到了現在，我殺牛已經不用眼睛看，而是用精神領會就可以，感覺器官都不需要了，全憑著精神感覺做。我依照牛身上的筋骨脈絡，找到骨與骨相接及骨與肉相接的地方下刀，刀鋒只在筋骨縫隙之間出入，不僅沒有阻礙，而且遊刃有餘。」

文惠君點點頭，似乎有所領悟。「牛」不正代表人生要面對和解決的事情麼？解決事情必定會遇到很難處理的部分，也有容易入手的地方，事情能不能順利解決，就要看個人的功力了。

庖丁接著說：「技術好的廚師，每年都要更換一把刀，因為他們不會硬是用刀去切割筋肉；一般的廚子則是用刀直接砍骨頭，所以每個月換一把刀；而我這把刀已經用了十九年，殺過數千頭的牛隻，可是刀刃還是十分鋒利，就像剛剛才磨過的一樣。」

文惠君不禁聯想到解牛的難度，就如同人事間複雜的情況啊！不會操刀的人又砍又割，白白地傷筋動骨，吃力而不討好，就好比不明道理的人處理事情，也是勞累而沒有效率。

他又想到，庖丁的刀不接觸任何傷害刀鋒的東西，因而得以保存實力，人在處理事情的時候，也不要讓精神受損才是。

庖丁微微一笑，又道：「雖然我從事這行已經十九年了，但現在每當我處理一頭牛的時候，遇到筋骨盤結的地方還是不敢大意，總是先屏氣凝神，充分掌握牛的結構。牛的骨節有間隙，而刀刃很薄，就用很薄的刃插入有空隙的骨節，空間很大，刀刃就有自由發揮的餘地了。」

文惠君心想，庖丁十九年來始終如一，這必須很有毅力才能做到。

庖丁又道：「每當碰到筋骨交錯聚結的地方，我覺得很難下刀時，就小心翼翼地專注視力，將動作慢下來，輕輕地移動刀子，豁啦一聲，骨和肉就分離了，就像泥土散落在地上一樣。這時我提著刀站立起來，舉目四望，覺得很有成就感，才把刀子擦拭乾淨，好好地收藏起來。」

文惠君聽到入神，不禁一拍手掌說道：「太好了！聽你這麼說，我終於知道養生的方法了！」

漢

第十六課

鄒忌諷齊王納諫

《戰國策》

經典原文

鄒忌①脩②八尺③有餘而形貌昳麗④。朝服衣冠⑤窺鏡⑥，謂其妻曰：「我孰⑦與⑧城北徐公美？」其妻曰：「君美甚，徐公何能及⑨君也？」城北徐公，齊國之美麗者也。忌不自信而復問其妾曰：「吾孰與徐公美？」妾曰：「徐公何能及君也？」旦日⑩，客從外來，與坐談，問之客曰：「吾與徐公孰美？」客曰：「徐公不若君之美也。」

明日，徐公來。孰視之⑪，自以爲不如；窺鏡而自視，又弗如遠甚⑫。暮寢⑬而思之，曰：「吾妻之美我者⑭，私⑮我也；妾之美我者，畏我也；客之美我者，欲有求於我也。」

於是入朝見威王曰：「臣誠⑯不如徐公美。臣之妻私臣，臣之妾畏臣，臣之客欲有求於臣，皆以美於徐公。今齊地⑰方⑱千里，百二十城。宮婦⑲、左右⑳莫不私王；朝廷之臣莫不畏王；四境之內㉑莫不有求於王。由此觀之㉒，王之蔽㉓甚矣！」

王曰：「善㉔。」乃㉕下令：「群臣吏民能面刺㉖寡人之過者，受㉗上賞；

上書諫寡人者，受中賞；能謗議於市朝㉘，聞㉙寡人之耳者，受下賞。」令初下，群臣進諫，門庭若市㉚；數月之後，時時而間進㉛；期年㉜之後，雖欲言無可進者。

燕、趙、韓、魏聞之，皆朝於齊。此所謂戰勝於朝廷㉜。

作者

《戰國策》是中國古代的史學名著，屬於國別體史書，又稱《國策》，西漢史學家劉向所編。作者劉向（約西元前七七年—前六年），西漢經學家、目錄學家、文學家。沛縣（今屬江蘇）人。楚元王劉交四世孫，宣帝時爲諫大夫，元帝時任宗正。曾奉命領校祕書，所撰《別錄》，是中國最早的圖書公類目錄。治《春秋穀梁傳》，著《九嘆》等辭賦三十三篇，大多亡佚。今存《新序》、《說苑》、《列女傳》等書。

題解

選自《戰國策．齊策一》，記敘戰國時期齊國謀士鄒忌勸君主納諫，廣開言路，成爲國際典範。春秋戰國時代七雄並立，各國間的兼併戰爭、內部新舊勢力的鬥爭及民衆的反抗異常激烈。在鄒忌的勸說之下，君主也體認到人心的向背，是國家政權能否鞏固的因素。失去民心，國家的統治就難以維持，所以最後願意虛心納諫，爭取人民的支持。

注釋

① 鄒忌：戰國時齊國人，曾任齊威王時宰相。主張勵精圖治，改革內政。

② 脩：同「修」。長，此指身高。

③ 八尺：戰國時一尺約合今天的〇．二三公尺左右。

④ 昳麗：光豔美麗。昳，音ㄧˋ，太陽偏西，引申光豔的意思。

⑤ 朝服衣冠：早晨穿戴好衣帽。服，名詞作動詞用，穿戴。朝，早晨。

⑥ 窺鏡：照鏡子。

⑦ 孰：誰。

⑧ 與：和……比。

⑨ 及：比得上。

⑩ 旦日：明天。指第二天。

⑪ 孰視之：孰，仔細。之，代指城北徐公。

⑫ 弗如遠甚：遠遠不如。弗，不。

⑬ 寢：躺著。

⑭ 美我者：認為我美，以我為美。

⑮ 私：動詞，偏愛。

⑯ 誠：確實。

⑰ 地：土地，疆域。

⑱ 方：方圓。

⑲ 宮婦：宮裡的妃子。

⑳ 左右：身邊的近臣。

㉑ 四境之內：全國範圍內的人。

㉒之：指上述的例子。

㉓蔽：音ㄅㄧˋ，受蒙蔽，指因受蒙蔽而不明。

㉔善：好。

㉕乃：於是，就。

㉖面刺：當面指責。面，當面。刺，指責議論。

㉗受：通「授」，給予，付予。

㉘謗議於市朝：在公眾場所議論君王的過失。謗，音ㄅㄤˋ，公開指責別人的過錯。謗議，指責、議論。市朝，公共場合。

㉙聞：使……聽到。

㉚門庭若市：門庭間來往的人很多，像市集一般熱鬧。

㉛時時而間進：有時偶然進諫。間，音ㄐㄧㄢˋ，間或、偶然。

㉜期年：滿一年。期，音ㄐㄧ。

㉝戰勝於朝廷：透過朝廷內部的改革，不需用兵就能戰勝別國，使外國來朝會敬服。

評析

「諷」，是諷諫的意思，就是用暗示、比喻的方法委婉規勸。勸說別人時需要聰明的策略，鄒忌就是個成功的範例。鄒忌並沒有單刀直入地向齊威王進諫，而是先敘述自己的親身經歷和體會，從自身擴及到他人，進而點出「王之蔽甚矣」。他不直接批評齊威王，而是藉著說故事來比喻，以啓發威王看到自己受蒙蔽的嚴重性，進一步使君王懂得廣開言路，虛心納諫。在說服別人時，只要語言含蓄委婉，運用比喻，忠言就不會逆耳。

鄒忌的身高一百八十多公分，有一張讓人過目不忘的美麗面容，是齊國有名的美男子。

一天清晨，鄒忌穿戴好衣帽，望著鏡中的自己，一時興起就問妻子：「我和城北的徐公相比，誰比較俊美？」妻子甜蜜地說：「您俊美極了，徐公怎比得上您！」妻的愛戀之情溢於言表。

城北的徐公也是齊國有名的美男子，鄒忌不相信自己比他俊美，於是就去問妾：「我和徐公比，誰俊美？」妾恭謹地回答：「徐公哪裡比得上您！」妾在家裡的地位低下，與丈夫之間更多了主僕關係，加上平日順從慣了，所以口吻就比較謹慎小心。

第二天，有一位客人從外地來拜訪，鄒忌與他坐著談了好一會的話後，忽然問客人：「我和徐公誰比較俊美？」客人說：「徐公遠不如您俊美啊！」客人的回答誇張了些，流露出奉承的意味。鄒忌將這些回答記在心裡。

又過了一天，正巧徐公來訪，鄒忌趁機仔細端詳他的外貌：徐公不但相貌俊秀唯美，而且身形高大，體魄強健，氣質更是溫文儒雅，難怪令天下女子折腰。鄒忌自嘆不如，再照鏡子審視，更覺得自己遠不如徐公了。

鄒忌在眾人的讚揚聲中，並沒有飄飄然，而是保持清醒的頭腦。他晚上躺在床上，仔細思考這事：「妻說我俊美，是她偏愛我；妾說我俊美，是因爲怕我；客人說我俊美，是因爲有求於我啊！」鄒忌再想到國家，終於體會到治理國家的道理了，於是天亮後趕忙上朝謁見齊威王。

鄒忌拜見威王說：「我確實知道自己不如徐公俊美，但是我的妻偏愛我，我的妾怕我，我的客人有求於我，他們都說我比徐公美。這究竟是爲什麼呢？我想了一整夜，終於明白了！」

齊威王好奇地問：「你悟出什麼道理？」

鄒忌回答：「我想到的是您。如今齊國擁有千里的土地，有一百二十座城池，宮中的嬪妃和近臣，沒有人不偏愛您的；朝中的大臣也沒有人不畏懼您；全國百姓更沒有人不有求於您。如此說來，您受到的蒙蔽更多哪！」

威王聞言大驚，恍然大悟道：「你說得對極了！」立刻下了一道命令：「所有能夠當面指責我過錯的大臣、官吏、百姓，可得到上等獎賞；能夠上書勸諫的，可得到中等獎賞；能在公共場所公開議論我的過失，並且傳到我耳裡的，可得到第三等獎賞。」

命令才剛實行，群臣便紛紛前來進諫，朝廷的門前、院內就像菜市場一樣熱鬧，可見在此以前，齊國確實有許多積弊沒有被揭露。

幾個月後，偶爾還有人前來進諫，這代表國家最初實行的進諫政策，已經收到預期的效果，齊威王根據人們的意見，改革了弊政。

滿一年以後，人們即使還想進諫，也已經沒什麼可說的了，因爲齊威王已完全改革了施政的缺點和錯誤，使得國家政治清明。燕、趙、韓、魏等國家聽到了此事，都願意來齊國朝見齊威王，希望能吸取治國的經驗。

於是齊國不費一兵一卒，靠著實行納諫政策就戰勝敵國了。

第十七課 觸讋說趙太后

《戰國策》

經典原文

趙太后[1]新用事[2]，秦急攻之。趙氏求救於齊。齊曰：「必以長安君爲質[3]，兵乃出。」太后不肯，大臣強諫。太后明謂左右：「有復言令長安君爲質者，老婦必唾其面！」

左師觸讋[4]願見太后。太后盛氣而揖[5]之。入而徐趨，至而自謝，曰：「老臣病足，曾不能疾走，不得見久矣。竊自恕，而恐太后玉體之有所郄[6]也，故願望見太后。」太后曰：「老婦恃輦[7]而行。」曰：「日食飲得無衰乎？」曰：「恃粥耳。」曰：「老臣今者殊不欲食，乃自強步，日三四里，少益耆[8]食，和於身也。」太后曰：「老婦不能。」太后之色少解。

左師公曰：「老臣賤息[9]舒祺，最少，不肖；而臣衰，竊愛憐之，願令得補黑衣[10]之數，以衛王宮[11]。沒死[12]以聞。」太后曰：「敬諾！年幾何矣？」對曰：「十五歲矣，雖少，願及[13]未塡溝壑[14]而託之。」太后曰：「丈夫亦愛憐其少子乎？」對曰：「甚於婦人。」太后笑曰：「婦人異甚。」對曰：「老臣竊以爲媼[15]之愛燕后[16]，賢於長安君。」曰：「君過矣！不若長安君之甚。」

左師公曰：「父母之愛子，則爲之計深遠。媼之送燕后也，持其踵爲之泣[17]，念悲其遠也，亦哀之矣。已行，非弗思也，祭祀必祝之，祝曰：『必勿使反[18]！』豈非計久長，有子孫相繼爲王也哉？」太后曰：「然。」

左師公曰：「今三世以前[19]，至於趙之爲趙[20]，趙主之子孫侯者，其繼有在者乎？」曰：「無有。」曰：「微獨[21]趙，諸侯有在者乎？」曰：「老婦不聞也。」「此其近者禍及身，遠者及其子孫；豈人主之子孫則必不善哉？位尊而無功，奉厚而無勞，而挾重器[22]多也。今媼尊長安君之位，而封之以膏腴之地，多予之重器，而不及今令有功於國，一旦山陵[23]崩，長安君何以自託於趙？老臣以媼爲長安君計短也，故以爲其愛不若燕后。」太后曰：「諾，恣[24]君之所使之。」

於是爲長安君約車百乘，質於齊，齊兵乃出。

子義[25]聞之曰：「人主之子也，骨肉之親也，猶不能恃無功之尊、無勞之奉，而守金玉之重也，而況人臣乎。」

作者

《戰國策》。

題解

選自《戰國策．趙策四》。戰國時期，秦國趁趙國政權交替之際大舉攻趙，並占領趙國三座城市。趙國形勢危急，只好向齊國求援，但齊國一定要趙威后的小兒子長安君爲人質，才肯出兵。趙威后溺愛長安君，執意不肯，使國家陷入危機。觸讋便說服了趙威后，讓長安君出質齊國，解除了趙國的危機。

注釋

①趙太后：趙惠文王妻威后，趙孝成王之母。

②用事：執政，當權。孝成王年少，由威后執政。

③長安君：趙太后幼子的封號。質：古代諸侯國求助於別國時，每以公子抵押，即人質。

④左師：春秋戰國時宋、趙等國官制，有左師、右師，為掌實權的執政官。觸讋：讋，音ㄓㄜˊ。戰國時趙人，生卒年不詳。一說其名是「觸龍」，觸讋是「觸龍言」之誤。

⑤揖：等待。據王念孫考證，應為「胥」之誤寫。「胥」同「須」，等待之意。

⑥有所郄：指太后身體勞倦而不舒服。郄，音ㄒㄧˋ，通「隙」，此處作勞倦解。

⑦輦：音ㄋㄧㄢˇ，古代皇帝的座車。

⑧耆：通「嗜」，喜愛。

⑨賤息：對自己兒子的謙稱。息，子。

⑩黑衣：趙國侍衛的服飾顏色，指代宮廷衛士。

⑪宮：原作「官」。

⑫沒死：冒著死罪。臣對君的謙卑用語。沒，音ㄇㄛˋ。

⑬願及：希望能夠趁著。

⑭填溝壑：自比為賤民奴隸，野死棄屍於溪谷。壑，音ㄏㄨㄛˋ。

⑮媼：音ㄠˇ，對老年婦女的敬稱。

⑯燕后：趙太后之女，遠嫁燕國為后。燕，音ㄧㄢ，國名。

⑰踵：音ㄓㄨㄥˇ，足跟。女嫁乘輿輦將行，母不忍別，在車下抱其足而泣。

⑱反：同「返」。古代諸侯嫁女於他國為后，若非失寵被廢、夫死無子或亡國失位，是不回國的。

⑲三世以前：指趙武靈王。孝成王之父為惠文王，惠文王之父為武靈王。

⑳趙之為趙：前「趙」字指趙氏，周穆王賜造父以趙城，始有趙氏；後「趙」指趙國。公元前三七六年，魏、韓、趙三家分晉，趙有今山西中部、陝西東北角、河北西南部等地，趙武靈王至惠文王時，疆域又有所擴大。

㉑微獨：非獨，不僅，不單。微，非、不。

㉒重器：象徵國家權力的貴重器皿。

㉓山陵：比喻帝王，指趙太后。

㉔恣：音ㄗˋ，任憑。

㉕子義：趙國的賢人。

評析

遊說他人時，強調彼此的共通點，可以讓對方更容易接受你的意見。爲了不引起趙太后反感，觸讋先提自己已經老邁，行動不便、食欲減少，勾起太后的同情心，降低她的怒氣，好拉近距離；接著觸讋說自己愛小兒子，正和太后愛子女的心一樣，激發她的同理心；最後與太后建立「父母愛孩子，必須爲孩子做長遠打算」的共識，表示自己完全站在太后和長安君的立場著想，終於成功地說服太后讓長安君做人質，解決了國家的危機。

經典故事

趙太后坐在大殿上，憤怒地說：「誰膽敢說要長安君爲人質，我就把唾沫吐在他臉上！」底下的文武百官都嚇得不敢再勸。

這是紛亂的戰國時代，趙國國君惠文王剛去世，由兒子孝成王繼位，因爲新君年輕，就暫時由趙太后攝政。此時秦國趁機侵犯趙國，已經占領了三座城市，趙國的形勢危急，於是向齊國求救。

但齊國卻表示：「要趙太后的小兒子長安君作人質，才願意派兵援助。」

趙太后不肯犧牲愛子，更不願從此受齊國的牽制，因此拒絕齊國的條件。大臣們無法說服太后，只有左師官觸讋自告奮勇進見，太后便在宮中氣呼呼地等他。

觸讋來到宮中，步履蹣跚地走到太后跟前道歉：「我的腳有毛病，不能快步走。好久沒探望您了，怕您玉體欠安，所以想來見您。」

太后臉色略爲緩和，說：「我靠車子才能行動。」觸讋關心地問：「您每天的飲食沒減少吧？」太后點頭道：「不過吃點稀飯罷了。」

觸讋嘆了口氣，說：「我近來特別不想吃東西，但還能勉強散步，每天走三、四里，稍微增加些食慾，身體也好多了。」太后說：「我卻做不到啊！」臉色更平和了。

觸讋察言觀色，忽然想到什麼似的說：「老臣的么兒舒祺很不成材，而我又老了，我很疼愛他，希望他能進宮充當一名衛士，所以特地冒死向您稟告。」

太后以爲觸讋是來爲孩子謀職，就說：「好吧。他多大了？」觸讋道：「都十五歲了。雖然他還小，我卻希望在我沒死之前，把他託付給您。」

太后笑著説：「男子漢也愛小兒子嗎？」觸讋回答：「比女人還愛哩！」太后不信：「女人才格外疼小兒子。」

觸讋微笑，説：「我倒是認爲，您對燕后的愛超過對長安君。」太后説：「錯了，我對燕后的愛遠遠趕不上對長安君啊！」

觸讋笑道：「父母愛孩子，就會爲他考慮長遠的利益。您把燕后嫁出去時，拉著她的腳跟，還爲她哭泣，不讓她走，想到她遠嫁不在身邊，您便十分悲傷，那情景夠傷心了。燕后走了以後，您不是不想她，可是祭祀爲她祝福時卻説：『千萬別讓女兒回來。』您這樣做，難道不是爲女兒考慮長遠利益，希望她的子孫能成爲燕王嗎？」

太后點點頭道：「是這樣沒錯。」

觸讋又説：「從這一輩上推到三代以前，甚至到建國的時候，趙國君主的子孫被封侯的，他們的子子孫孫還有能繼承爵位的人嗎？」太后答：「都沒有了。」

觸讋又問：「不只趙國，其他諸侯國有這樣的情形嗎？」太后搖頭：「還沒聽説過。」

於是，觸讋凝視趙太后的眼睛，誠懇地説：「國君的子孫地位尊貴，對國家卻沒有功勞；俸祿優厚，卻毫無貢獻，又擁有許多珍寶，這就危險了！恐怕失去人心，禍患早晚會降臨到他們的頭上。」

這幾句話宛若當頭棒喝，趙太后不禁陷入沉思。

觸讋更進一步說：「現在您使長安君地位尊貴，把肥沃的土地給他，賜他寶物，如果不趁現在令他建功，有朝一日您不在了，長安君憑什麼在趙國立身呢？我覺得您爲長安君考慮得太少了，所以認爲您對他的愛不及對燕后啊！」

太后終於心悅誠服的說：「行了！隨你把他派到哪兒去吧！」

於是，長安君就在嚴密的保護下到齊國作人質，齊國這才派兵救趙，解除了趙國的危機。

第十八課　顏斶說齊王

《戰國策》

經典原文

齊宣王見顏斶①，曰：「斶前②！」斶亦曰：「王前！」宣王不悅。左右曰：「王，人君也；斶，人臣也。王曰『斶前』，斶亦曰『王前』，可乎？」斶對曰：「夫斶前爲慕勢，王前爲趨士③；與使斶爲慕勢，不如使王爲趨士。」

王忿然作色曰：「王者貴乎？士貴乎？」對曰：「士貴耳，王者不貴。」王曰：「有說乎？」斶曰：「有。昔者秦攻齊，令曰：『有敢去柳下季④壟⑤五十步而樵采者，死不赦！』令曰：『有能得齊王頭者，封萬户侯，賜金千鎰⑥！』由是觀之，生王之頭，曾不若死士之壟也。」宣王默然不悅。

左右皆曰：「斶來，斶來！大王據千乘之地，而建千石鍾、萬石虡⑦；天下之士，仁義皆來役處⑧；辯士並進，莫不來語；東西南北，莫敢不服；求萬物無不備具，而百姓無不親附。今夫士之高者，乃稱匹夫，徒步而處農畝；下則鄙野，監門閭里⑨，士之賤也亦甚矣！」

斶對曰：「不然。斶聞古大禹之時，諸侯萬國。何則？德厚之道，得貴士之力也。故舜起農畝，出於野鄙，而爲天子。及湯之時，諸侯三千。當今之世，南面稱寡者，乃二十四。由此觀之，非得失之策[10]與？稍稍[11]誅滅，滅亡無族之時，欲爲監門閭里，安可得而有乎哉？是故《易傳》不云乎：『居上位，未得其實[12]，以喜其爲名[13]者，必以驕奢爲行；據慢[14]驕奢，則必凶從之。』是故無其實而喜其名者削[15]，無德而望其福者約[16]，無功而受其祿者辱，禍必握[17]！故曰：『矜功不立，虛願不至。』此皆幸樂其名華，而無其實德者也。是以堯有九佐[18]，舜有七友，禹有五丞，湯有三輔。自古及今，而能虛成名於天下者，無有；是以君王無羞亟[19]問，不愧下學。是故成其道德，而揚功名於後世者，堯、舜、禹、湯、周文王是也。故曰：『無形者，形之君[20]也；無端者，事之本也。』夫上見其原[21]，下通其流，至聖明學[22]，何不吉之有哉？老子曰：『雖貴，必以賤爲本；雖高，必以下爲基』。是以侯王稱孤、寡、不穀[23]，是其賤必本與？非夫孤寡者，人之困賤下位也，而侯王以自謂，豈非下人而尊貴士與？夫堯傳舜，舜傳禹，周成王任周公旦，而世世稱曰明主，是以明乎士之貴也。」

宣王曰：「嗟乎！君子焉可侮哉！寡人自取病[24]耳。及今聞君子之言，乃今聞細人[25]之行。願請受爲弟子。且顏先生與寡人游，食必太牢[26]，出必乘車，妻子衣服麗都。」顏斶辭去，曰：「夫玉生於山，制則破焉；非弗寶貴矣，然太璞不完。士生乎鄙野，推選則祿焉；非不得尊遂[27]也，然而形神不全。斶願得歸，晚食以當肉，安步以當車，無罪以當貴，清靜貞正以自虞[28]。制言者，王也；盡忠直言者，斶也。言要道[29]已備矣，願得賜歸，安行而反臣之邑屋。」

則再拜而辭去也。

君子曰：「斶知足矣，歸眞反璞㉚，則終身不辱也。」

作者

《戰國策》。

題解

選自《戰國策．齊策四》。顏斶運用理性的論辯，說明了貴賤、上下、君臣之間相互依靠、襯托、轉化的關係，也用這樣的思維說出了自己反璞歸眞、尋求生命意義的思考和實踐。對話中的語言藝術和所揭示的眞理，值得我們好好地反省與深思。

注釋

① 顏斶：齊國的隱士。斶，音ㄔㄨˋ。

② 前：到前面來。

③ 趨士：禮賢下士。指如果齊王走近顏斶，表示禮賢下士。

④ 柳下季：柳下惠，姓展，名禽，字季。魯國賢人，居於柳下。

⑤ 壟：墳墓。

⑥ 鎰：音ㄧˋ，古代量詞，以二十兩或二十四兩為「一鎰」。

⑦ 虡：音ㄐㄩˋ，古代懸掛樂器的架子中間的木柱。

⑧ 役處：效力，供事。指有仁義的人都來為齊王效力。

⑨ 監門閭里：幫老百姓守門，地位低下的役卒。監門，守里門的役卒。閭里，每二十五家稱為「一閭」或「一里」。

閭或里皆有巷，巷口有門，設一卒以守門，故稱為「監門閭里」。閭，音ㄌㄩˊ。
⑩策：謀略、主張。
⑪稍稍：漸漸。
⑫實：居上位所應該具備的素質。
⑬為名：有居上位的名聲。
⑭據慢：同倨慢，傲慢無禮。
⑮削：指領土日益縮減。音ㄒㄩㄝˋ。
⑯約：受阻。
⑰握：通「渥」，厚重。
⑱九佐：帝堯時有九位輔佐堯治理國家的官員。
⑲亟：頻繁，屢次。音ㄑㄧˋ。
⑳無形者，形之君：以無形為有形的主宰，指在上位者應有先見之明。
㉑原：通「源」，事物的本源。
㉒至聖明學：最聖明的人應澈底理解學問。明學，澈底學通。
㉓不穀：不善。君侯自稱，表示謙恭之意。
㉔自取病：自討沒趣。
㉕細人：小人，不知貴士之道是小人的行為。
㉖太牢：牛、羊、豬各一頭。
㉗尊遂：尊貴顯達。
㉘自虞：自娛，自得其樂。虞：通「娛」，歡樂。
㉙言要道：言之要道，指進言所應該遵循的規則。
㉚璞：指捨棄富貴華麗，而返歸素樸真純。

評析

身爲君主能夠尊重賢才，賢才便願意爲其所用。君主必須重視賢臣及人民，這是君王之所以存在和顯貴的根本，孟子說：「民爲貴，社稷次之，君爲輕。」正是這個道理。現代社會的領導者，也要認清自己的地位和人民的重要性，那種輕視人才和民眾的人，就會使自己失去民心，最後難免眾叛親離。顏斶追求的是人的價值和生命的本質，他視富貴如浮雲，齊宣王受到他的影響，也學會了尊重眞正的賢者。

經典故事

齊宣王召見顏斶，喊道：「顏斶你上前！」底下的顏斶也叫道：「大王您上前。」齊宣王聽了滿臉不悅，大臣們也面面相覷，從來沒有人敢這麼對大王說話。左右大臣紛紛出言指摘：「大王是一國之君，而你只是一介平民而已，大王叫你上前說話是應該的，可是你也喚大王上前，這成何體統？」群臣交頭接耳，心想此人得罪大王，下場應該不妙。

沒想到顏斶神色輕鬆的說：「如果我走上前，那便是貪慕權勢，急著要巴結大王，但大王過來則是謙恭。與其讓我蒙受趨炎附勢的惡名，倒不如讓大王得到禮賢下士的美譽。」群臣都露出不滿的神色，顏斶這番話倒像是指桑罵槐。

齊宣王仍然滿臉怒容，斥責顏斶道：「到底是君王的地位尊貴，還是讀書人的地位尊貴？」

顏斶不卑不亢地回答：「自然是讀書人尊貴，君王並不尊貴。」群臣議論紛紛，覺得此人竟敢說君王不尊貴，簡直是大逆不道。

這番話，倒是引起齊宣王的好奇心了，問道：「此話怎麼講？」

顏斶神色自若的說：「以前秦國攻打齊國，秦王下令：『有誰敢在柳下惠墳墓周圍五十步內砍柴的，一概處死，決不寬赦！』秦王又下令：『誰能取得齊王首級的，封侯萬户，賞賜千金。』由此看來，活著的國君頭顱，還比不上死去的賢士墳墓呢。」

齊宣王嘆道：「唉！我怎麼能夠怠慢君子呢？我這是自取其辱呀！今天聽到先生的高論，才明白輕慢賢士是小人的行徑。希望您能收我爲弟子。如果先生與我相交，食必山珍海味，行必有專車接送，先生的妻兒也必然錦衣玉食。」

顏斶聽了就要求告辭回家。齊宣王對顏斶的決定感到驚訝和不解。

顏斶解釋道：「美玉是從深山開採來的，經過琢磨就會破壞天然本色，不是說美玉不再珍貴，只是失去了原始的美。士大夫生於鄉野，經過推薦選用就接受俸祿，可以說是相當尊貴顯達，然而他們此後便很難做自己了。」

齊宣王微微點頭，群臣也默然不語。

顏斶續道：「臣只希望能回到鄉下，晚一點吃飯也無妨，即使再差的飯菜，也像吃肉一樣津津有味；慢慢走就好，當作坐車；沒有什麼過錯，也就足以自貴；與世無爭，自得其樂。納言決斷的，是大王；秉忠直諫的，則是顏斶。臣要說的話已經很清楚了，希望大王賜我返回家鄉。」於是再拜而去。

齊宣王不再阻止顏斶，目送著他的背影，心中不禁肅然起敬。

當時的君子讚嘆說：「顏斶的確是知足的人，能夠回復到原來最自然的樣子，那麼一生都不會感到恥辱。」

第十九課

馮諼客孟嘗君

《戰國策》

經典原文

齊人有馮諼①者，貧乏不能自存，使人屬②孟嘗君③，願寄食門下④。孟嘗君曰：「客何好？」曰：「客無好也。」曰：「客何能？」曰：「客無能也。」孟嘗君笑而受之曰：「諾。」左右以君賤⑤之也，食以草具⑥。

居有頃⑦，倚柱彈其劍，歌曰：「長鋏歸來⑧乎！食無魚。」左右以告。孟嘗君曰：「食之比門下之客。」居有頃，復彈其鋏，歌曰：「長鋏歸來乎！出無車。」左右皆笑之，以告。孟嘗君曰：「爲之駕⑨，比門下之車客。」於是乘其車，揭其劍，過其友，曰：「孟嘗君客我⑩！」後有頃，復彈其劍鋏，歌曰：「長鋏歸來乎！無以爲家⑪。」左右皆惡之，以爲貪而不知足。孟嘗君問：「馮公有親乎？」對曰：「有老母。」孟嘗君使人給其食用，無使乏。於是馮諼不復歌。

後，孟嘗君出記⑫，問門下諸客：「誰習計會⑬，能爲文收責⑭於薛者乎？」馮諼署曰：「能。」孟嘗君怪之，曰：「此誰也？」左右曰：「乃歌夫長鋏歸來者也。」孟嘗君笑曰：「客果有能也。吾負⑮之，未嘗見也。」請而見之，謝⑯曰：「文倦於事，憒於憂⑰，而性懧愚⑱，沉於國家之事，開罪於先生。先生不羞⑲，乃有意欲爲收責於薛乎？」馮諼曰：「願之。」於是，約車治裝⑳，載券契㉑而行，辭曰：「責畢收，以何市㉒而反？」孟嘗君曰：「視吾家所寡有者。」

驅而之薛。使吏召諸民當償者，悉來合券㉓。券遍合，起矯命㉔，以責賜諸民，因燒其券，民稱萬歲。長驅到齊，晨而求見。孟嘗君怪其疾也，衣冠而見之，曰：「責畢收乎？來何疾也！」曰：「收畢矣。」「以何市而反？」馮諼曰：「君云『視吾家所寡有者』。臣竊計，君宮中積珍寶，狗馬實外廄，美人充下陳㉕。君家所寡有者以義耳！竊以爲君市義。」孟嘗君曰：「市義奈何？」曰：「今君有區區之薛，不拊愛㉖子其民㉗，因而賈利之。臣竊矯君命，以責賜諸民，因燒其券，民稱萬歲，乃臣所以爲君市義也。」孟嘗君不說㉘，曰：「諾。先生休矣！」

後朞年㉙，齊王謂孟嘗君曰：「寡人不敢以先王之臣爲臣。」孟嘗君就國㉚於薛。未至百里，民扶老攜幼，迎君道中。孟嘗君顧謂馮諼曰：「先生所爲文市義者，乃今日見之。」馮諼曰：「狡兔有三窟，僅得免其死耳。今君有一窟，未得高枕而臥也，請爲君復鑿二窟。」

孟嘗君予車五十乘，金五百斤，西游於梁，謂惠王曰：「齊放其大臣孟嘗君於諸侯，諸侯先迎之者，富而兵強。」於是梁王虛上位㉛，以故相爲上將軍，遣使者，黃金千斤，車百乘，往聘孟嘗君。馮諼先驅，誡孟嘗君曰：「千金，重幣也；百乘，顯使也。齊其聞之矣。」梁使三反，孟嘗君固辭不往也。

齊王聞之，君臣恐懼，遣太傅齎㉜黃金千斤，文車二駟㉝，服劍一，封書謝孟嘗君曰：「寡人不祥㉞，被於宗廟之祟㉟，沉於諂諛之臣㊱，開罪於君！寡人不足爲也。願君顧先王之宗廟，姑反國統萬人乎？」馮諼誡孟嘗君曰：「願請先王之祭器，立宗廟於薛。」廟成，還報孟嘗君曰：「三窟已就，君姑高枕爲樂矣！」

孟嘗君爲相數十年，無纖介㊲之禍者，馮諼之計也。

作者

《戰國策》。

題解

選自《戰國策．齊策》。馮諼爲鞏固孟嘗君的政治地位，進行了種種政治外交活動，如焚券市義、謀復相位、在薛建立宗廟等，表現出馮諼的政治識見，和善於利用矛盾解決問題的才能，也反映齊國內部和齊、魏等諸侯國之間的矛盾。

注釋

① 馮諼：齊國遊說之士。諼，音ㄒㄩㄢ。

② 屬：通「囑」，託付。音ㄓㄨˇ。

③ 孟嘗君：齊國貴族，姓田，名文，齊湣王時為相。其父田嬰在齊宣王時為相，並受封於薛，故文中有「寡人不

敢以先王之臣為臣」之說。田嬰死後，田文襲封地，封號為孟嘗君。孟嘗君好養士，據說有門客三千，成為以養士著稱的「戰國四公子」之一，另外還有魏國信陵君，楚國春申君，趙國平原君。

④寄食門下：在孟嘗君門下作食客。

⑤賤：輕視，看不起。

⑥食以草具：供給粗劣飯菜。「食」，音ㄙˋ，通「飼」，給人吃。草具：粗劣的飯菜。

⑦居有頃：住了不久。

⑧長鋏歸來：劍啊，我們回去吧。鋏，音ㄐㄧㄚˊ，劍柄，借代為劍。來，語助詞。歸來：回去。

⑨為之駕：為他準備馬車。

⑩客我：把我當作上等門客看待。

⑪無以為家：沒有錢養家。

⑫出記：貼出了一個文告。記，指文告，又作帳簿。

⑬計會：即會計。會，音ㄎㄨㄞˋ。

⑭責：同「債」。音ㄓㄞˋ。

⑮負：辜負，對不住。指沒有發現馮諼的才幹。

⑯謝：道歉。

⑰憒於憂：因憂愁而心思煩亂。憒：同「潰」，音ㄎㄨㄟˋ，心亂。

⑱懧愚：懦弱無能。懧，音ㄋㄨㄛˋ，同「懦」。孟嘗君自謙之詞。

⑲不羞：不以為羞。指承你不見怪。

⑳約車治裝：準備車馬，整理行裝。約：纏束，約車即準備車輛。

㉑券契：債契。債務關係人雙方各持一半為憑證，收債時取出合驗。

㉒市：買。動詞。

㉓合券：驗合券契。古時契約寫在竹簡或木簡上，分兩半，驗證時合起來查對，故有合券之說。

㉔矯命：假託孟嘗君的命令。矯，詐稱。

㉕下陳：堂下。
㉖拊愛：愛撫。拊，音ㄈㄨˇ，同「撫」。
㉗子其民：愛護薛地的百姓，如同愛護自己的子女。
㉘說：通「悅」。音ㄩㄝˋ。
㉙後朞年：一年之後。朞年，整整一年。朞，音ㄐㄧ，「期」的異體字。
㉚就國：歸返自己的封邑。
㉛虛上位：把上位（宰相之位）空出來。虛，空出。
㉜齎：音ㄐㄧ，帶著、抱著東西送人。
㉝文車二駟：兩乘繪有文彩的馬車。文車，繪有文采的車。駟，四馬駕的車。
㉞不祥：不善。
㉟被於宗廟之祟：遭受祖宗神靈降下的災禍。被，音ㄆㄧ，遭受。宗廟，古代天子或諸侯奉祀祖先的宮室。
㊱沉於諂諛之臣：被阿諛奉承的奸臣所迷惑。
㊲纖介：介同「芥」，比喻極微小。

評析

身居高位的人，都該爲自己預備好「三窟」，遭遇困境時才有退路。爲了突出馮諼的才能，作者含蓄地描寫孟嘗君忽視人才、其他門客對馮諼冷嘲熱諷的情節，用他們和馮諼對比，使這個看似平凡、接近無賴的人物，深藏不露。接著敘述馮諼「收債於薛」、「焚券市義」等事蹟，表現馮諼的卓越不凡與深謀遠慮，先抑後揚的寫法使人物的形象更鮮明突出。

馮諼窮得活不下去了，只能依附在孟嘗君門下當食客。他手中捧著裝了粗食的飯碗，想起孟嘗君嘴邊掛的一抹冷淡的笑，問他：「你有什麼嗜好？有什麼才能？」馮諼只能聳聳肩說：「我沒什麼嗜好，也沒什麼才能。」

其實他的才能是藏在胸中的萬千甲兵，但孟嘗君怎肯眞心信他？

馮諼靠著柱子、敲擊劍柄唱起來：「長劍回去吧！沒有魚吃。」孟嘗君聽見了，就交代侍從：「給他魚，比照中等門客。」

不久，馮諼又敲著劍唱道：「長劍回去吧！出門沒有車。」孟嘗君笑說：「給他準備車子，比照上等門客。」

然而馮諼又敲著劍唱：「長劍回去吧！我無法養家。」孟嘗君才知道馮諼家中還有老母親，不責怪他貪心，反而派人供應吃用，使她生活無虞。從此馮諼就不再唱歌了。

有一次，孟嘗君貼出告示，要徵求門客爲他前往薛地收債。

馮諼自告奮勇地說：「我能。」孟嘗君覺得奇怪，問：「這人是誰？」侍從說：「就是高唱『長劍回去』的那位。」孟嘗君笑著說：「客人果然有才能，是我辜負了他。」於是請馮諼見面，向他道歉：「我因爲被瑣事弄得很疲倦，而且生性愚昧，得罪了先生。先生不在意，仍然願意爲我去薛地收債嗎？」馮諼表示願意，於是便準備車馬，整理行裝，帶著借據準備起程。

出發前，馮諼問孟嘗君：「債收到後，該買些什麼回來呢？」孟嘗君豪邁的說：「看我家缺什麼就買吧！」

馮諼一抵達薛地，就立刻召集欠債的人來核對借據。核對完畢，他就假借孟嘗君的命令燒掉借據，把老百姓的債務全部取消，人們都歡呼萬歲。事情辦完，他毫不停留地趕回齊國，一大早就求見孟嘗君。

孟嘗君感到很驚奇，問道：「債收完了嗎？爲什麼這麼快就回來？」馮諼答：「都收好了。」孟嘗君又問：「買了什麼回來？」馮諼說：「我仔細想，宮中堆滿珠寶，畜舍裡養滿了犬馬，又有眾多美女侍妾，您家中只缺少『義』罷了，因此我爲您買了『義』。」

孟嘗君皺眉說：「如何買義？」馮諼說：「您只有小小的薛地，卻不愛護子民，反而在人民身上圖利。因此我假傳命令，把債還給百姓，燒掉借據，這就是我爲您買來的『義』啊！」

孟嘗君聽完，不高興地擺擺手說：「別再說了！」卻也不再追究此事。過了一年，齊王聽信讒言，某日對孟嘗君說：「寡人不敢任用先王的臣子，作爲我的臣子。」藉故將他罷免了。

孟嘗君只好回到薛，在他離薛還有一百里遠時，就見到百姓扶老攜幼在路上迎接。孟嘗君感動至極，回頭對馮諼說：「我今天才知道這是您爲我買的『義』啊！」馮諼行禮道：「聰明的兔子往往有三處躲藏的巢穴，現在您只有一處，還不能高枕無憂。讓我再替您尋找。」

馮諼便帶著五十輛車及五百斤黃金，到梁國遊說惠王，他說：「齊國放棄孟嘗君，等於送給諸侯一份大禮，誰先請到他，就可以富國強兵。」於是梁惠王趕緊空出相位，派使者攜帶黃金千斤、車子百輛，去聘請孟嘗君。

馮諼又趕回去告誡孟嘗君：「千斤黃金是重禮，百輛車是榮耀的使臣禮節，但你要婉拒。齊王應該聽說了。」果然梁國使者前來聘請三次，孟嘗君都婉謝不去。

這事讓齊國的君臣很害怕，於是派人攜帶大禮，並寫了一封信向孟嘗君謝罪，希望他顧念祖先的宗廟，回來治理萬民。

馮諼又提醒孟嘗君：「請您向君王表達希望能得到祭祀先王的禮器，在薛建立天子宗廟。」古代君王處理國事，都要祭告於祖廟，等宗廟落成，薛將成為國家重地，孟嘗君的地位就更穩固了。

宗廟建好後，馮諼便報告：「三個巢穴都已準備完成，您可以高枕無憂了。」

孟嘗君在齊國當了幾十年的丞相，沒有任何災禍，都是因爲馮諼的計謀。

第二十課

杜宇

《蜀王本紀》

經典原文

蜀王之先名蠶叢，後代名曰柏濩①，後者名魚鳧。此三代各數百歲，皆神化不死，其民亦頗隨王去。魚鳧田於湔山②，得仙。今廟祀之於湔。時蜀民稀少。

後有一男子，名曰杜宇，從天墮止朱提③，有一女子名利，從江源井中出，爲杜宇妻。乃自立爲蜀王，號曰望帝。治汶山下邑曰郫④，化民往往復出。

望帝積百餘歲，荊有一人，名鱉靈，其屍亡去，荊人求之不得。鱉靈屍隨江水上至郫，遂活，與望帝相見。望帝以鱉靈爲相。時玉山出水，若堯之洪水。望帝不能治，使鱉靈決⑤玉山，民得安處。鱉靈治水去後，望帝與其妻通。慚愧，自以德薄不如鱉靈，乃委國授之而去，如堯之禪⑥舜。鱉靈即位，號曰開明帝。帝生盧保，亦號開明。

望帝去時子規⑦鳴，故蜀人悲子規鳴而思望帝。望帝，杜宇也，從天墮。

作者

《蜀王本紀》，舊題揚雄撰。揚雄（西元前五三年—一八年），西漢文學家。字子雲，蜀郡成都人。漢成帝時爲侍郎。新莽時爲大夫，校書天祿閣。本書是歷代蜀王的傳記，始於先王蠶叢，迄於秦代。常璩的《華陽國志》中《蜀志》所記載的蜀王事蹟，與此略同。原書已佚。

題解

選自《蜀王本紀》。杜宇，傳說中爲古蜀國國王。周代末年，七國稱王，杜宇積極開疆擴土，稱帝於蜀，號望帝。晚年時，洪水爲患，蜀民流離失所，杜宇擅長農耕，不擅治水，於是命鱉靈治水。鱉靈以疏導宣洩的方法，平定了水患。杜宇感其治水之功，就禪讓帝位給鱉靈，號開明，自己隱居在西山。傳說杜宇死後化作鳥，每年到了春耕時節，鳴叫不已，蜀人皆曰「我望帝魂也」，因呼鳥爲杜鵑。

注釋

①柏濩：濩，音ㄏㄨㄛˋ，神話傳說中的蜀王。
②湔山：即玉壘山，今四川灌縣境內。湔，音ㄐㄧㄢ，水流聲。
③朱提：山名，在雲南省昭通縣境，以出產白銀聞名。
④郫：音ㄆㄧˊ，在今河南省濟源縣西。
⑤決：疏通水道。
⑥禪：音ㄕㄢˋ，帝王讓位或傳位給他姓。
⑦子規：杜鵑鳥。

評析

深受愛戴的國君，必定能令人民安居樂業。杜宇退位隱居後，人民思念他，就想像他死後化身爲鳥飛回故國。蜀民與杜宇心意相通，他們聽見杜鵑鳥啼叫，就認定望帝回來了，而杜宇化身的鳥也因思鄉而不斷地啼叫。故事的另一條主線，是傳達對愛情的失落：鱉靈與朱利原是一對愛侶，因意外被拆散，男的成爲望帝的大臣，女的做了望帝的妃子，有情人近在咫尺卻如同天涯。最後望帝退出三角戀情，更爲神話增添了淒美的色彩。

經典故事

不知暮春的哪一天，蜀國的天空飛來一隻杜鵑鳥，人們意識到它的存在，是來自一聲聲劃破靜謐的啼叫，彷彿在訴說一個美麗而哀傷的故事。

遠古時代的蜀國人民稀少，生活落後，有個青年男子名叫杜宇，從天上降了下來，成爲蜀國的國王，號「望帝」。望帝很關心百姓的生活，教導百姓種植莊稼的技術，因此深受擁護。

那時蜀國經常鬧水災，望帝想盡了各種方法治水，卻始終不能根除水患，這使得勤政愛民的他整日眉頭深鎖，憂心忡忡。有一年，河裡忽然出現一具男屍，逆流而上漂來，人們感到驚奇，好事者就把屍體打撈起來，沒想到「屍體」被救上岸後就復活了，而且是個眉清目秀的青年。

這青年名叫鱉靈，是一隻鱉精修鍊而成的，每天他都要乘著星光，和江源井裡最美的女人朱利幽會。今天他聽說西海有水災氾濫，便沿江巡視，卻不小心失足落水，從家鄉一直漂流到蜀國。

望帝知道後，派人請鱉靈前來相見，兩人一見如故。望帝覺得鱉靈是個難得的人才，立刻任命他爲蜀國的宰相，負責治水。

在江源井等待很久的朱利，終於無法忍受相思之苦，便到蜀國尋找鱉靈。那天正好望帝出獵，在山野間邂逅了朱利，只見她脫俗的風姿，非凡間女子能有。望帝一見傾心，於是將朱利納入宮中爲妃。

朱利只知道鱉靈身在蜀國，不知他貴爲蜀相，再加上嬌弱之身不敢抗命，又無法言明身分，只能悶悶不樂的，令望帝十分煩惱。

蜀國這場洪水浩浩蕩蕩包圍了蜀都，和當年大禹治水時的災情幾乎不相上下，百姓深受其害，死的死，逃的逃，國家人口銳減，陷入了一片混亂。鱉靈受望帝的重託，更不敢懈怠地展現治水才幹，變水患爲水利，終於使水患得到解除，百姓又可以安居樂業了。

望帝決定爲鱉靈設宴慶功。當晚君臣盡歡，鱉靈大醉，沒有留意望帝身旁坐著低頭不語的妃子。深夜時分，鱉靈留宿宮中，朱利敲開了他的門，二人相見抱頭痛哭，各自傾訴別後的相思。

望帝知道此事後，自責悔恨交集，當晚就決定把王位禪讓給鱉靈，自己悄悄隱入西山修行。國家失去了主人，鱉靈又有治水之功，於是在臣民的擁戴下受了禪讓，號開明帝，又叫叢帝。

孤獨的望帝躲在山中，非常思念朱利和故鄉，但又無可奈何，只有成天哀泣，最後鬱鬱而死，死後靈魂化作杜鵑鳥飛回蜀國。每當桃花盛開之際，杜鵑鳥便聲聲地叫著：「不如歸去，不如歸去。」從此以後，杜鵑鳥就棲息在蜀國日夜哀鳴，直到它的口中流出血來。

杜鵑啊！請收起悲哀的啼聲吧！不知有多少顆脆弱的心，已經碎裂在你淒切的啼聲裡了。

第二十一課

雞鳴狗盜

《史記・孟嘗君列傳》

經典原文

齊湣王①二十五年，復卒使孟嘗君②入秦，昭王即以孟嘗君爲秦相。人或說秦昭王曰：「孟嘗君賢而又齊族也，今相秦，必先齊而後秦③，秦其危矣。」於是秦昭王乃止，囚孟嘗君，謀欲殺之。孟嘗君使人抵④昭王幸姬⑤求解⑥。幸姬曰：「妾願得君狐白裘。」此時孟嘗君有一狐白裘，直⑦千金，天下無雙，入秦，獻之昭王，更無他裘。孟嘗君患⑧之，遍問客，莫能對。最下坐有能爲狗盜者，曰：「臣能得狐白裘。」乃夜爲狗以入秦宮藏中，取所獻狐白裘至，以獻秦王幸姬。幸姬爲言昭王。昭王釋孟嘗君。孟嘗君得出，即馳去，更封傳⑨，變名姓，以出關。夜半至函谷關。秦昭王後悔出孟嘗君，求之。已去。即使人馳傳逐之。孟嘗君至關，關法，雞鳴而出客⑩。孟嘗君恐追至。客之居下坐者，有能爲雞鳴。而雞盡鳴。遂發傳出。出如食頃⑪，秦追果至關。已後孟嘗君出，乃還。始孟嘗君列此二人於賓客。賓客盡羞⑫之。及孟嘗君有秦難，卒此二人拔之。自是之後，客皆服孟嘗君。

作者

司馬遷，（西元前一四五年—前八六年），字子長，西漢人。生於龍門，年輕時遊歷宇內，後以四十二歲之齡繼承父親司馬談爲太史令，並承遺命著述。後因李陵降匈奴事，遷爲之辯護，觸怒武帝下獄，受腐刑。後爲中書令，以刑後餘生完成《太史公書》（後稱《史記》）。《史記》上起黃帝，下迄漢武帝太初年間，共一百三十篇，五十二萬餘言，爲紀傳體之祖，亦爲通史之祖，對後世史學和文學的發展產生了深遠影響。

題解

選自《史記．孟嘗君列傳》。雞鳴狗盜，指學雄雞啼叫和裝狗進行盜竊的人，本篇源自發生在孟嘗君的兩個門客的故事。雞鳴狗盜後多用作貶義，比喻那些既沒有眞才實學，又缺乏風度，只不過略有雕蟲小技本領的人，也可單指微不足道的本領或偷偷摸摸的行爲。

注釋

① 齊湣王：湣，音ㄇㄧㄣˇ。西元約前三二三年至前二八四年，本名田地，一名遂。在位十七年，屢建武功，破秦、燕諸國，制楚、滅宋。

② 孟嘗君：生卒年不詳。戰國時齊之公族，姓田氏，名文。相齊，封於薛，「孟嘗君」為其稱號，好養賢士，食客數千人。

③ 先齊而後秦：先考慮齊國的利益，然後才考慮秦國的利益，甚至會為了齊國的利益而犧牲秦國的利益。

④ 抵：冒著觸犯幸姬而求之。

⑤ 幸姬：秦王的寵妾。

⑥求解：請求代為說情，以便解除危急。
⑦直：通「値」，價值。
⑧患：憂慮、擔心。
⑨更封傳：改換了通過邊界用的通行證。更，音ㄍㄥ，更改。封傳，通關憑證。
⑩雞鳴而出客：等清晨雞鳴了才能放行旅客。
⑪食頃：吃一頓飯的功夫，形容時間很短。
⑫羞：感到恥辱。

評析

孟嘗君廣納門客，眞正目的是擴張勢力，因此既沒有經過仔細篩選，也無力深入認識每個門客的才能。小偷與口技藝人的加入，讓衆門客無不感到羞恥，尤其當中多爲自視甚高的人，根本不屑與這種「不學無術」者爲伍。後來孟嘗君遭到危難，這些門客卻全都束手無策，還得靠雞鳴、狗盜之徒使出看家本領，才能解救所有人的性命。「人人都有可取之處」，在雞鳴、狗盜身上得到了驗證。

經典故事

孟嘗君望著坐滿前廳的門客，心想：「他們應該都是忠心追隨我的死士吧！」對他來說，這些面孔大多陌生，對於他們身懷的本領，也不能完全認識。

此時，這些人正仰望著孟嘗君，盼他帶領所有人逃出秦國，可是誰也不知道他內心的惶恐不安。

在這共生死的一刻，大夥就像知心的老友，相對無言。

戰國時代是人才爭奪的時代，秦昭襄王一向仰慕齊國孟嘗君的才能，於是派人請到秦國作客，吸納人才的企圖濃厚。

孟嘗君爲了報答秦王，便獻上一件名貴的「狐白裘」作爲見面禮。

兩人深談後，秦王對孟嘗君的才華非常敬佩，就想立即聘他爲宰相。但秦王的厚愛，卻引起其他大臣的嫉妒，有人積極的勸秦王：「孟嘗君的確賢能，可惜他是齊王的同宗，有血緣關係，如果讓他擔任秦國宰相，謀劃事情時必定先替齊國打算，然後才考慮秦國，那麼秦國可要危險了！」

雄才大略的秦王思前想後，盤算著：「孟嘗君如此能幹，如果不能爲我所用，就該立刻將他除去，這麼做等於砍掉齊王的臂膀，齊國就該滅亡了。」於是命人將孟嘗君囚禁起來。

汙穢骯髒的監牢裡，傳來陣陣臭氣，是腐肉與殺氣的混合。孟嘗君知道自己處境危急，就買通人去見秦王的寵妾請求解救。

寵妾見了來人，先是淺淺一笑，慢慢地啜飲手上的玫瑰花露，伸出紅豔豔的食指說：「我希望得到孟嘗君那件白色狐皮裘。」

狐白裘價值千金，天下再沒有第二件，現在已經獻秦王，該如何是好？孟嘗君急得團團轉，又派人問遍了門客，然而誰也想不出辦法。

忽然，門客中一個相貌平凡的人，站出來毛遂自薦說：「我能拿到那件狐白裘！」那晚，他打扮成狗的模樣，偷偷溜進宮中的寶庫，把那件狐白裘偷了出來，獻給秦王的寵妾。

寵妾得了狐白裘，相當得意，就在秦王耳邊吹吹枕頭風，秦王便釋放了孟嘗君。孟嘗君出獄時，門客早已準備好快車迎接，唯恐秦王事後反悔，所有人改名換姓立刻駕車逃離秦國。

沒多久，秦王果然後悔，下令追捕。

在半夜時分，孟嘗君趕到了函谷關，按照當時規定，雞叫時才能開關，孟嘗君生怕追兵趕到，心裡頭萬分著急。

突然，一聲雞叫劃破了寂靜的夜空，原來門客中有個人擅長口技，是他在深夜模仿雞叫。雞鳴一起，附近的雞便此起彼落地叫了起來，城門果然開啓，孟嘗君一行人連忙逃出秦國，等秦國追兵趕到關口，已經遠遠落在後面，不得不放棄追捕。

身爲一個領袖，要像孟嘗君那樣做個善識人才的「伯樂」，那麼雞鳴、狗盜這類的人，有朝一日也能小兵立大功。

第二十二課 屈原和漁父

《史記・屈原賈生列傳》

經典原文

屈原至於江濱，被髮①行吟澤畔，顏色憔悴，形容枯槁。漁父見而問之曰：「子非三閭大夫②歟③？何故而至此？」屈原曰：「舉世混濁，而我獨清。眾人皆醉，而我獨醒。是以見放④。」漁父曰：「夫聖人者，不凝滯於物，而能與世推移。舉世混濁，何不隨其流而揚其波。眾人皆醉，何不餔其糟而啜其醨⑤。何故懷瑾握瑜⑥，而自令見放爲。」屈原曰：「吾聞之，新沐者必彈冠，新浴者必振衣。人又誰能以身之察察⑦，受物之汶汶⑧者乎。寧赴常流⑨，而葬乎江魚腹中耳。又安能以皓皓之白，而蒙世之溫蠖⑩乎。」乃作〈懷沙〉⑪之賦。於是懷石，遂自投汨羅⑫以死。

作者

司馬遷。

題解

選自《史記・屈原賈生列傳》，本文省略〈懷沙〉全文。屈原雖遭流放，但始終以祖國的興亡、人民的疾苦爲念，希望楚王幡然悔悟，奮發圖強。文中，屈原和漁父透過對話表白了各自的處世哲學，漁父主張順應時勢而爲，屈原則不願與小人同流合汙，寧可投江而死，表現了對祖國的忠誠及可與日月爭光的人格與意志。

注釋

① 被髮：披頭散髮。被，音ㄆㄧ，通「披」。
② 三閭大夫：楚國官名，掌管楚國王族事務。
③ 歟：音ㄩˊ，置於句末，表疑問、反詰等語氣。多用於文言文中，相當於「嗎」。
④ 見放：被放逐。見，被。
⑤ 餔其糟而啜其釃：比喻隨波逐流、與世浮沉的態度。餔，音ㄅㄨ，餵食。糟，釀酒時濾下來的渣滓。釃，音ㄌㄧˊ，薄酒。
⑥ 懷瑾握瑜：幽思深沉，行為高尚。瑾、瑜，都是美玉。
⑦ 察察：潔白的樣子。
⑧ 汶汶：音ㄨㄣˋ ㄨㄣˋ，蒙上汙垢。形容汙濁的樣子。
⑨ 常流：長流，指江水。
⑩ 溫蠖：塵埃很厚。形容汙濁。蠖，音ㄏㄨㄛˋ。
⑪ 懷沙：楚辭〈九章〉的篇名。為戰國楚人屈原投江前的絕筆，描述其懷石投水的悲憤之情。
⑫ 汨羅：河川名。為汨水、羅水合注而成。二水在湖南省湘陰縣東北會合，乃稱汨羅江。相傳戰國時屈原自投此江而死。汨，音ㄇㄧˋ。

評析

屈原出身貴族，是政治人才，口才好，早期深受楚懷王的信任，曾位爲三閭大夫，但後來他的改革施政，招來其他貴族大臣的反對和嫉妒。昏庸的楚懷王聽信讒言，與屈原漸行漸遠，屈原終於被放逐了。放逐後，屈原和漁父的一次對話，各自表明了心志：漁父認爲，處世不要過於清高，世道好就出來做官，世道不好，就順勢而爲，不必落到被放逐的地步；但是屈原寧可投江而死，也不願與小人同流合汙。屈原和漁父，表現的正是兩種處世哲學，你認同哪一種呢？

經典故事

楚國的三閭大夫屈原感到救國無望，默默地，他垂下了一向高昂的頭。

西元前二七八年，楚國的都城「郢」被秦軍攻陷，從此楚國失去了抵擋的力量，秦軍如入無人之境，在楚國的心臟地帶縱橫奔馳，隨意肆虐。不久前還熙熙攘攘的郢城，沒有了人喊馬嘶，只聽得見沉痛的悲歌。

自從楚頃襄王聽信讒言，放逐屈原以後，屈原每天都在抑鬱糾結的心情中度過。這幾天楚都淪陷，許多楚人紛紛往南方遷移避難，便也將城破的噩耗帶來江南。

屈原聽說了，大爲震驚，原本他還對楚國和政治存有一絲幻想，但是此刻「期待」已被摔成無數的小碎片——他是徹底絕望了。

他懷著沉重的失落感，獨自在湘江流域一帶行走徘徊。他在沼澤畔爲國破家亡吟唱著哀歌，神情是那樣憔悴，身體是那麼枯瘦。

有個漁翁打老遠就看見屈原，不禁感到詫異，將小船划近岸邊，問道：「您不是三閭大夫嗎？為何變成這等模樣？」

屈原嘆了口氣，對漁父說：「當世人都混濁不堪時，只有我一人是清清白白的；當人人都喝醉時，只有我一人還清醒。所以我就被排擠放逐了。」

漁翁聽了，淡淡地說：「聖人有著超凡的智慧，不會受限於任何事物，所以能隨世俗的改變而調整處事方法。既然世人混濁不堪，您為何不順勢翻攪水底的汙泥，掀起水面的波浪，與他們同流合汙呢？既然人人都喝醉，您為什麼不也吃些酒糟，喝點薄酒裝醉呢？為何還要表現出憂國憂民、清高的言行，害自己被放逐？」

屈原苦笑一聲，對漁父說道：「我聽說，剛洗過頭髮，一定要先彈掉帽上的灰塵才能戴帽子，以免弄髒；剛洗過澡，一定要先抖掉衣服上的灰塵，才能穿上。我怎能讓這乾淨的身體，去接觸那些骯髒的東西呢？我寧願跳進湘江裡給魚兒吃，也不願讓潔白的人格受到塵埃的汙染。」

漁父只是微微一笑，就搖著槳離開了。他一邊敲擊船邊，一邊高聲唱道：「滄浪的水多清澈啊，可以洗我的帽帶；滄浪的水多汙濁啊，可以洗我的腳。」

豁達的漁父在歌中訴說胸懷，他想告訴屈原：不論水是清、是濁，處在朝廷就為國君分憂，處於民間就為百姓煩惱；時勢對自己有利便去做，世道難行就獨善其身，這才能保全自己啊！

屈原望著漁船漸行漸遠，漁父的歌聲終於聽不見了。這番人生的道理，屈原豈有不懂，然而他終究不願意做出違背心意的事。

到了五月初五這天，屈原穿上平日最喜歡的衣服，頭上戴著高冠，腰間懸掛長劍，鬱鬱地來到汨羅江畔。他環視這片愛得深切的土地，終於抱著石頭，躍入汨羅江中。

此後這滔滔江水所承載的，便是一位忠臣的赤膽忠心。

第二十三課　晏子

《晏子春秋》《史記・管晏列傳》

經典原文

(一)晏子使楚（節錄自《晏子春秋》）

晏子①使楚。楚人以晏子短②，爲小門於大門之側而延③晏子。晏子不入，曰：「使狗國者，從狗門入。今臣使楚，不當從此門入。」儐者④更道，從大門入。見楚王。王曰：「齊無人耶，使子爲使？」晏子對曰：「齊之臨淄三百閭⑤，張袂成陰⑥，揮汗成雨，比肩繼踵⑦而在，何爲無人！」王曰：「然則何爲使子？」晏子對曰：「齊命使⑧，各有所主。其賢者使使賢主，不肖者使使不肖主。嬰最不肖，故宜使楚矣！」

(二)晏子（節錄自《史記・管晏列傳》）

晏子爲齊相。出。其御⑨之妻，從門閒而闚⑩其夫。其夫爲相御⑪，擁大蓋⑫，策駟馬⑬，意氣揚揚，甚自得也。既而歸。其妻請去⑭。夫問其故。妻曰：「晏子長不滿六尺，身相齊國，名顯諸侯。今者妾觀其出，志念深矣，常有以自下者⑮。今子長八尺，乃爲人僕御，然子之意自以爲足。妾是以求去也。」

其後夫自抑損⑯。晏子怪而問之。御以實對。晏子薦以爲大夫。

作者

㈠《晏子春秋》，作者不詳，共八卷。書中皆述晏嬰之事，舊題晏嬰撰，應是後人摭集成書而託名於晏嬰。成書於戰國時期，由史料和民間傳說彙編而成，記載許多晏嬰勸告君主勤政、不貪圖享樂、任用賢能、虛心納諫及愛護百姓的事例。後西漢劉向整理成八卷，二一五章，分爲內篇六卷和外篇二卷。㈡司馬遷《史記》。

題解

㈠選自《晏子春秋》。作者藉由晏子與楚王的對談，表現機智的口才與反應，應答不卑不亢，既顧及身爲齊國大使的尊嚴，又能反擊楚王的輕慢。㈡選自《史記．管晏列傳》。作者司馬遷描寫這位齊國國相，頗能抓住特點，以小觀大，選取典型細節生動地表現晏子的德行與才能，透過晏子重用御者的典型事例突出其「賢」，御之妻的智慧更是予人印象深刻。以上兩篇文章皆詳略得當，重點突出。

注釋

①晏子：字仲，春秋齊人。歷事靈公、莊公，相齊景公。尚儉力行，為當時名臣。諡平，史稱為「晏平仲」，後人尊稱為「晏子」。
②短：身材矮小。
③延：招攬、邀請。

④儐者：迎賓者。儐，音ㄅㄧㄣ，接待賓客的人。

⑤閭：二十五戶為一閭；比喻人口衆多。

⑥張袂成陰：張開袖子就足以成蔭。袂，音ㄇㄟˋ，袖子。陰，音ㄧㄣˋ，同「蔭」。

⑦比肩繼踵：肩並著肩、腳接著腳，形容人多而紛雜。比，音ㄅㄧˋ。踵，腳後跟。

⑧命使：任命使者。

⑨御：駕車的人，或侍從、僕役。名詞。

⑩闚：音ㄎㄨㄟ，偷看。同「窺」。

⑪御：這裡指駕馭車馬。動詞。

⑫大蓋：帝王、貴族坐車上的綢傘，即車蓋。

⑬駟馬：富貴人家壯盛的車馬。

⑭去：離開。

⑮常有以自下者：常常顯現出謙遜的樣子。

⑯抑損：謙退、謙遜。

評析

人不可貌相，與人交往，不能只憑外貌來評估一個人的才能、本質和行爲，因爲有些事物給人的第一印象看似很誘人、很有價值，卻可能轉眼間就被發現一無用處。車伕的妻子能見微知著，讓丈夫認清自身的缺失，從而改變命運，是有智慧的女子。而車伕接受妻子勸告，願意自我提升，也值得肯定。晏子洞察這對夫妻的難得之處，願意推薦馬伕做官，可說是獨具慧眼，他的內涵散發出智慧之光，實在勝過外表的短暫印象。

在齊國的朝廷大殿，你看到一位身材矮小、窄肩膀的男人，單薄得像個隨時可以乘風歸去的紙人，然而他的腰板挺直，意志堅定，彷彿一座難以撼動的塔——那就是齊國的宰相「晏子」。

晏子其貌不揚，但是頭腦靈敏，能言善辯，大夫們說不過晏子，便經常嘲笑他：「英雄豪傑大多相貌堂堂，高大雄偉，看看你的身高不足五尺，手無縛雞之力，只靠一張嘴而沒有實際的本領，不覺得可恥嗎？」

晏子淡淡回答：「我聽說秤錘雖小，能值千斤；舟槳雖長，不免被水浸沒；紂王勇武絕倫，也難逃身死國滅。外貌如何，不代表一個人的本領。」

除了辯才無礙，晏子更是出色的外交官。一次出使楚國，楚王知道晏子的個子很矮，就想捉弄他，命人在城門邊開了個小門，請晏子進去。

晏子知道楚王有意羞辱，爲了維護國家與個人尊嚴，就嚴詞拒絕。他說：「到了狗國，才走狗洞，我現在是出使楚國，不應該走狗門。」楚國的官員聽見，爲了不被指爲「狗國」，只好請他從大門進去。

晏子拜見楚王，楚王故意問：「齊國沒有人了，才派你來嗎？」晏子昂首傲然答道：「齊國的人多極了，光是首都就有上百條街道，人們把衣袖舉起來，可以遮住太陽，甩汗水就像下雨一樣。」

楚王問：「既然如此，那爲什麼偏偏派你呢？」

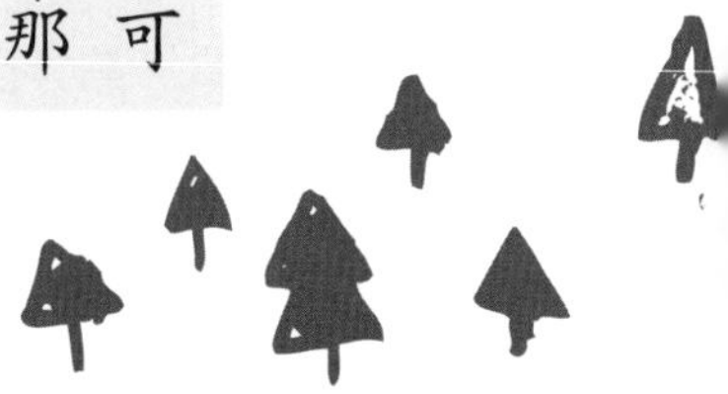

晏子不慌不忙的說：「我們齊國派大使出訪很講究，精明能幹的人，就會被派到道德高尚的國家；愚蠢無能的人，就會被派到不成器的國家。我是最愚蠢、最無能的人，所以就派我出使楚國了。」晏子表面上罵自己，實際上暗罵楚國是「不成器的國家」，令楚王無言以對。

晏子心胸寬廣，眼光獨到。一次他乘車外出，車伕的妻子透過門縫觀察丈夫，只見丈夫揚鞭驅馬，洋洋得意的模樣。等丈夫回家，妻子便主動要求離婚。

車伕很驚訝，問妻子爲何離婚？妻子回答：「晏子身高矮小，卻是齊國宰相，名聲顯達於諸侯。今天我見晏子乘車出門，在車中志念深遠，態度謙和。但夫君您以八尺之軀爲人駕車，竟因此自滿起來，這就是我要離開的原因。」

車伕十分慚愧，從此收斂了驕慢之氣，變得謙退恭謹起來。

晏子發現車伕的行爲舉止有所改變，感到很奇怪，追問原由，車伕便如實報告，晏子因此推薦他做了齊國的大夫。

第二十四課

淳于髡

《史記・滑稽列傳》

經典原文

淳于髡①者，齊之贅婿②也。長不滿七尺③。滑稽多辯，數使諸侯，未嘗屈辱。齊威王之時喜隱④，好爲淫樂長夜之飲，沉湎⑤不治，委政卿大夫⑥。百官荒亂，諸侯竝侵，國且危亡，在於旦暮。左右莫敢諫。淳于髡說之以隱曰：「國中有大鳥，止王之庭。三年不蜚⑦又不鳴，王知此鳥何也？」王曰：「此鳥不飛則已，一飛沖天；不鳴則已，一鳴驚人。」於是乃朝諸縣令長⑧七十二人，賞一人，誅一人，奮兵而出。諸侯振驚，皆還齊侵地，威行三十六年，語在〈田完世家〉⑨中。

威王八年，楚大發兵加齊。齊王使淳于髡之趙請救兵。齎⑩金百斤，車馬十駟。淳于髡仰天大笑，冠纓索絕⑪。王曰：「先生少之乎？」髡曰：「何敢。」王曰：「笑豈有說乎？」髡曰：「今者臣從東方來，見道旁有禳田⑫者，操一豚蹄，酒一盂⑬，祝曰：『甌窶⑭滿篝⑮，汙邪⑯滿車。五穀蕃熟，穰穰⑰滿家。』臣見其所持者狹，而所欲者奢，故笑之。」於是齊威王乃益齎黃金千溢⑱，白璧十雙，車馬百駟。髡辭而行至趙。趙王與之精兵十萬，革車千乘。楚聞之，夜引兵而去。

威王大說，置酒後宮，召髡賜之酒，問曰：「先生能飲幾何而醉？」對曰：「臣飲一斗亦醉，一石亦醉。」威王曰：「先生飲一斗而醉，惡能飲一石哉。其說可得聞乎？」髡曰：「賜酒大王之前，執法在傍，御史[19]在後。髡恐懼俯伏而飲，不過一斗徑醉矣。若親有嚴客，髡帣韝鞠䠢[20]，侍酒於前，時賜餘瀝，奉觴上壽數起。飲不過二斗徑醉矣。若朋友交遊，久不相見，卒然相覩，歡然道故，私情相語。飲可五六斗徑醉矣。若乃州閭之會，男女雜坐，行酒稽留[21]，六博[22]投壺[23]，相引爲曹[24]。握手無罰，目眙不禁。前有墮珥[25]，後有遺簪。髡竊樂此，飲可八斗而醉二參。日暮酒闌[26]，合尊[27]促坐，男女同席，履舄[28]交錯，杯盤狼籍，堂上燭滅，主人留髡而送客。羅襦[29]襟解，微聞薌澤[30]。當此之時，髡心最歡，能飲一石。故曰：『酒極則亂，樂極則悲，萬事盡然。』言不可極，極之而衰。以諷諫焉。」

齊王曰：「善。」乃罷長夜之飲，以髡爲諸侯主客[31]。宗室置酒，髡嘗[22]在側。

作者

司馬遷。

題解

選自《史記．滑稽列傳》。「滑稽」是言辭流利、詼諧幽默的意思。此篇的主旨是頌揚淳于髡一類滑稽人物「不流世俗，不爭勢利」的可貴精神，及其「談言微中，亦可以解紛」的非凡諷諫才能。淳于髡出身雖然微賤，但卻機智聰敏，能言多辯，善於借事託諷，可知一個人言談有魅力，就能發揮自己的影響力。

注釋

① 淳于髡：「淳于」，姓，源於周初至春秋的淳于國（今山東安丘縣東北）。髡，音ㄎㄨㄣ。
② 贅婿：古時男子因家貧賣身給人家，得招為婿者，稱為贅婿。泛指「招女婿」。
③ 七尺：周尺比今尺短，七尺大約相當於今一．六公尺。
④ 隱：隱語，是一種不直接說出本意，藉別的詞語來暗示的語言藝術。
⑤ 沉湎：沉溺、沉迷。湎，音ㄇㄧㄢˇ。
⑥ 卿大夫：周代國君及諸侯的高級臣屬。卿地位高於大夫，掌握國政和統兵之權。
⑦ 蜚：同「飛」。此隱語據《史記．楚世家》記載，楚莊王時，伍舉就曾用過。蜚，音ㄈㄟ。
⑧ 令長：戰國秦漢時縣的行政長官名稱。人口萬戶以上的縣稱令，萬戶以下的稱長。
⑨ 田完世家：《史記．田敬仲完世家》。
⑩ 齎：音ㄐㄧ，拿、持。
⑪ 冠纓索絕：帽帶都斷了。索，盡。絕，斷。
⑫ 禳田：古代祈求農事順利、無災無害的祭祀活動。禳，音ㄖㄤˊ，祈求解除災禍、疾病的祭祀。
⑬ 盂：音ㄩˊ，盛食物或漿湯的容器。
⑭ 甌窶：音ㄡ ㄌㄡˊ，狹小的高地。

⑮篝：音ㄍㄡ，竹籠。

⑯汙邪：地勢低下、容易積水的劣田。

⑰穰穰：穀子豐盛繁多的樣子。

⑱溢：同「鎰」，古時二十兩或二十四兩為「一溢」。

⑲御史：秦以前的御史為史官，漢代御史也掌糾察、治獄。此應是後者。

⑳帣韝鞠䐐：捲起衣袖，拉起臂套，聳身挺腰長跪。帣，音ㄐㄩㄢˇ，通「絭」，束衣袖。韝，音ㄍㄡˋ，皮製的臂套。鞠，彎屈。䐐，音ㄐㄧˋ，同「跽」，長跪。古人以兩膝著地，坐在腳跟上為「坐」；直身而股不著腳跟為「跪」；跪而聳身挺腰為「跽」。

㉑稽畱：耽擱、停留。畱，音ㄌㄧㄡˊ，「留」。

㉒六博：古代博戲，兩人對局，各拿黑白棋六子。

㉓投壺：古代遊戲，宴飲時用箭矢投入一定距離外的酒壺，以投中多少定勝負，輸的人罰酒。

㉔曹：同伴，遊戲時分組。

㉕珥：音ㄦˇ，用珠玉作成的耳環。

㉖酒闌：飲宴過半，即將結束之時。

㉗合尊：亦作「合樽」，共同飲酒。

㉘履舄：鞋子。履，單底鞋。舄，音ㄒㄧˋ，複底鞋。

㉙羅襦：絲質的短衣。襦，音ㄖㄨˊ。

㉚薌澤：泛指香氣。薌，五穀的香氣。

㉛諸侯主客：簡稱「主客」，戰國齊設置的官名，掌諸侯朝聘之事。

㉜嘗：通「常」。

評析

隱語，是一種富於哲理的諷喻手法，個性滑稽的淳于髡擅長利用隱語說服別人，他在辯論或勸諫國君時，經常用幽默的諷喻說明道理，令人心悅誠服。面對有權位者如齊威王，諷諫時必須考慮在顧及君王顏面和說理之間，再三斟酌，以求達到諷諫的目的。「幽默」是說服他人的利器，英國哲學家培根說過：「善談者必善幽默。」幽默意味著心態開放，使人放鬆。面對不友善的聽眾，幽默更可以維持聽眾的興趣，建立連繫，使你獲得更多的信任和支持。

經典故事

一個身高不到七尺的入贅女婿淳于髡，卻是經常出使諸侯國的重臣，而且從來沒有讓國家受過屈辱，且看他如何地能言善辯。

齊威王很喜歡猜謎，又愛沒有節制的徹夜宴飲，陶醉在飲酒中不管政事，上梁不正下梁歪，連文武百官都荒淫放縱起來。各國知道後都來侵犯，眼看齊國就要滅亡了，但大臣們都不敢進諫。

個性滑稽的淳于髡，就故意用謎語規勸威王：「城裡有隻大鳥，落在大王的庭院裡，三年不飛又不叫，大王知道這隻鳥是怎麼了嗎？」威王說：「這隻鳥不飛則已，一飛就直沖雲霄；不叫則已，一叫就使人驚異。」威王懂淳于髡的用意，及時醒悟，詔令全國官員入朝報告，視察政績賞罰分明，又發兵抵抗各國的侵略，諸侯十分驚恐，都把侵占的土地歸還了。

威王一鳴驚人，齊國的聲威竟維持長達三十六年。

齊威王八年時，楚國派大軍侵犯齊國。威王派淳于髡帶著黃金百斤和馬車十輛送趙王，好搬救兵回來。淳于髡看了禮物卻哈哈大笑，把綁帽子的帶子都笑斷了。威王納悶地說：「有什麼好笑？嫌禮物太少麼？」淳于髡笑說：「怎麼敢嫌少！」齊王慍道：「那你笑的意思是什麼？」

淳于髡笑著說：「今天我從東邊來，看到路旁有人拿著一個豬蹄、一杯酒祈禱田神：『請將高地上收穫的穀物盛滿籮筐，低田裡收穫的莊稼裝滿車輛；五穀繁茂豐熟，米糧堆積滿倉。』可是我看他拿的祭品很少，求的東西太多，所以覺得好笑。」說完還是嘻嘻笑個不停。

齊威王就把禮物增加到黃金千斤、白璧十對、馬車百輛，淳于髡才肯出發。到了趙國，趙王收下厚禮，便立刻撥給他十萬精兵、一千輛裹有皮革的戰車。楚國聽到這個消息就連夜退兵，不再攻打齊國了。

威王非常高興，在後宮擺下酒席召見淳于髡，問他說：「先生的酒量如何？」淳于髡微笑：「我喝一斗酒也能醉，喝一石酒也能醉。」威王大奇，問道：「喝一斗就醉了，怎能再喝一石呢？請問這是什麼道理？」

淳于髡說：「大王當面賞酒給我，執法官站在旁邊，御史站背後，嚇得我心驚膽戰，低頭喝不了一斗就醉了。如果家裡有尊貴的客人來，我捲起袖子，鞠躬奉酒給客人，客人也不時勸酒，這樣喝不到兩斗就醉了。如果和朋友好久不見，忽然間相見，高興地聊以前的事情，大約喝五六斗就醉了。」

齊威王點點頭。淳于髡又道：「至於和同鄉聚會，男女同坐敬酒，沒有時間限制，一起玩著六博、投壺的遊戲，握手言歡也不受處罰，眉目傳情不被禁止，面前有女人掉下的耳環，背後有丟掉的髮簪，這時我最開心了，可以喝上八斗酒，也不過兩三分醉意而已。」威王聽了會心一笑。

淳于髡又道：「等到天黑，就把剩下的酒倒在一起，大家促膝而坐，男女同席，鞋子木屐亂放，杯盤雜亂不堪。房裡的蠟燭已經熄滅，主人只留住我，把別的客人送走。我呢，就毫無顧忌的把衣襟解開，隱約聞到陣陣香味，這時我心裡最高興，能喝下一石酒。所以酒喝得過量，就容易出亂子，樂極生悲，所有的事都是如此啊！」淳于髡希望齊威王了解，任何事都不可走向極端，到了極端就會衰敗。威王用力一拍大腿，說：「好！」

於是，齊威王從此不再徹夜的縱酒狂歡，還任用淳于髡擔任接待諸侯賓客的賓禮官，只要威王安排了酒宴，淳于髡便經常作陪。

第二十五課 藺相如完璧歸趙

《史記・廉頗藺相如列傳》

經典原文

趙惠文王時，得楚和氏璧①。秦昭王②聞之，使人遺③趙王書，願以十五城請易璧④。趙王與大將軍廉頗諸大臣謀。欲予秦，秦城恐不可得，徒見欺⑤。欲勿予，即患秦兵之來。計未定，求人可使報⑥秦者。未得。

宦者令繆賢曰：「臣舍人藺相如可使。」王問：「何以知之？」對曰：「臣嘗有罪，竊計欲亡走燕⑦。臣舍人相如止⑧臣曰：『君何以知燕王？』臣語曰：『臣嘗從大王與燕王會境上⑨，燕王私握臣手，曰：「願結友。」以此知之，故欲往。』相如謂臣曰：『夫趙彊而燕弱，而君幸⑩於趙王，故燕王欲結於君。今君乃亡趙走燕⑪，燕畏趙，其勢必不敢畱君，而束君歸趙⑫矣。君不如肉袒伏斧質⑬請罪，則幸得脫⑭矣。』臣從其計，大王亦幸赦臣。臣竊以爲其人勇士有智謀，宜可使。」於是王召見問藺相如曰：「秦王以十五城請易寡人之璧，可予不⑮？」相如曰：「秦彊而趙弱，不可不許。」王曰：「取吾璧，不予我城，奈何？」相如曰：「秦以城求璧，而趙不許，曲⑯在趙。趙予璧而秦不予趙城，曲在秦。均之二策⑰，寧許以負秦曲⑱。」王曰：「誰可使者？」相如曰：

「王必⑲無人，臣願奉⑳璧往使。城入趙而璧留秦。城不入，臣請完璧歸趙。」趙王於是遂遣相如，奉璧西入秦。

秦王坐章臺㉑見相如，相如奉璧奏㉒秦王。秦王大喜，傳以示美人及左右。左右皆呼萬歲。相如視秦王無意償趙城，乃前曰：「璧有瑕㉓，請指示王。」王授璧。相如因持璧，卻立㉔倚柱，怒髮上衝冠㉕。謂秦王曰：「大王欲得璧，使人發書㉖至趙王。趙王悉㉗召群臣議。皆曰：『秦貪負㉘其彊，以空言求璧，償城恐不可得。』議不欲予秦璧。臣以爲布衣之交㉙，尚不相欺，況大國乎！且以一璧之故，逆彊秦之驩㉚，不可。於是趙王乃齋戒㉛五日，使臣奉璧拜送書於庭㉜。何者？嚴㉝大國之威以修敬也。今臣至，大王見臣列觀㉞，禮節甚倨㉟；得璧，傳之美人，以戲弄臣。臣觀大王無意償趙王城邑，故臣復取璧。大王必欲急臣㊱，臣頭今與璧俱碎於柱矣！」相如持其璧，睨㊲柱，欲以擊柱。

秦王恐其破璧，乃辭謝㊳，固請㊴，召有司㊵案圖，指從此以往十五都予趙。相如度㊶秦王特以詐佯爲予趙城，實不可得，乃謂秦王曰：「和氏璧，天下所共傳㊷寶也。趙王恐，不敢不獻。趙王送璧時，齋戒五日。今大王宜齋戒五日，設九賓㊸於廷。臣乃敢上璧。」秦王度之，終不可彊奪，遂許齋五日。舍㊹相如廣成傳舍。相如度秦王雖齋，決負約㊺不償城，乃使其從者衣褐㊻懷其璧，從徑道㊼亡歸璧於趙。

秦王齋五日，後乃設九賓禮於廷，引趙使者藺相如。相如至，謂秦王曰：「秦自繆公㊽以來二十餘君，未嘗有堅明約束㊾者也。臣誠恐見欺於王而負趙，故令人持璧歸，間[50]至趙矣。且秦彊而趙弱，大王遣一介之使[51]至趙，趙立奉璧來。今以秦之彊，而先割十五都予趙，趙豈敢留璧而得罪於大王乎。臣知欺大王之罪當誅，臣請就湯鑊[52]。唯大王與群臣孰[53]計議之。」秦王與群臣相視而嘻[54]。左右或欲引相如去。秦王因曰：「今殺相如，終不能得璧也，而絕秦趙之驩。不如因[55]而厚遇之，使歸趙。趙王豈以一璧之故欺秦邪。」卒廷見[56]相如，畢禮而歸之[57]。

相如既歸，趙王以爲賢大夫使不辱於諸侯，拜相如爲上大夫[58]。秦亦不以城予趙，趙亦終不予秦璧。

作者

司馬遷。

題解

選自《史記．廉頗藺相如列傳》。戰國末期，秦、楚、齊、趙、韓、魏、燕等七國中，強秦採取了遠交近攻、各個擊破的戰略，積極對外擴張領土。趙國的實力比秦弱，在這樣的狀況下，作者司馬遷藉著敘述趙國上卿藺相如完璧歸趙的事件，表現出藺相如的智慧與勇敢以及其忠心愛國的人格。

注釋

①和氏璧：楚人卞和在山中得到一塊璞玉獻給楚厲王。厲王派玉工鑑別，說是石頭。厲王以為卞和詐騙，就砍去他左足。武王立，他又去獻璞玉，玉工仍說是石，再砍去他右足。文王立，卞和抱著璞玉在山中號哭。文王知道後，派玉工剖璞，果得寶玉，命名為「和氏璧」。事載《韓非子‧和氏》。

②秦昭王：秦昭襄王，惠文王之子，嬴稷。在位五十六年（西元前三〇六至前二五一）。

③遺：音ㄨㄟˋ，送給。

④璧：古代一種玉器。扁平，圓形，中央有圓孔。

⑤見欺：被欺騙。

⑥使報：出使答覆。

⑦竊計：暗中打算。竊：私自，自謙之詞。亡走燕：逃到燕國去。亡，逃。走，跑。

⑧止：勸阻。

⑨會境上：在趙燕兩國的邊境地方相會。

⑩彊，同「強」。幸，得寵。

⑪亡趙走燕：逃離趙國，投奔燕國。

⑫束君歸趙：捆綁您送回趙國。束，綁。

⑬肉袒伏斧質：解衣露體，躺於鐵砧刑具上。肉袒，袒，音ㄊㄢˇ，解衣露體。斧質，質，音ㄓˋ，古刑法，置人於鐵砧上以斧砍之。

⑭得脫：得到赦免。

⑮不：通「否」。

⑯曲：音ㄑㄩ，理虧，理不直。

⑰均之二策：比較給或不給兩個計策。均，同「鈞」，權衡。

⑱負秦曲：使秦擔負理虧的責任。

⑲必：苟，如果。
⑳奉：同「捧」。
㉑章臺：秦離宮中的臺觀之一，故址在今陝西省長安縣故城西南角的渭水邊。章臺並不是正式接見外使的地方，可見秦王對趙國的輕視。
㉒奏：進獻。
㉓瑕：玉石上的斑點。
㉔卻立：倒退幾步站立。
㉕怒髮上衝冠：頭髮因憤怒豎起，好像頂起了帽子。誇張地形容盛怒的樣子。
㉖發書：送信。
㉗悉：全，都。
㉘負：憑仗。
㉙布衣之交：普通人的交往。古代平民以麻布、葛布為衣。
㉚逆：拂逆，觸犯。驩，同「歡」。
㉛齋戒：禮節，古人舉行祭祀之前，先沐浴更衣，不茹葷酒，以表示虔誠莊敬。
㉜拜送書於庭：趙王在朝廷上行禮，送出國書。
㉝嚴：尊重。
㉞列觀：一般的宮殿，指章台。秦對趙使不尊重，不在朝廷接見。
㉟倨：傲慢。
㊱急：逼迫。
㊲睨：斜視。音ㄋㄧˋ。
㊳辭謝：婉言道歉。
㊴固請：堅請勿碎璧自絕。
㊵有司：官吏通稱。古時設官分職，各有專司，因稱官吏為有司，此指專管國家疆域圖的官吏。

㊶度：音ㄉㄨㄛˋ，忖度，推測。
㊷共傳：公認。
㊸設九賓：古時外交上最隆重的禮儀，朝會大典由儐相九人依次傳呼接迎賓客上殿。賓，同「儐」。
㊹舍：安置，留宿。動詞。
㊺決負約：必然違背信約。
㊻從者衣褐：隨從穿上粗麻布短衣，裝作平民。衣，音ㄧˋ，動詞，穿。褐，粗衣。
㊼徑道：小路，便道。
㊽繆公：秦穆公，秦秋五霸之一，嬴姓，趙氏，名任好。
㊾堅明約束：堅守信約。
㊿閒：同「間」，偷偷地。
(51)一介之使：一個使臣。
(52)就湯鑊：願受烹刑。湯鑊，煮湯的大鍋，古代酷刑之一，在大鼎中燒水，烹煮死罪的人。
(53)孰：同「熟」。仔細、再三之意。
(54)嘻：驚怪之聲。
(55)因：就，於是。
(56)廷見：在朝廷上正式接見。
(57)歸之：使之歸，送相如回去。
(58)大夫：官名，分上、中、下三等。

評析

藺相如甘冒生命的危險爲國家效命，宣稱與和氏璧一同撞死，是很冒險的舉措，他在秦王面前斥責秦國歷代的君主言而無信，要求接受烹刑，可見勇敢過人。當藺相如知道秦王沒有誠意以城易璧，就假稱璧玉有瑕，先將玉騙回手中，再以緩兵之計要秦王齋戒，一面派人將玉送回趙國，可見他智慧過人。秦王雖然受到欺騙，卻能顧及大局，不再追究，對藺相如以禮相待，也表現出身為大國君主的格局。

經典故事

楚文王即位，楚人卞和就抱著璞玉，坐在山中放聲號哭，他痛心的不是從前被厲王、武王斬斷的腳，而是沒人相信他懷中的璞玉是稀世珍寶。

此事引起文王的好奇，便派出玉匠剖開璞玉，只見此玉從側面看如荷塘碧綠，正面看卻轉爲純白，果然是塊寶玉！文王就將它命名爲「和氏璧」。

寶玉沒有被人遺忘，多年後，輾轉落到了趙惠文王手中。秦昭王得知，便派遣使臣送信給惠文王說：「秦國願以十五座城池和趙國交換和氏璧。」

惠文王和大臣們商議：「秦國強大，如果把玉交給秦昭王，他卻不把十五座城池給我們，該如何是好？如果不給玉，秦昭王可能一氣之下派兵來打我們，該怎麼辦？」眾人舉棋不定，找不到能夠出使秦國的人。

宦官繆賢忽然說道：「我的門客藺相如應該可以出使，此人有勇有謀，適合擔任特使。」於是惠文王立刻召見藺相如。

惠文王問：「秦國要用十五座城換玉，我該不該答應呢？」藺相如毫不遲疑的說：「秦強，趙弱，您不答應也不行。」惠文王憂心地問：「可是秦國拿了玉卻不把城給我，該怎麼辦？」相如說：「秦國要拿十五座城來換玉，假如趙國不答應，當然是趙國的錯；反之，若秦國得了玉，卻不把城給趙國，那錯就在秦國了。還是派人將玉送到秦國比較好。」

惠文王覺得很有道理，便問：「依你看派誰去好呢？」藺相如自告奮勇的說：「假如大王找不出合適的人，臣倒願意前往。秦國如果把城池給我們，我就把玉留在秦國；如果食言，我一定負責將玉原封不動地送回趙國。」

惠文王於是派藺相如護送和氏璧到秦國去。

秦昭王高坐在章台宮接見藺相如。藺相如捧著玉進獻。昭王見到玉，高興的不得了，把玉捧在手上仔細欣賞，又將它傳給侍臣和嬪妃看，卻不提交換的事。

藺相如看出秦王沒有誠意，就向前說道：「大王，這塊玉雖然是稀世珍寶，但仍有些瑕疵，請讓我指給大王看！」昭王忙道：「快指給我看！」

相如昭王手中接過玉，立刻後退了幾步，背靠著柱子，怒髮衝冠地說：「有瑕疵的不是玉，而是大王的誠信！如果大王強迫我交出來，我就拿玉和我的頭去撞柱子，一起砸個粉碎。」相如舉著玉，斜視殿柱，準備撞過去。

秦昭王急了，連忙笑說：「你先別氣，我這就命人把地圖拿來，劃出十五座城池給趙。你可以放心了吧！」

相如知道這只是緩兵之計，就對昭王說：「和氏璧是天下公認的寶物。趙王怕你們，不敢不獻，送玉前，還齋戒了五天。您也該齋戒五天，在朝廷上設九賓大禮，我才敢獻玉。」昭王心想此事終究不能強奪，就答應了。

藺相如便趁機叫人帶著和氏璧，從小路送回趙國。

五天過去，秦昭王果眞以隆重的禮節接待藺相如。相如一見秦王便說：「秦國從穆公以來二十多位國君，沒有一位堅守信約，我怕被欺騙而辜負國家，所以叫人把玉送回去了。好在秦國強而趙國弱，大王只要派使者到趙國，玉立刻送來。秦國強大，要是先用城池換玉，趙國怎敢得罪大王呢？我知道欺君之罪該當受罰，請您賜我死罪烹煮我吧！只希望您能仔細考慮這件事。」

秦昭王和群臣面面相覷，驚訝的出言指摘，侍衛想把藺相如拉去處死，卻被秦昭王阻止：「現在殺了他，終究得不到玉，卻破壞了兩國的友好關係。不如好好款待他，讓他回趙國。趙王難道會因爲一塊玉而欺騙秦國嗎？」於是對藺相如以禮相待，並送他平安返回趙國。

魏晉南北朝

第二十六課

定伯賣鬼

《列異傳》

經典原文

南陽宗定伯年少時，夜行逢鬼，問曰：「誰？」鬼言：「鬼也。」鬼尋復問之：「卿復誰？」定伯欺①之，言：「我亦鬼也。」鬼問：「欲至何所？」答曰：「欲至宛市。」鬼言：「我亦欲至宛市。」共行數里，鬼言：「步行太亟②，可共迭相擔③也。」定伯曰：「大善。」鬼便先擔定伯數里。鬼言：「卿④大重！將非鬼也？」定伯言：「我新死，故重耳。」定伯因復擔鬼，鬼略無重。如是再三⑤。定伯復言：「我新死，不知鬼悉何所畏忌⑥？」鬼曰：「唯不喜人唾⑦。」於是共行。道遇水，定伯令鬼先度，聽之了無聲。定伯自渡，嘈漼⑧作聲。鬼復言：「何以作聲？」定伯曰：「新死不習度水耳，勿怪。」

行欲至宛市，定伯便擔鬼著頭上，急持之⑨，鬼大呼，聲咋咋⑩然索下。不復聽之⑪。徑⑫至宛市中，著地化爲一羊⑬，便賣之。恐其變化，乃唾之。得錢千五百，乃去⑭。于時言：「定伯賣鬼，得千五百。」

作者

曹丕，曹操次子，是著名的文論家、詩人。曹魏時，神仙方術、鬼怪靈異盛行，並深爲曹氏父子喜愛。《列異傳》是六朝時期的志怪小說集，作者據唐代《隋書經籍志》記載爲魏文帝曹丕，但書中記載了正始、甘露年間事，時間都在文帝以後，因此宋人的《舊唐書》、《新唐志》中，都改作爲張華撰，但無佐證。現姑且記爲曹丕所作。《列異傳》多爲鬼神妖怪故事，其中許多情節爲後世志怪小說所採用。

題解

選自《太平御覽》引錄之《列異傳》。敘述宗定伯在半路上遇鬼，卻能鎮定、不慌張，運用智謀刺探鬼的弱點，進而捉鬼、賣鬼的故事。情節雖然荒誕離奇，但作者卻敘述得條理井然，蘊含諷刺意義，充滿了趣味性。

注釋

①欺：說謊、欺騙。
②亟：音ㄐㄧˊ，急切。
③共迭相擔：互相輪流背對方。迭，音ㄉㄧㄝˊ，輪流。擔，背負。
④卿：對人的尊稱。
⑤如是再三：像這樣好幾次。是，此、這。
⑥何所畏忌：都害怕忌諱什麼？悉，都。何所，什麼。
⑦唯不喜人唾：只是不喜歡被人吐口水。唾：動詞，吐口水。

⑧嘈漼：嘈，音ㄘㄠˊ。形容渡水時發出的聲音。喧鬧、雜亂。
⑨急持之：緊緊抓著他。持，抓。
⑩咋咋：形容鬼叫的聲音。咋，音ㄗㄜˊ，大聲的。
⑪不復聽之：定伯不再聽從鬼的要求。聽：音ㄊㄧㄥˋ，聽從、答應。
⑫徑：直接。
⑬著地化為一羊：鬼被丟在地上，碰到地就變成一頭羊。著，音ㄓㄨㄛˊ，接觸。
⑭乃去：才離開。

評析

〈定伯賣鬼〉原文是以第三人稱平鋪直敘，本書改寫「經典故事」就改以宗定伯的「第一人稱」敘述，更能忠實地呈現「人比鬼可怕」的主題。宗定伯與鬼同行的過程中一直在算計鬼，不斷地猜測、盤算、套話，旁敲側擊地找出鬼的弱點，最後還將鬼給「出賣」了，賺得金錢。不同於一般強調情節聳動的寫法，〈定伯賣鬼〉這樣的鬼故事，寓意深刻，諷刺性十足，顛覆了人們對鬼的印象，更說明人性的陰暗面比鬼還要可怕，具有警世意味。

經典故事

子桓，我是宗定伯。讓我跟你說個故事，希望你將他寫成筆記小說。

我年輕時，在某個月黑風高的夜晚獨自行走，遇到了一隻鬼。別懷疑，那真的是鬼！鬼長得跟人差不多，不難看，身材很高壯，可是走起路來輕飄飄地，像是踩在雲端，感覺很沒精神，我想應該是隻懶鬼。

我深吸一口氣冷靜下來，想問清楚鬼的來意，於是我問：「你是誰？」鬼安靜了片刻，忽道：「我是鬼。」聲音氣若游絲。我想這是隻餓鬼。

鬼帶點遲疑的聲音問我：「你呢？你又是誰？」原來鬼有點搞不清楚狀況，並不是存心找人麻煩，那我乾脆假裝是同類好了。於是我回答：「我也是鬼。」鬼點頭表示同意。這麼容易就過關，莫非它根本是一隻笨鬼？

鬼問我：「你要去哪裡？」我心想我正要回家，但可不能讓你知道我家的地址。於是回答：「我要去宛市。」鬼說：「我也要去宛市。」原來是黏人鬼。

我們一起走了幾里路，鬼突然開口：「這樣走太累了，不如互相背對方吧！」這個點子倒不錯。我回答：「就這樣吧！」這隻鬼好體貼，是個熱心鬼。

鬼先背著我走幾公里，不一會兒，鬼就氣喘吁吁的說：「你眞重，可能不是鬼吧？」「應該是我剛死，所以比較重。」我隨口編個理由搪塞，鬼竟然點頭相信了，難道是個單純的好鬼？

接著輪到我背鬼了，他幾乎沒有什麼重量，果然人與鬼的差別就在這裡。就這樣，我們輪流背對方好幾次，倒是相安無事。

我終於決定大著膽子試探。我問鬼：「我剛死，不知道鬼都害怕什麼呢？」鬼說：「也沒別的，只是要當心人類的口水。」眞是個呆鬼！一下子就把弱點告訴我了。我在心裡竊喜。

走著走著，看到了一條平淺的小河。我對鬼說：「你先過去吧。」鬼走了過去，一點聲響也沒有。接著換我走，腳下的水卻發出嘩嘩的水聲。

我心裡覺得糟糕，表面上仍然保持鎮定。果然鬼開口問了：「為什麼會有聲音？」我連忙回答：「因為我剛死，不習慣渡水，別見怪。」鬼很滿意這個答案。宛市就近在眼前了，我手一伸，忽然將鬼打橫了扛起來，然後加緊腳步往宛市狂奔去。鬼緊張地在我頭上大叫：「快放我下來！」我不理他，繼續狂飆，只顧著往市場衝。

到了市場裡面，我將鬼重重地摔在地上，鬼一著地，竟然變成一頭羊。我開始大聲叫賣：「有鬼大拍賣！只有一隻，要買要快！」我怕鬼變回來，又在他的身上吐了口水。很快就有人出價一千五百兩，我一手拿錢，一手交貨，便頭也不回地離開了。

子桓，你說人比鬼可怕嗎？看來似乎是這樣的。

第二十七課

桃花源記

陶淵明

經典原文

晉太元中①，武陵②人，捕魚爲業。緣③溪行，忘路之遠近。忽逢桃花林，夾岸④數百步，中無雜樹，芳草鮮美，落英繽紛⑤。漁人甚異之，復前行，欲窮其林。林盡水源，便得一山。山有小口，彷彿若有光，便舍船，從口入。初極狹，纔通人⑥，復行數十步，豁然開朗。土地平曠，屋舍儼然⑦，有良田美池桑竹之屬，阡陌⑧交通，雞犬相聞。其中往來種作，男女衣著，悉如外人；黃髮⑨垂髫⑩，並怡然自樂。見漁人，乃大驚，問所從來，具答之，便要還家⑪，設酒殺雞作食。村中聞有此人，咸來問訊。自云先世避秦時亂，率妻子邑人⑫來此絕境，不復出焉，遂與外人間隔。問今是何世，乃不知有漢，無論魏晉。此人一一爲具言所聞，皆嘆惋。餘人各復延⑬至其家，皆出酒食。停數日，辭去。此中人語云：「不足爲外人道也。」

既出，得其船，便扶向路⑭，處處誌之⑮。及郡下⑯，詣⑰太守說如此。太守即遣人隨其往，尋向所誌，遂迷，不復得路。南陽劉子驥⑱，高尚士也，聞之，欣然規⑲往。未果，尋⑳病終。後遂無問津者⑳。

作者

陶淵明（約西元三六五年—四二八年），東晉潯陽柴桑人（今江西九江），又名潛，字元亮，號五柳先生，私諡「靖節」，因宅邊曾有五棵柳樹，又自號「五柳先生」。身兼詩人、文學家、辭賦家和散文家。擅長詩文辭賦，語言質樸自然而精煉，被稱爲「田園詩人」。

題解

〈桃花源記〉是東晉文人陶淵明的代表作之一，是〈桃花源詩〉的序，出自《陶淵明集》。約作於永初二年，即南朝劉裕弒君篡位的第二年。作者描繪了一個虛構的世外桃源，用來寄託作者的社會理想，描繪了一幅沒有戰亂、自給自足、雞犬相聞、人們怡然自得的景象。文章描寫細膩，語言質樸自然，用藝術手法展示了作者心目中的「烏托邦」。

注釋

①晉太元中：東晉孝武帝年號（西元三七六年—三九六年）。
②武陵：郡名。在今湖南省常德縣。
③緣：沿著。
④夾岸：兩岸。
⑤落英：落花。英，花。繽紛，紛繁的樣子。
⑥纔通人：剛好夠一個人通過。纔，音ㄘㄞˊ，只、僅。
⑦儼然：莊嚴的樣子，引申出整齊的意思。儼，音ㄧㄢˇ。
⑧阡陌：音ㄑㄧㄢ ㄇㄛˋ，田間小路。南北為阡，東西為陌。

⑨黃髮：老人。老年人發白轉黃，故以代稱。
⑩垂髫：兒童。兒童垂髮為飾。髫，音ㄊㄧㄠˊ。
⑪便要還家：桃花源的人邀請漁夫到家裡作客。要，音ㄧㄠ，同「邀」，請。
⑫邑人：同鄉的人。
⑬延：邀請。
⑭便扶向路：沿著原路回去。扶，沿著。
⑮處處誌之：在路上處處作標記。
⑯郡下：武陵郡治所在地。
⑰詣：音ㄧˋ，前往面見。
⑱南陽劉子驥：南陽，簡稱「宛」，今河南省南陽市。劉子驥，名詣之，隱士，好遊山水。
⑲規：計劃。
⑳尋：不久。
㉑問津者：問路的人，指探訪。津，渡口。問津，訪求的意思，所用為孔子使子路向長沮、桀溺問津的典故。

評析

尋找人間淨土，是陶淵明創作〈桃花源記〉的重要宗旨。桃花源景色美不勝收，這裡人人平等而自給自足，令人心嚮往之。下文「經典故事」虛擬漁人黃道眞的角色，就是帶領我們進行一場華麗的奇幻旅程，塑造出一個完美境界，引起讀者的好奇和興趣。劉子驥的角色，傳達出一般人想追尋美好世界的心情，他因爲尋訪未果，抑鬱而死，側面反映出陶淵明失落的心情。實際上桃花源並不存在，它在作者心中只停留於「理想」的階段。

「自從秦氏逆人道，賢者紛紛避其世。」漁人一面撐起長篙，向溪水深處盪去，一面繼續對日高歌：「……春蠶收長絲，秋熟靡王稅。沒有官欺凌……」蒼涼的歌聲飄揚在水面上，久久不絕。

這唱歌的漁夫名叫黃道眞，時常在黃聞山側的溪水間划船釣魚，今日看天氣正好，忍不住就高歌起來，詞中說的是秦始皇暴虐無道、欺凌百姓的一段歷史，傳遞歌者對於沒有暴政壓迫的社會，著實心嚮往之。

此時正是東晉太元年間，武陵人黃道眞這天順著溪水划船，因醉心於歌唱，不知不覺竟忘記路程的遠近。忽然小船轉到一大片桃花林，只見桃樹夾著溪流兩岸，長達數百步；地上草色新鮮碧綠，墜落的花瓣繁多交雜，紛紛落下而成了桃花雨。道眞爲這片美景所迷，便繼續提起竹篙，往桃林深處行去。

划了許久，終於來到溪水的發源處，往前望就沒有桃林了，緊接著看見一座山，山上有個小洞口，隱隱有光亮自其中透出。道眞就丟下小船，從洞口進去。剛開始洞口狹窄，僅能讓一個人走過，走了幾十步路後就漸漸寬敞起來。

又走了幾步路，突然眼前一亮，前方竟出現大片廣闊的田野，土地平坦開闊，房屋建置得整整齊齊，有肥沃的田地、美麗的春波碧草和桑樹竹子。田間小路交錯相通，村子的巷弄間都能聽到雞鳴狗叫的聲音。人們來來往往耕田勞作，男女身上的穿戴完全不像東晉時代的人。老人和小孩臉上的神情，是一副悠閒的模樣，在這裡人人平等、自給自足。

村民們看見道眞，都很驚奇，連忙問他從哪裡來？道眞詳盡地回答，也從村民的口中得知這裡叫做「桃花源」。熱情的村民邀請道眞到自己家裡，並且擺酒、殺雞，做飯菜。其他人聽說有陌生人來訪，也都過來與道眞攀談。

村民表示祖先爲了躲避秦朝的禍亂，帶領妻兒和同鄉人來到這與世隔絕的地方，從此就沒有出去過了。他們詢問現在是什麼朝代？道眞據實回答，但驚訝的是村民竟不知道漢朝，更不必說魏晉了。

於是道眞耐心的說明從秦以後到魏晉期間，天下大勢改變的情況，村民們聽完都十分感嘆。其他人各自邀請道眞到自己的家中，拿出酒菜招待。幾天後，道眞很思念家人，就要告辭離去。村民囑咐他：「我們這些平凡人和平常的生活，不值得對外面的人說啊！」

道眞出來找到小船，就沿著舊路回去，一路上處處作了記號，想日後帶著家人重回桃花源隱居。然而當他回來尋找那片盛開的桃花林，卻怎麼都找不著，不知是否溪水漲潮沖走了記號，從此再也無法回到原來的路。

南陽劉子驥，是高尚的名士，輾轉從朋友口中聽到這件事，很嚮往這片與世無爭的淨土，於是興沖沖地前往尋找桃花源，同樣找不到，回家後心情鬱悶，不久就病死了。唉，想在紛擾的人間尋求淨土，是多麼困難的事啊！

第二十八課

干將莫邪

《搜神記‧眉間尺》

經典原文

楚干將、莫邪①爲楚王作劍，三年乃②成，王怒，欲殺之。劍有雌雄，其妻重身③，當產④。夫語妻曰：「吾爲王作劍，三年乃成，王怒，往必殺我。汝若生子是男，大，告之曰：『出户望南山，松生石上，劍在其背。』」於是即將雌劍往見⑤楚王。王大怒，使相⑥之。劍有二：一雄一雌，雌來雄不來。王怒，即殺之。

莫邪子名赤比⑦，後壯，乃問其母曰：「吾父所在⑧？」母曰：「汝父爲楚王作劍，三年乃成，王怒殺之。去時囑我：『語汝子，出户望南山，松生石上，劍在其背。』」於是子出户南望，但覩⑨堂前松柱下，石底之上，即以斧破其背，得劍。日夜思欲報⑩楚王。

王夢見一兒，眉間廣尺⑪，言欲報仇。王即購⑫之千金。兒聞之，亡去⑬，入山行歌⑭。客⑮有逢者，謂：「子年少，何哭之甚悲耶？」曰：「吾干將、莫邪子也，楚王殺吾父，吾欲報之。」客曰：「聞王購子頭千金，將子頭與劍來，爲子報之。」兒曰：「幸甚⑯。」即自刎⑰，兩手捧頭及劍奉之，立僵⑱。

客曰：「不負⑲子也。」於是屍乃仆⑳。

客持頭往見楚王，王大喜。客曰：「此乃勇士頭也，當於湯鑊㉑煮之。」王如㉒其言，煮頭三日三夕不爛。頭踔㉓出湯中，躓目㉔大怒。客曰：「此兒頭不爛，願王自往臨㉕視之，是必爛也。」王即臨之。客以劍擬㉖王，王頭隨墮湯中；客亦自擬己頭，頭復墮湯中。三首俱爛，不可識別。乃分其湯肉葬之，故通名三王墓。今在汝南北宜春縣界。

作者

甘寶（？—西元三三六年），東晉人，官至晉朝散騎常侍。傳說干寶年輕時父親去世，母親善妒，在埋葬他父親時趁機將他父親的妾推入棺材一起活埋。過了十年，他母親去世，和他父親合葬，干寶開棺後發現父親的妾伏在父親屍體上，尚有體溫，救回家後又活了數年。另外據說他兄長也是死了「氣絕數日」又活過來了，因此引起他對鬼神事的興趣，寫了《搜神記》。

題解

選自《搜神記．卷十一》。干將、莫邪是中國古代傳說造劍的名匠，也是兩把名劍的名稱。干將，春秋時人，曾爲楚王造劍，與妻子莫邪奉命爲楚王鑄成寶劍兩把，一爲干將，一爲莫邪（也作鏌鋣）。干將見楚王前，先將雄劍交給妻子，傳其子，後交雌劍給楚王，被楚王所殺。其子赤比長成，在俠客的協助下，終於爲父報仇。傳說讚頌了劍工高超的技藝、統治者的殘暴和復仇的悲歌。

注釋

①干將、莫邪：夫妻二人，為楚國的冶鑄工人。邪，音ㄧㄝˊ。

②乃：才。

③重身：身中有身，懷孕。

④當產：就要生孩子了。

⑤往見：前往面見

⑥相：音ㄒㄧㄤˋ，查看、檢查。

⑦赤比：莫邪子名。一作「赤」或「眉音尺」。

⑧所在：在什麼地方。

⑨覩：同「睹」，看見。音ㄉㄨˇ。

⑩報：向⋯報仇。

⑪眉間廣尺：雙眉之間有一尺寬的距離。

⑫購：懸賞。

⑬亡去：逃離。

⑭行歌：哭唱。

⑮客：俠客。

⑯幸甚：太好了。表示毫不遲疑，充分信任。

⑰自刎：自殺。刎，音ㄨㄣˇ。

⑱立僵：直立不動。

⑲負：辜負，對不起。

⑳仆：音ㄆㄨ，倒下。

㉑湯鑊：湯鍋。

㉒如：按照，依照。
㉓踔：音ㄓㄨㄛˊ，跳躍，指在滾水中騰躍。
㉔躓目：睜大眼睛。躓，音ㄓˋ。
㉕臨：靠近。
㉖擬：形容劍鋒利無比，比劃一下，大王的頭就掉下來了。

評析

故事裡情義、善惡的結局，到現在仍深受人們的推崇。干將被抓以前留下謎語，囑咐說生女兒就放棄復仇，生兒子就告訴他眞相，是因爲復仇之事應當託付給聰明、又有勇武之力的孩子，不忍嬌弱的女兒受苦。劍客看見赤比傷心哭泣，得知整個事件的來龍去脈後，立刻表示願意幫忙，而赤比也願意將性命交給初次見面的劍客，反映了眞摯的知己之情。楚王的性格貪暴，最後也因爲貪愛阿諛奉承之詞而死，性格的確造就了命運。

經典故事

懷孕的莫邪撫著攏起的肚子，除了知道丈夫已死外，其餘茫無頭緒。

莫邪與丈夫干將是楚國的鑄劍師，夫婦爲楚王鑄劍，三年後才完成雄雌兩劍。因爲拖延過久，楚王相當不滿，想要殺害夫婦倆。

當時莫邪即將生產，干將不捨的對她說：「楚王個性貪暴，這趟獻劍恐怕凶多吉少。我將雄劍留給孩子，如果生男孩，長大後就告訴他：『出門望南山，松樹生長在石頭上，劍就放在樹的背後。』」莫邪聽了心痛如絞，但爲了保全孩子只好流著淚答應。於是干將便拿著雌劍去見楚王。

果然楚王大怒，責備他的延遲，又派出懂得鑑定的人來看劍。那人回報：「劍本是兩柄，一雄一雌，現在只有雌劍來。」楚王震怒，就把干將處死了。莫邪得知丈夫的死訊，也只能忍住悲痛，獨自將孩子生下來。

幾年後，莫邪的兒子赤比成爲健壯的少年，他的眉間距離寬大，因此得了「眉間尺」的外號。有一天，赤比終於開口問母親：「我父親到底在哪裡？」莫邪只好含淚將丈夫的遺言告訴兒子。赤比想到父母的不幸，憤怒的緊緊捏住拳頭，決心報仇。

赤比反覆琢磨父親的遺言，就走出家門往南方看，並沒有山，只見堂前的松樹下有一塊大磨劍石，於是用斧頭劈開，果然在後方得到雄劍。此後，他日思夜想的都是如何謀刺楚王。

這日夜半，楚王噩夢纏身，夢見一個長相特異的少年，他的眉間廣闊約一尺寬，手中拿著利劍，對楚王凶惡的説要報仇。楚王驚醒以後，大汗涔涔而下，第二天就懸賞千金要買少年的人頭。

赤比知道消息，立刻逃走，一個人徬徨無助的到山裡獨行，想到傷心處就唱起悲哀的歌。有位劍客經過，忍不住問：「你年紀輕輕的，怎麼哭得這樣傷心？」赤比就將事情的來龍去脈説給他聽。

劍客聽完大怒，對赤比說道：「我願爲你報這血海深仇，但是你得先將你的頭和劍都交給我。」赤比看著劍客，相知之心油然而生，毫不猶豫的說：「很好！」立刻舉劍自刎，他的頭滾落在地，身體仍然站得挺直。劍客撫著赤比的頭與劍，堅定的說：「朋友，我絕不辜負你！」屍身彷彿有靈，聽了這話，才放心的倒下。

劍客提著赤比的頭拜見楚王，楚王大喜。劍客提議道：「這是勇士的頭，應當用湯鍋來煮。」楚王就命人煮頭。然而過了三天三夜都煮不爛，而且人頭竟然跳出來，張開眼睛對楚王怒目而視，楚王感到驚駭。

劍客趁機說：「人頭煮不爛，想必是怨氣太重，請大王親自到鍋邊，以您的帝王霸氣鎮壓，就一定爛了。」這話令楚王相當得意，於是走近鍋邊，劍客就迅速的抽出雄劍斬下楚王的頭，頭便滾落湯裡。

護衛們相當震驚，紛紛衝上前阻止，劍客立即舉劍砍掉自己的頭，頭也掉進湯裡。他要以死報答赤比的信任。

很快地，三個人頭都煮爛了，沒辦法分辨出彼此。宮中的人只好倒掉湯，把煮爛的肉埋葬在一起，稱作「三王墓」。

第二十九課 韓憑夫婦

《搜神記・韓憑》

經典原文

宋康王舍人①韓憑，娶妻何氏，美，康王奪之。憑怨，王囚之，論爲城旦②。

妻密遺憑書，繆其辭③曰：「其雨淫淫④，河大水深，日出當心⑤。」既而⑥王得其書，以示左右⑦，左右莫解其意。臣蘇賀對曰：「其雨淫淫，言愁且思也；河大水深，言不得往來也；日出當心，心有死志也。」俄而⑧，憑乃自殺。

其妻乃陰腐其衣⑨，王與之登臺，妻遂自投臺⑩，左右攬⑪之，衣不中手⑫而死，遺書於帶⑬，曰：「王利其生，妾利其死；願以屍骨賜憑合葬！」

王怒，弗聽，使里人⑭埋之，冢相望也。王曰：「爾夫婦相愛不已，若能使冢合，則吾弗阻也。」宿昔之間，便有大梓木，生於二冢之端，旬日而大盈抱⑮，屈體相就⑯，根交於下，枝錯⑰於上。又有鴛鴦，雌雄各一，恆棲樹上，晨夕不去，交頸悲鳴，音聲感人。宋人哀之，遂號其木曰相思樹──「相思」之名，起於此也。南人謂：此禽即韓憑夫婦之精魂。今睢陽⑱有韓憑城，其歌謠至今猶存。

作者

甘寶。

題解

選自《搜神記》，敘述韓憑夫婦之間堅貞不渝的愛情。作者讚揚了韓憑妻不慕富貴、不畏強暴的美德，同時也揭露了貴族強奪人妻的罪行，反映出當時強權欺壓弱勢的社會黑暗面。

注釋

①宋康王舍人：宋康王，名偃，戰國末年宋國國君，耽溺酒色，在位四十七年。舍人，官職名。戰國至漢初，王公大臣左右皆有舍人，類似門客。
②城旦：一種苦刑，受刑者白天防備敵寇，夜晚築城。
③繆其辭：使語言的含義隱晦曲折，不使人看出真意。繆，音ㄌㄧㄠˊ，同「繚」。
④淫淫：久雨不止的樣子。比喻愁思深長。
⑤日出當心：對著太陽發誓，表示決心自殺。當，正照著。
⑥既而：時間連詞。用在全句或下半句的句頭，表示上文所發生的情況或動作後不久。
⑦左右：稱跟從的侍者為「左右」。
⑧俄而：不久。
⑨陰腐其衣：暗地使自己的衣服腐蝕。陰，暗中。
⑩投臺：從高臺跳下自殺。
⑪攬：拉。
⑫不中手：經不住手拉。因已經陰腐其衣的緣故。

⑬帶：衣帶。
⑭里人：與韓憑夫婦同里之人。
⑮盈抱：雙臂摟不住。盈，超過。
⑯屈體相就：樹的枝幹彎曲相靠攏。就，靠近。
⑰錯：交錯。
⑱睢陽：宋國都。今河南省商丘縣境。睢，音ㄙㄨㄟ。

評析

金人元好問的〈雁丘詞〉云：「問世間，情爲何物？直教生死相許。」古人認爲情到了深處，「生者可以死，死者可以生」，生死相許是極致的深情，除了死亡，沒有任何力量可以把眞心相愛的男女分開。就如韓憑夫婦，當愛侶已逝，另一個人怎能獨活？於是何氏決心追隨丈夫從高臺躍下殉死。何氏用行動回答了什麼是永恆的眞愛，其實就是建立在「誠信」之上：信守對愛人的承諾，一生只愛對方一個。

經典故事

「紅豆生南國，春來發幾枝。願君多採擷，此物最相思。……」詩人佇立在溫暖柔和的月色下低吟，沉思默想，原來是感嘆人世混濁，有情人難遇。他心想：「人世間，是否眞的有至情至性之人？」

藍色的月光緩慢推移，映照到韓憑的家，這時有些寒意。宋康王的門客韓憑，最近娶了如花似玉的夫人何氏，夫妻倆美滿的婚姻羨煞眾人。

何氏無法掩蓋她的美麗，很快地，這般出色的容貌就傳遍城內，也傳到好色的康王耳中。康王仗恃位高權重，逼著韓憑獻出夫人。韓憑自然不肯，於是康王就派人將何氏強奪進府內，更將韓憑囚禁起來，命他看守城門。

嬌弱的何氏被軟禁在康王府中，偷偷託人送信給丈夫，上面寫著：「其雨淫淫，河大水深，日出當心。」不料所託非人，這封信被康王得到。康王拿給左右臣子看，沒有人看懂。

大臣蘇賀靈機一動上前稟告：「其雨淫淫，是憂愁與思念很深；河大水深，指遭到阻隔，不能往來；日出當心，是有殉死之心。應當多注意夫人的安全。」蘇賀因此得到賞賜。

過沒幾天，韓憑等不到妻子的音信，就自殺了。何氏被康王強占之後，原本就想要自盡，現在聽說丈夫已死，更是失去活下來的理由。她心裡一陣冰涼，反而哭不出來了，於是冷靜的偷偷用藥物腐蝕自己的衣服。

這天，何氏隨同康王登臺巡視，她站在高處往下看，頭有點暈眩，大風吹得身子微微發抖。何氏低頭在心裡默唸：「夫君，我這就來找你了！」便縱身從高臺跳下。侍衛們連忙伸手相救，但是手一碰到衣服，衣服就化爲五顏六色的碎片隨風飛去。何氏終於墜地而死。

侍衛在何氏的衣帶裡找到一封遺書，呈給康王，上面寫：「大王要我活著，可是我卻只求速死，但願大王有憐憫之心，讓妾的屍骨和韓憑合葬。」

康王十分惱怒，覺得沒面子，就命人把這對夫婦分開埋了，使兩墳遙遙相望，要他們做鬼也不得相見。康王更撂下一句狠話：「你們夫妻如此相愛，如果可以使兩座墳相合，我就不阻攔你們了。」說完，憤怒的打道回府。

沒想到一夜過後，兩座墳墓上忽然生出兩棵大梓木，到第十天就長到兩手合抱的粗細，兩樹的樹枝彎曲伸向彼此，連樹根也相互糾結在一起，枝葉彼此交錯。更有一對鴛鴦棲息樹上，似乎就是韓憑夫婦的化身，牠們日夜都不離去，交頸悲傷地鳴叫，聲音感人。

宋國人聽說這件事，都爲他們感到哀傷，於是稱這兩棵樹爲「相思樹」，「相思」一詞就由此而來了。

世間也只有這樣至情至性的人，才能以生命譜寫出如此動人的愛情故事。

第三十課 許允婦

《世說新語・許允婦》

經典原文

許允婦是阮衛尉女①，德如②妹，奇醜。交禮竟③，允無復入理④，家人深以爲憂。會⑤允有客至，婦令婢視之。還答曰：「是桓郎⑥。」桓郎者，桓範也。婦云：「無憂，桓必勸入。」桓果語⑦許云：「阮家既嫁醜女與卿⑧，故當有意⑨，卿宜察之。」許便回入內，既見婦，即欲出。婦料其此出，無復入理，便捉裾⑩停之。許因謂曰：「婦有四德⑪，卿有其幾？」婦曰：「新婦所乏唯容爾⑫。然士有百行⑬，君有幾？」許云：「皆備⑭。」婦曰：「夫⑮百行以德爲首，君好色不好德，何謂皆備？」允有慚色⑯，遂相敬重。

許允爲吏部郎，多用其鄉里⑰，魏明帝遣虎賁⑱收之。其婦出誡⑲允曰：「明主可以理奪，難以情求。」既至，帝覈⑳問之。允對曰：「『舉爾所知』，臣之鄉人，臣所知也。陛下檢校爲稱職與不；若不稱職，臣受其罪。」既檢校，皆官得其人，於是乃釋。允衣服敗壞，詔賜新衣。初允被收，舉家號哭。阮新婦自若，云：「勿憂，尋還。」作粟粥待，頃之㉑，允至。

許允爲晉景王所誅，門生走入告其婦。婦正在機中，神色不變，曰：「蚤知爾耳㉒！」門人欲藏其兒，婦曰：「無豫㉓諸兒事。」後徙居㉔墓所，景王遣鍾會看之，若才流及父，當收。兒以咨母。母曰：「汝等雖佳，才具不多，率胸懷與語，便無所憂。不須極哀，會止便止，又可少問朝事。」兒從之。會反，以狀對㉕，卒免。

作者

劉義慶（西元四〇三年—四四四年），南朝宋彭城綏里人。本爲長沙景王道鄰之子，因臨川王道規無子，出繼爲嗣子，襲封爲臨川王。性簡素，愛好文學，卒諡康。著《世說新語》等。《世說新語》是中國魏晉南北朝時期筆記小說的代表，由劉義慶召集門下食客共同編撰。全書分上、中、下三卷，共三十六類，每則文字長短不一，可見筆記小說的特性，內容反映魏晉時期文人的思想言行和世族階層的生活面貌。

題解

選自《世說新語．賢媛》，敘述許允之妻在面對一些重大的、讓人感到吃驚的事情，甚至是危急的大事時，能夠用一種平和的心態來面對，並以穩重的思考、智慧的手段解決問題，是一種心胸寬闊、坦然和機智的表現。

注釋

① 許允：字士宗，三國魏高陽（今河北省）人，官至領軍將軍。阮衛尉：阮共，字伯彥，三國魏尉氏（今河南省）

人，官至衛尉卿。
②德如：阮侃，字德如，阮共的小兒子，官至河內太守。
③交禮竟：新婚行交拜禮完畢。竟，完畢。
④無復入理：不想進洞房。復，又。
⑤會：適逢。
⑥桓郎：即桓範。郎是古代對青年男子的稱呼。桓範，字允明，三國魏沛郡（今安徽北部）人，官至大司農。
⑦語：告訴。
⑧與卿：與，給。卿，你。
⑨故當有意：故當，猜測的語氣，一定是。有意，別有用意。意指新娘一定有特殊之處。
⑩捉裾：捉，拉。裾，音ㄐㄩ，衣服的後襟。
⑪四德：古代禮教對婦女的四項要求，即婦德、婦言、婦容、婦功。
⑫新婦：新娘。此處是其自稱。容：指婦容。
⑬百行：許多良好的品行。行，音ㄒㄧㄥˋ。
⑭備：具備。
⑮夫：發語詞，無義。
⑯慚色：慚愧的神色。
⑰鄉里：來自同鄉的人。
⑱虎賁：職官名。周禮夏官有虎賁氏，掌王出入護衛，漢置期門郎，至平帝更名虎賁郎，置虎賁中郎將、虎賁郎等主宿衛之事，歷代沿襲，至唐始廢。賁，音ㄅㄣ。
⑲誡：警告、規勸。
⑳覈：音ㄏㄜˊ，詳實、嚴謹。
㉑頃之：不久、短時間。
㉒蚤：早。爾：如此、這樣。

㉓無豫：不豫，不事先預備。

㉔徙居：遷移居所。徙，音ㄒㄧˇ。

㉕反：返回。狀：情狀。

評析

許允妻是個有智慧的女子，也是古代的新女性。但古時女性的價值，仍然受到傳統「三從四德」思想的限制，這是社會施加在女性身上的道德束縛，許允妻也無法跳脫出來。許允妻是傳統社會的普通婦女，但是才德兼備，她自知其貌不揚，願意在許允面前坦言缺點，表現自信，並且莊重地說自己除了容貌外，婦德皆備，終於贏得了許允的敬重。而許允在妻子指出他「好色不好德」的缺點後，也能坦然認錯，確實是一位有德的君子。

經典故事

新娘宛如一尊雕像，獨自坐在空蕩蕩的新房。她身著大紅緊身袍袖上衣，繡金煙紗散花裙，腰間用金絲軟煙羅繫著，鬢髮低垂，眉目間隱然有書卷氣——然而她的相貌是醜的。

許允的新娘是阮共的女兒、阮德如的妹妹，家世好，但長相特別醜，許配給官吏許允。新婚當天行禮後，許允掀開蓋頭見了新娘，大失所望，竟怎樣也不肯再進去了。許家人十分擔憂，更怕得罪親家。

新娘落寞的坐在床沿，不知如何是好，此時聽見外頭有客人來向許允道賀，便叫婢女去打聽。婢女回報：「是才子桓範來了。」新娘轉憂爲喜說道：「那就不用擔心，桓公子一定會勸他。」

果然桓範聽完許允訴苦，便微笑說：「天下的男子都愛美女，但阮家既然嫁個醜女兒給你，必有用意，你該好好的了解她。」許允便重入新房，但他見到新娘後，又拔腿想走。新娘怕他可能不會再進來，便拉住他的衣襟強留。

許允很無奈，便問：「女子該有四種美德：婦德、婦言、婦容、婦功，妳有哪幾種？」新娘揚起頭說：「我所缺少的只是美麗而已。可是讀書人應該有的品行，您又有幾種呢？」許允自信的說：「樣樣都有！」新娘掩著嘴笑：「君子最重視『德』，可是您愛色不愛德，怎能說樣樣都有！」

許允非常慚愧，同時對妻子的智慧佩服不已，從此夫婦倆便互相敬愛。

許允擔任吏部郎時，任用了很多同鄉擔任官員，被人指他有培植勢力之嫌。魏明帝曹叡知道了，就派遣宮廷的衛士逮捕許允。

許允的妻子見丈夫被抓，就光著腳急忙跑來對丈夫說：「皇帝英明，可以用道理說服，卻不能用感情打動。」許允將妻子的話牢記在心。

魏明帝盤問許允。許允說道：「孔子說，要推舉你了解的人。我的同鄉正是我最熟悉的，您不妨考察他們的政績，若不稱職，臣甘願受罰。」果然這些官吏都很稱職，許允就被釋放了，還受到賞賜。

後來許允被任命爲鎮北將軍，高興的對妻子說：「往後我不必再擔心了。」妻子卻眉頭深鎖的說：「我看禍事正要由此而生。」

當時司馬師、司馬昭兄弟專權，許允謀誅司馬師，但還沒發兵就受其他事件牽連下獄。許允被收押後，學生急忙趕回來通報，許允妻卻平靜的說：「早知道有這樣的結果。」

許允終於被殺。學生們擔心司馬師想斬草除根，便要將許允的兩個兒子藏起來。但許允妻阻止他們，說：「不必安排兒子們的事了。」她不逃跑，而是帶著兒子搬到墓地去住，所有人都想不透她的用意。

司馬師果然派鍾會去探視許允的兒子，想了解他們的才幹，並交代：「他們若提起父親，就抓去關。」許允的兒子們很擔心，但許允妻鎮定的說：「你們的品德才學算不錯，但並非出色，只要坦率地與鍾會交談就沒事了，不必表現極度的悲傷，也不可以過問朝廷的事。」

兒子們聽從母親的話，鍾會果然認爲他們才識平庸，對政治也沒興趣，就沒有再謀害他們。許允的兒子能免遭殺害，完全得自母親的智謀。

唐

第三十一課

圬者王承福傳

韓愈

經典原文

圬①之爲技，賤且勞者也。有業之②，其色若自得者。聽其言，約而盡③。問之，王其姓，承福其名。世爲京兆長安農夫④。天寶之亂⑤，發人爲兵。持弓矢十三年，有官勳⑥，棄之來歸。喪其土田，手鏝⑦衣食，餘三十年。舍於市⑧之主人，而歸其屋食之當⑨焉。視時⑩屋食之貴賤，而上下其圬之傭以償之。有餘，則以與道路之廢疾餓者焉。

又曰：「粟，稼⑪而生者也。若布與帛，必蠶績而後成者也；其他所以養生之具，皆待人力而後完也，吾皆賴之。然人不可徧爲，宜乎各致⑫其能以相生也。故君者，理⑬我所以生者也。而百官者，承君之化⑭者也。任有大小，惟其所能，若器皿焉。食焉而怠其事，必有天殃，故吾不敢一日舍鏝以嬉。夫鏝易能⑮，可力焉，又誠有功。取其直⑯，雖勞無愧，吾心安焉。夫力，易強而有功也。心，難強而有智也⑰。用力者使於人，用心者使人，亦其宜也。吾特擇其易爲而無愧者取焉。

「嘻！吾操鏝以入富貴之家有年矣。有一至者焉，又往過⑱之，則爲墟⑲

矣。有再至、三至者焉，而往過之，則爲墟矣。問之其鄰，或曰：『噫，刑戮也。』或曰：『身既死，而其子孫不能有也。』或曰：『死而歸之官也。』吾以是觀之，非所謂食焉怠其事，而得天殃者邪[20]？非強心以智而不足，不擇其才之稱否而冒之者邪[21]？非多行可愧[22]，知其不可，而強爲之者邪？將富貴難守，薄功而厚饗之者邪[23]？抑豐悴[24]有時，一去一來而不可常者邪？吾之心憫焉，是故擇其力之可能者行焉。樂富貴而悲貧賤，我豈異於人哉？」

又曰：「功大者，其所以自奉也博[25]。妻與子，皆養於我者也。吾能薄而功小，不有之可也。又吾所謂勞力者，若立吾家而力不足，則心又勞也。一身而二任焉，雖聖者不可能也[26]。」

愈始聞而惑之，又從而思之，蓋賢者也，蓋所謂「獨善其身」者也。然吾有譏焉，謂其自爲也過多，其爲人也過少。其學楊朱之道者邪？楊之道，不肯拔我一毛而利天下[27]。而夫人以有家爲勞心，不肯一動其心以蓄[28]其妻子，其肯勞其心以爲人乎哉？雖然，其賢於世之患不得之而患失之者，以濟其生之欲，貪邪而亡道以喪其身者，其亦遠矣！又其言，有可以警余者，故余爲之傳而自鑒[29]焉。

作者

韓愈（西元七六八年—八二四年），字退之，出生於河南河陽（今河南孟縣），郡望昌黎郡（今遼寧省義縣），自稱昌黎韓愈，世稱韓昌黎；晚年任吏部侍郎，又稱韓吏部。卒諡文，世稱韓文公。

他是唐代文學家，與柳宗元是當時古文運動的倡導者，合稱「韓柳」。蘇軾稱讚他「文起八代之衰，道濟天下之溺」。散文、詩歌均有名，著有《昌黎先生集》。

題解

〈圬者王承福傳〉是韓愈爲一位名叫王承福的泥水匠寫的傳。王承福家世代都是京城長安人。天寶之亂年間，王承福打仗立了功勳，朝廷給他封賞，他卻沒有接受，反而是回到家鄉做一名泥水匠。王承福未必眞有其人，作者旨在籍筆下的王承福之口，批判當時社會上的各種人物。

注釋

①圬：音ㄨ，粉刷牆壁。圬者，泥水匠。
②業之：以此為職業。
③約而盡：簡約卻詳盡。約，簡明扼要。盡，詳盡，可引申為透闢。
④京兆長安：京兆，原意是地方大而人口多的地方，指京城及其郊區。京，大。兆，眾多。唐時長安屬京兆府，故稱京兆長安。
⑤天寶之亂：天寶，唐玄宗年號。天寶十四年（西元七五五年），邊將安祿山、史思明起兵叛唐，史稱「安史之亂」。玄宗曾命榮王為元帥，在京師招募士兵十一萬討伐安祿山。
⑥官勳：官家授給的勳級。唐制，有功勞者授以沒有實職的官號，有十二級。
⑦鏝：音ㄇㄢˋ，鏝子，泥水匠用來粉刷牆壁的工具。
⑧市：街市。
⑨屋食之當：相當於房租和伙食的價值。當，相當的價值。
⑩視時：根據當時。

⑪稼：音ㄐㄧㄚˋ，種植。
⑫致：盡。
⑬理：治。因唐高宗名治，唐人避諱，用「理」代「治」。
⑭化：教化。
⑮易能：容易掌握的技能。
⑯直：同「値」，價値，指報酬。
⑰力：指勞力的工作。心：指腦力勞動。強：音ㄑㄧㄤˇ，勉力、竭力。
⑱往過：往來、過路。
⑲墟：音ㄒㄩ，荒廢的城市、村落。
⑳怠其事：對工作偷懶怠惰。怠，音ㄉㄞˋ。天殃：天降的災禍。
㉑不擇其才之稱否而冒之者邪：不選擇與才能相稱的工作，卻要占據高位。
㉒多行可愧：做了很多虧心事。
㉓薄功而厚饗之者：少有貢獻卻擁有很多享受的人。饗，享受。
㉔豐悴：盛衰。悴，音ㄘㄨㄟˋ。
㉕自奉也博：用來供養自己的東西多。
㉖雖聖者不可能也：雖然是聖人也做不到啊！
㉗楊之道，不肯拔我一毛而利天下：此為楊朱的學說。楊朱，戰國時期思想家。他有感於動亂的環境，其學說以「我」為自然的中心，認為只有重視人類本有的自然性，人才會快樂，因為社會是由各個「我」所組成，如果人我不相損、不相侵、不相給，天下就沒有竊位奪權之人，社會便能太平。
㉘蓄：養。
㉙鑒：警戒、戒勉。

評析

王承福代表的是勤勞而樸實的基層百姓。他有功不居，身爲軍人時爲國家出生入死，退伍後不領功勳，對作官沒有野心，甘願回到故鄉自食其力。他有職業道德和敬業精神，每天努力工作，認爲人有勞動才有收穫，不能貪圖享樂；在工錢上，對雇主也十分誠實。他也有憐憫心，願意付出，自己從事辛苦的行業，只賺取微薄的收入，卻還將多餘的錢送給更窮苦的人；他不願妻兒跟著自己受苦，因此一生不願成家。王承福的人品，深深地啓發了我們內心「善」的力量。

經典故事

粉刷牆壁這種手藝，卑微而且辛苦，但是王承福卻好像很滿意這份工作。韓愈偶然認識泥水匠王承福，聽他說話簡單明白，意思卻很透徹，不禁好奇的問他：「聽你談吐不凡，不知你的家世背景如何呢？」

王承福擦拭著沾滿油漆的手，說道：「我的祖先是長安的農民。安史之亂時，國家徵求百姓當兵，我就入伍了，手拿弓箭戰鬥了十三年，有官家要給我官勛，但是我放棄了，就回到家鄉來。因爲戰亂，我失去了田地，就靠著拿油漆刷維持生活，這樣過了三十多年。我曾寄住在工作的屋主家裡，根據當時房租、伙食費的高低，來增減粉刷牆壁的工價，歸還給主人。如果還有錢剩下，就拿去給流落街頭的那些殘廢、貧病、饑餓的人。」

韓愈微微點頭。

王承福淡淡的說：「我是靠自己的力量謀生。糧食是人去種才長出來的。布匹絲綢，一定要靠養蠶、紡織才能製成。其他用來維持生活的物品，也都是靠人勞動才生產的，我都離不開它們。但是人不可能樣樣都親手製造，最好就是各人盡他的能力，互相合作來求生存。」

他話鋒一轉，忽然嚴肅起來道：「所以國君的責任是治理我們，讓我們能生存，官吏的責任是聽從國君的旨意教化百姓。責任有大有小，只有盡自己的能力去做，好像容器的大小雖然不一樣，但是各有各的用途。如果光吃飯、不做事，老天一定會降下災禍，所以我得相當勤奮，不敢丟下油漆刷出去享樂。」

韓愈很驚訝，沒想到這位泥水匠的見識如此不凡。

只聽王承福又道：「粉刷牆壁是比較容易掌握的技能，可以努力做好，有確實的成效，還能得到應有的報酬，雖然辛苦卻問心無愧，所以我心裡很坦然，力氣就容易使出來。人的頭腦卻很難勉強獲得聰明，所以靠體力工作的人被雇用，用腦力的人雇用人，也是應該的。我只是選擇那種容易做、又問心無愧的工作來取得報酬哩！」

王承福忽然感嘆起來。原來他到富貴人家工作已經很多年了，有的人家他只去過一次，下回再從那經過，房屋已經成爲廢墟了。有的他曾去過兩、三次，後來經過那裡，發現也成爲廢墟了。他向鄰居打聽，有的人說：「屋主被判刑殺掉了。」有的人說：「屋主已經死了，可惜子孫不能守住遺產。」也有的人說：「人死了，財產都充公了。」

幾年下來，王承福眞的看清了世情，也看淡了人間的變化無常。

他對韓愈説道：「那些人的遭遇，不正是偷懶怠惰，所以遭到天降的災禍嗎？不正是勉強自己去做才智達不到的事，選擇與才能不相稱的工作，卻要占據高位的結果嗎？不正是做了虧心事，明知不行，卻勉強去做的結果嗎？也可能是富貴難以保住，少貢獻卻多享受造成的結果吧！也許是富貴貧賤都有一定的時運，來來去去，不能經常擁有吧？我憐憫這些人，所以選擇自己能做得到的事情去做。喜愛富貴，悲傷貧賤，我難道與一般人不同嗎？」

他又道：「貢獻大的人，用來供養自己的東西多，妻子兒女都能自己養活。我能力小，貢獻少，沒有妻子兒女也可以。再說我是個靠體力工作的人，如果成家而能力不夠養活妻子兒女，那也夠操心了。一個人既要勞力，又要勞心，就算聖人也做不到啊！」說完，王承福安靜了片刻，又繼續拿起油漆刷子工作去了。

韓愈聽了這番獨特的觀點，忽然有所醒悟，每個人都該做自己適合的事情，並敬業的去完成，於是決定爲泥水匠王承福作傳。

第三十二課

童區寄傳

柳宗元

經典原文

柳先生曰：越人少恩①，生男女，必貨視之②。自毀齒③已上，父兄鬻賣④以覬其利。不足，則盜取他室⑤束縛鉗梏⑥之。至有鬚鬣者⑦，力不勝⑧，皆屈爲僮。當道相賊殺⑨以爲俗。幸⑩得壯大，則縛取么弱者。漢官因爲已利，苟得僮，恣所爲⑪，不問。以是越中户口滋耗⑫，少得自脱⑬。惟童區寄以十一歲勝，斯亦奇矣。

桂部從事⑭杜周士爲余言之。童寄者，郴州⑮蕘牧兒⑯也。行牧且蕘⑰，二豪賊劫持反接⑱，布囊其口⑲，去，逾四十里之虛所⑳賣之。寄僞㉑兒啼恐慄㉒，爲兒恒狀㉓。賊易㉔之，對飲酒，醉。一人去爲市㉕，一人臥。植刃道上㉖。童微伺㉗其睡，以縛背刃㉘，力下上得絕㉙。因取刃殺之，逃。未及遠，市者還，得童，大駭，將殺童。遽㉚曰：「爲兩郎㉛僮，孰若㉜爲一郎僮耶？彼不我恩㉝也。郎誠見完與恩㉞，無所不可。」市者良久，計㉟曰：「與其殺是僮，孰若賣之。與其賣而分，孰若吾得專焉㊱。幸而殺彼，甚善。」即藏其尸，持僮抵主人㊲所。愈束縛，牢甚。夜半，童自轉，以縛即㊳爐火燒絕之。雖瘡㊴手勿憚。復取刃殺市者。因大號㊵。一虛皆驚。童曰：「我區氏兒也，不當為僮。賊二人得我，我幸皆殺之矣。願以聞於官㊶。」

虛吏白州㊷，州白大府㊸，大府召視兒，幼愿㊹耳。刺史顏證㊺奇之，留為小吏，不肯。與衣裳，吏護還之鄉㊻。鄉之行劫縛者㊼，側目㊽莫敢過其門，皆曰：「是兒少秦武陽㊿二歲，而討殺二豪，豈可近耶！」

作者

柳宗元（西元七七三年—八一九年），字子厚，唐代河東郡（今山西省永濟市）人，著名文學家、思想家，唐宋八大家之一。作品有〈永州八記〉等六百多篇文章，經後人輯為《柳河東集》。因為是河東人，故人稱柳河東，又因逝於柳州刺史任上，又稱柳柳州。與韓愈同為中唐古文運動的領導人物，並稱「韓柳」。

題解

選自《柳河東集》。敘述一個真實的故事：年僅十一、二歲的少年區寄被兩個強盜劫持後，憑著自己的勇敢機智，終於親手除掉盜賊，保全了自己的性命。作者掌握住人物的性格特徵，從區寄、盜賊、官吏等不同的角度有層次地刻畫，將一個勇敢的小英雄形象描寫得細膩而深刻。

注釋

① 越人：指嶺南一帶的少數民族，百越族人。恩：慈愛。

②貨視之：把他們當作貨物看待。

③毀齒：換去乳牙。兒童至七八歲乳牙脫落，換生恆齒。指孩子長大後。

④鬻賣：出賣。鬻，音ㄩˋ，賣。

⑤他室：人家的孩子。

⑥鉗梏：用鐵箍套頸，木銬銬手。指綑縛、控制。梏，音ㄍㄨˋ。

⑦至有鬚鬣者：甚至有因拘禁年久而長了鬍鬚的成年人。

⑧力不勝：體力支援不住。勝，音ㄕㄥ。

⑨當道相賊殺：明目張膽相殘殺。當道，在大路上，指明火執仗。賊殺，傷害殘殺。

⑩幸：僥倖。

⑪恣所為：放任他們胡作非為。

⑫滋耗：指死亡人數增多，人口減少。滋，加多。

⑬少得自脫：很少有人能逃脫被劫持、殺害的命運。

⑭桂部：即管經略觀察史的衙門。從事：官名，州都地方長官的副手。

⑮郴州：今湖南郴縣。郴，音ㄔㄣ。

⑯蕘牧兒：打柴放牧的孩子。蕘，音ㄖㄠˊ，打柴。

⑰行牧且蕘：一面放牧，一面打柴。行，從事。

⑱反接：把雙手反綁。

⑲布囊其口：用布封住他的口。囊，口袋，意為蒙住。

⑳虛所：市集、市場。同「墟」。

㉑偽：假裝。

㉒恐慄：恐懼發抖。慄，音ㄌㄧˋ。

㉓恒狀：常有的模樣。恒，音ㄏㄣˊ。

㉔易：輕忽，不在意。

㉕為市：去做人口買賣，談生意，指尋找買主。

㉖植刃道上：把刀插在路上。

㉗微伺：暗地等候。

㉘以縛背刃：把綑人的繩子靠在刀刃上。

㉙絕：斷。

㉚遽：急忙。

㉛郎：當時奴僕稱主人為郎。

㉜孰若：何如，哪裡比得上。

㉝不我恩：「不恩我」的倒裝句。不好好對待我。

㉞誠見完與恩：真的能不殺我並好好對待我。完，保全。

㉟計：盤算。

㊱得專：獨占。

㊲主人：指墟所窩藏豪賊的人。

㊳即：靠近。

㊴瘡：音ㄔㄨㄤ，創傷，外傷。

㊵大號：大聲呼叫。號，音ㄏㄠˊ。

㊶願以聞於官：願意把此事報告給官府。聞，音ㄨㄣˊ，傳達。

㊷白州：報告指州官。白，告訴。

㊸大府：州的上級官府。

㊹愿：音ㄩㄢˋ，謹慎。

㊺顏證：唐代大臣和書法家顏真卿的從侄，曾任桂州刺史、桂管觀察使。

㊻護還之鄉：護送回鄉。

㊼行劫縛者：從事綁架和盜賣兒童勾當的人。

⑱ 側目：不敢正視，形容敬畏的樣子。
⑲ 秦武陽：戰國時燕國的少年勇士，傳說他十三歲時就能殺盜賊，曾隨荊軻刺秦王。

評析

自古英雄出少年，區寄是個勇敢的孩子，他善於抓住時機，利用強盜「黑吃黑」的矛盾心理，以利誘之，殺盜自救，表現機智勇敢的性格和不畏強暴的戰鬥精神，也反映出當時唐代黑暗腐敗的社會現象。柳宗元被貶到柳州時，當地人煙稀少，是個民不聊生和落後的地方，社會非常不平等，許多人爲了生存，不惜販賣自己的孩子給人當奴隸，然而當政者卻只顧私利而不顧百姓的痛苦，柳宗元的這篇文章，寄託的正是對英雄撥亂反正的期待。

經典故事

區寄醒來時，發現自己被綁在椅子上，四周一片黑暗。他環顧四周，這房間非常陰暗和破舊，他心想：「我只能靠自己逃出去了。」

區寄是個砍柴放牧的孩童。某天，他一邊放牧，一邊砍柴時，忽然有兩個強盜竄出來將他綁架，把他的雙手反綁到背後纏起來，並迅速地塞了一塊布堵住他的嘴，打算帶到四十多里以外的市場上賣掉。

區寄雖然擔心害怕，但也從小就對本地的惡劣治安相當熟悉。越地的人民天性薄情，父母往往將孩子當作貨物看待。當孩子七八歲以後，許多父母就爲了貪圖錢財而賣掉孩子，假如這些錢不能滿足貪欲，就去偷別人的小孩來賣，所以越地的人口越來越少，很少有孩子能逃得過當奴隸的悲慘命運。

於是區寄很快的冷靜下來，他開始假裝啼哭，做出恐懼發抖的模樣。兩個強盜看他弱小的樣子，就不把他放在眼裡。他們面對面喝起酒來，大聲談笑、划拳，終於喝得醉醺醺地。

其中一個人拍拍衣服站起來，說要去找買主，就出門了；另一個人喝醉了，便躺下來睡覺，把明晃晃的刀順手插在路邊，距離區寄很近。

區寄默默的觀察，等強盜睡著了，就把綁手的繩子靠在刀刃上，用力上下來回的割，忙得滿頭大汗，終於割斷了繩子。於是，他毫不猶豫就拿刀殺死睡夢中的強盜，拔腿就跑。可惜區寄才逃走不久，又被回來的另一個強盜抓住了。

這強盜見同伴死了，大吃一驚，立刻就要殺死區寄。區寄急忙說：「一個主人獨占一個僕人，比兩個主人使喚一個僕人好多了。死了的強盜對我不好，如果你能保全我的性命，好好對待我，我就隨你怎麼處置。」

強盜心想：「與其殺了這個孩子，不如賣掉他；與其賣掉他，兩個人分錢，不如我一個人獨得。幸虧這孩子殺了他，很好！很好！」於是強盜埋葬了同伴，押著區寄到旅館住下，準備隔天將他賣了，爲防萬一，還將區寄綁得更緊。

好不容易熬到深夜，區寄偷偷的轉動身體移近爐火，將綁手的繩子燒斷，也不管手被燒傷，顧不得疼痛了。他輕輕的接近強盜，迅速地取刀，手起刀落就殺死強盜，然後大聲呼叫，把整個集市的人都驚醒了，大家紛紛跑來看究竟。

區寄對圍觀的人說：「我是區家的小孩，不應該做奴隸。有兩個強盜綁架我，幸好我已經殺掉他們了，希望能通知官府。」所有的人都很驚訝。

官吏就把這件事情報告州官，州官又報告到上級官府。官府的長官見到區寄時，也很驚奇，想不到殺死兩名強盜又成功脫困的，竟是這樣年幼老實的孩子！刺史顏證認爲這孩子很了不起，想留他做個小吏，但區寄不肯，刺史只好送衣服給他，然後派官吏護送他回家。

後來越地的強盜們聽說這件事，都嚇得不敢從區家的門口經過，江湖上紛紛流傳：「這孩子比跟隨荊軻刺秦王的秦武陽還小了兩歲，竟然殺了兩個強盜，我們怎能去招惹他呢？」

從此，十一歲的少年區寄，就憑著勇氣與智謀，成爲越地的傳奇人物。

第三十三課

捕蛇者說

柳宗元

經典原文

永州之野産異蛇，黑質而白章[1]，觸草木盡死。以齧[2]人，無禦之者。然得而腊[3]之以爲餌[4]，可以已大風[5]、攣踠[6]、瘻、癘[7]，去死肌[8]，殺三蟲[9]。其始，太醫以王命聚之[10]，歲賦其二[11]；募有能捕之者，當其租入[12]。永之人爭奔走焉。

有蔣氏者，專[13]其利三世矣。問之，則曰：「吾祖死於是[14]，吾父死於是，今吾嗣[15]爲之十二年，幾死者數矣。」言之，貌若甚戚[16]者。余悲之，且曰：「若[17]毒之乎？余將告於蒞事者[18]，更若役，復若賦，則何如？」

蔣氏大戚，汪然[19]出涕，曰：「君將哀而生之乎？則吾斯役之不幸，未若復吾賦不幸之甚也。嚮[20]吾不爲斯役，則久已病[21]矣。自吾氏三世居是鄉，積於今六十歲矣，而鄉鄰之生日蹙[22]。殫[23]其地之出，竭其廬[24]之入。號呼而轉徙[25]，飢渴而頓踣[26]，觸風雨，犯寒暑，呼噓毒癘[27]，往往而死者，相藉[28]也。曩[29]與吾祖居者，今其室十無一焉；與吾父居者，今其室十無二三焉；與吾居十二年者，今其室十無四五焉。非死則徙爾，而吾以捕蛇獨存。悍吏之來吾鄉，叫囂乎東西，隳突㉚乎南北，譁然而駭者，雖雞狗不得寧焉。吾恂恂㉛而起，視其缶㉜，而吾蛇尚存，則弛然㉝而臥。謹食㉞之，時㉟而獻焉。退而甘食其土之有，以盡吾齒㊱。蓋一歲之犯死者二焉，其餘則熙熙㊲而樂，豈若吾鄉鄰之旦旦有是㊳哉？今雖死乎此，比吾鄉鄰之死則已後矣，又安敢毒耶？」

余聞而愈悲。孔子曰：「苛政猛於虎㊴也！」吾嘗㊵疑乎是，今以蔣氏觀之，猶信㊶。嗚呼！孰知賦斂之毒，有甚是蛇者乎！故爲之說，以俟夫觀人風者㊷得焉。

作者

柳宗元。

題解

〈捕蛇者說〉這篇文章，透過蔣氏三代冒死捕蛇以抵償租稅的痛苦經歷，以及鄰居們被賦稅逼走，紛紛離開故鄉的事例，揭露賦稅之毒甚於毒蛇的社會現實，寓意深刻。作者首先從批判現實的角度選取人物，然後選擇其重要事件，加以適當的剪裁，因而使人物具有典型性。

注釋

① 黑質而白章：黑色蛇身，有白色的花紋。質，質地，指蛇身的底色。

② 齧：音ㄋㄧㄝˋ，咬。

③腊：音ㄒㄧˊ，乾肉。作動詞用，指製成乾肉。
④餌：藥餅。
⑤已大風：治癒痲瘋。已，病癒。
⑥攣踠：手腳不能屈伸。攣，音ㄌㄩㄢˊ，手腳不能伸直。
⑦瘻、癘：瘻，音ㄌㄡˋ，脖子腫。癘，音ㄌㄧˋ，惡瘡。
⑧去死肌：去，去除、治癒。死肌：腐爛壞死的肌肉。
⑨三蟲：三尸蟲，道家傳說寄生在人體內，使人病死的寄生蟲。
⑩以王命聚之：由朝廷下令蒐集。
⑪歲賦其二：每年徵收兩次。賦，徵收。
⑫當其租入：抵免田租。當，音ㄉㄤˋ，抵免。
⑬專：占、享有。
⑭是：此，指捕蛇之事。
⑮嗣：繼承。音ㄙˋ。
⑯戚：憂愁、悲傷。
⑰若：你。
⑱涖事者：管事的人，主管徵收毒蛇的官。涖，音ㄌㄧˋ。
⑲汪然：眼淚湧出的樣子。
⑳嚮：以往。
㉑病：困苦。
㉒蹙：音ㄘㄨˋ，窘迫。
㉓殫：音ㄉㄢ，竭盡。
㉔廬：房舍，指家庭。
㉕轉徙：輾轉遷徙，不得安居。

㉖頓踣：仆倒在地。頓，跌倒。踣，音ㄅㄛˊ，倒斃、跌倒。
㉗呼噓毒癘：呼吸瘴疫毒氣。
㉘相藉：交相枕藉，指死者很多。
㉙曩：音ㄋㄤˇ，從前。
㉚隳突：騷擾、破壞。隳，音ㄏㄨㄟ，毀壞、破壞。突，音ㄊㄨˊ，衝撞。
㉛恂恂：小心謹慎的樣子。恂，音ㄒㄩㄣˊ。
㉜缶：音ㄈㄡˇ，瓦器。
㉝弛然：輕鬆的樣子。弛，音ㄔˊ。
㉞食：音ㄙˋ，同「飼」，餵食。
㉟時：按時。
㊱盡吾齒：盡吾天年。齒，指年齡。
㊲熙熙：快樂的樣子。
㊳旦旦有是：天天有田賦之苦、差吏之騷擾。旦旦，天天。是，指捕蛇。
㊴苛政猛於虎：典故出自《禮記．檀弓》記載。孔子過泰山下，遇到一婦人哀哭，詢問以後知道她的公公、丈夫、兒子先後都被老虎咬死。孔子問婦人：「為什麼不離開這裡？」婦人回答：「這裡沒有苛政騷擾。」孔子感嘆地說：「苛政猛於虎。」
㊵嘗：曾經。
㊶信：可靠、可信。
㊷觀人風者：視察民俗、民情的人。

評析

官吏的剝削，迫使百姓們冒著生命的危險接受捕蛇工作，他們寧可活在死亡的威脅下，也不願活在暴政的統治下。「毒蛇」是個比喻，暗示當時還有比毒蛇更毒的東西——就是嚴苛的賦稅，間接反映了中唐時期人民的悲慘生活。柳宗元爲蔣氏一家的不幸深感悲痛，好心地提出解決的辦法，但出乎意料的是蔣氏不願意接受，因爲毒蛇雖然可怕，但是「賦稅之毒」更可怕！可見當政者不當的施政，對老百姓將造成巨大的危害。

經典故事

永州野外有一種奇異的蛇，黑底、白花紋，碰到草木，草木全都乾枯而死，如果咬了人，就沒有治療的辦法。但是捉住它以後，將它晾乾做成藥餌，可以治療痲瘋病、手腳彎曲不能伸展的病、脖子腫大的病和惡瘡，還可以去除壞死的腐肉，殺死人體內的各種寄生蟲。

宮中太醫遵照皇帝的命令，向民間徵收這種蛇，每年兩次，還招募能夠捉蛇的人，准許他們用蛇來抵稅。於是，永州的人都爭先恐後地捕蛇去了。

蔣家人獨享捕蛇而不納稅的好處，已經三代了。

我問蔣先生這件事，他卻低頭不語，過了好一會才說：「我祖父死在捕蛇這差事，我父親也死在這件事。現在我繼承祖業也已經十二年了，好幾次差點被毒蛇咬死。」他說話時的神情很悲傷。

我很同情他，就說：「你怨恨這差事嗎？我打算告訴管這事的官吏，讓他更換你的差事，恢復你的賦稅，怎麼樣？」

蔣先生聽了更加悲傷，滿眼含淚地說：「您這不是讓我活不下去嗎？我捕蛇的不幸，還比不上恢復賦稅的不幸啊！如果當初我不做這差事，早已困苦不堪了。」說著說著，就痛哭流涕起來。

他接著說：「我家三代住在這地方，已經六十年了，眼見鄉鄰的生活一天天地窘迫，把他們土地上生產出來的、家裡的收入全部拿去交稅，仍然不夠，只好被迫哭著搬家。他們又饑又渴，勞累地跌倒在地上，一路上頂著狂風暴雨，冒著嚴寒酷暑，呼吸瘟疫毒氣，死人的屍體一個個疊著。」

「從前和我祖父同住在這裡的，十家中只剩不到一家；和我父親住在一起的，十家剩下不到兩三家了；和我一起住了十二年的鄰居，十家中只剩不到四五家。他們不是死了，就是逃走了，可是我卻因爲捕蛇活了下來。兇暴的官吏來我的家鄉，到處吵嚷叫喊，衝撞破壞，酷吏驚擾鄉間，連雞犬也不能安寧！」

「每晚，我小心謹慎的起身看看瓦罐，見蛇還在，就放心躺下了。我小心地餵養蛇，到規定獻蛇的時候，把它獻上去，回來就可以吃著我土地上生產的東西，過我的日子。我一年只有兩次面對死亡的威脅，其餘的日子都能快樂地渡過，哪裡像鄉鄰這樣得天天面對死亡！現在我即使死在這差事上，已經比鄉鄰好了，怎麼還敢怨恨呢？」

我聽了蔣先生的訴說，心裡更沉重、更悲傷了。

孔子說：「殘酷的統治比老虎還要兇惡啊！」我曾懷疑過這句話，現在從蔣先生的遭遇來看，確實是眞實可信的。唉，誰知道苛稅的毒害，比這毒蛇更厲害呢！所以我寫下這篇文章，期待朝廷派出考察民情的人，能得到反省。

第三十四課

黔之驢

柳宗元

經典原文

黔①無驢，有好事者②船載以入③，至，則④無可用，放之山下。虎見之，尨然⑤大物也，以爲神⑥。蔽林間窺之⑦，稍出近之⑧。慭慭然⑨莫相知⑩。

他日，驢一鳴，虎大駭⑪，遠遁⑫，以爲且⑬噬己也，甚恐。然⑭往來視之，覺無異能者⑮。益習⑯其聲。又近出前後，終不敢搏⑰。稍近，益狎⑱，蕩倚衝冒⑲。驢不勝⑳怒，蹄㉑之。虎因㉒喜，計之㉓曰：「技止此耳㉔！」因跳踉㉕大㘎㉖，斷其喉，盡其肉，乃去。

噫！形之尨也類有德，聲之宏也類有能，向不出其技，虎雖猛，疑畏卒不敢取。今若是焉，悲夫！

作者

柳宗元。

題解

〈黔之驢〉爲一篇寓言，選自《柳河東集．三戒》，是作者被貶官至柳州所寫。三戒，是指值得引起人們警戒的三件事，作者分別以麋、驢和鼠三種動物的故事，揭露人心與社會的陰暗面，對社會上那些倚仗人勢、作威作福的人進行辛辣的諷刺，具有反映社會現實的意義。

注釋

① 黔：音ㄑㄧㄢˊ。唐代黔中道，在今貴州省一帶，簡稱為「黔」。
② 好事者：喜歡多事的人。好，音ㄏㄠˋ，喜愛。
③ 船載以入：用船裝運進黔。船，用船的意思。
④ 則：卻。
⑤ 尨然：巨大、龐大的樣子。尨，音ㄆㄤˊ。
⑥ 以為神：以為，以（之）為。以，把。為，作為。神，神奇的東西。以為驢子是神奇的東西。
⑦ 蔽林間窺之：藏在樹林裡偷偷看它。蔽，隱蔽，躲藏。窺，偷看。
⑧ 稍出近之：漸漸的接近它。稍：逐漸。
⑨ 慭慭然：小心謹慎的樣子。慭，音ㄧㄣˋ。
⑩ 莫相知：不知道驢子是什麼。莫，副詞，表示推測。相，代名詞，表示動作偏指一方，此處指驢。
⑪ 大駭：非常害怕。
⑫ 遠遁：逃到遠處。遁：逃走。
⑬ 且：將要。
⑭ 然：然而，但是。
⑮ 覺無異能：覺得沒有什麼特別的本領。
⑯ 益習其聲：更加習慣了驢的叫聲。習，同「悉」，熟悉。益，更加。

⑰終不敢搏：始終不敢撲擊牠。
⑱狎：音ㄒㄧㄚˊ，態度親近而不莊重。
⑲蕩倚衝冒：碰撞靠近衝擊冒犯，形容老虎戲弄驢子的樣子。蕩，碰撞。倚，靠近。衝，衝擊，衝撞。冒，冒犯。
⑳勝：能夠承擔或承受。音ㄕㄥ。
㉑蹄：名詞作動詞，用蹄子踢。
㉒因：於是，就。
㉓計之：盤算這件事。
㉔耳：語末助詞，罷了。
㉕跳踉：跳躍。踉，音ㄌㄧㄤˊ。
㉖㘎：音ㄏㄢˇ，怒吼。

評析

朝廷的高官顯要，仗勢欺人卻無才無德，醜態畢露，本文將這些人影射爲驢子，描述虛有其表的驢子被老虎吃掉的悲劇。最後，虛張聲勢的驢子終於成了老虎的食物，那些虛有其表的人會有什麼下場呢？就可想而知了。故事警戒世人：如果毫無自知之明，必然招來禍患，必須注重眞材實學。我們也可以從老虎的角度去理解寓意，對老虎來說，貌似強大的東西並不可怕，只要敢於冒險、深入觀察及良好的謀略，就能戰勝更強大的事物。

經典故事

如果你是這頭面對老虎的驢子，你會怎麼做呢？是愚蠢無知的使出幼稚的伎倆？還是坐以待斃？——雖然結果可能是一樣的。

黔這個地方，從來就沒有驢子這種動物，有好事的人某天突發奇想，用大船載了一頭驢子進入黔地，但是送到之後，卻發現驢子在本地毫無用處，當地人都以馬或牛等動物，作爲主要的交通工具，於是就在山腳下把驢子放生。

驢子每天無聊的在山裡頭走來走去。

有一頭老虎出來獵食，無意間看到驢子，嚇了一跳。老虎仔細觀察驢子，心想：「這眞是個巨大的動物！看牠的體型和馬相似，但是耳朵很長，尾巴有尾柄，像是牛的尾巴。這個不像牛也不像馬的怪物，眞可怕！」

老虎很害怕，以爲是什麼神奇的東西，於是就藏在樹林中偷偷地觀察驢子。過了一會兒，老虎才慢慢地走出來接近牠，十分小心謹愼，但仍然想不透牠究竟是什麼東西。

一天一天過去了，老虎經常這麼窺視著驢子。

有一天，驢子忽然叫了一聲，像是慘叫聲一般非常難聽。老虎驚慌地奔逃，跑得遠遠的，以爲驢子要從後面追上來吃掉自己，牠非常害怕。可是當老虎停下腳步回頭望，卻發現驢子還站在原地沒有追上來，老虎又來來回回地觀察牠，覺得驢子好像沒有什麼特殊的本領，心裡就稍微放心了。

幾次之後，老虎逐漸聽習慣驢子的叫聲，就一天比一天更靠近觀察牠，而且時常在驢子的附近走動，但終究不敢發動攻擊。

又過了幾天，老虎的膽子越來越大，越來越敢靠近驢子，而且態度更加隨便，經常戲弄驢子，或者是碰撞、斜靠、衝撞、頂住牠。

驢子終於忍不住發怒了，提起牠的蹄子就往老虎踢去。老虎的行動矯健，這一腳自然踢不到牠，老虎更因此高興起來，牠在心裡盤算著：「驢子的本領只有這樣而已啊！」

於是老虎肆無忌憚的跳起來，大聲吼叫，聲音在山林間迴盪，震撼力十足。老虎迅速的撲上去咬斷驢子的喉嚨，吃光牠的肉，才飽足的離開。

驢子的體形高大，看上去似乎很有本事的模樣，而且與生俱來洪亮的聲音，讓牠給人有本領的印象，如果驢子不露出自己拙劣的本事，老虎雖然勇猛，也會因爲心懷疑懼而不敢吃掉牠。現在落到這樣的下場，眞可悲啊！但是仔細想想，驢子面對老虎的威脅，如果坐以待斃，恐怕連存活的可能性都沒有，同時更令老虎瞧不起了。

宋

第三十五課

新五代史伶官傳序

歐陽修《新五代史》

經典原文

嗚呼！盛衰之理，雖曰天命，豈非人事哉？原莊宗[1]之所以得天下與其所以失之者，可以知之矣。

世言晉王[2]之將終也，以三矢賜莊宗，而告之曰：「梁，吾仇也[3]。燕王，吾所立[4]；契丹，與吾約爲兄弟[5]，而皆背晉以歸梁。此三者，吾之遺恨也。與爾三矢，爾其無忘乃父[6]之志！」莊宗受而藏之於廟。其後用兵，則遣從事以一少牢告廟[7]，請其矢，盛以錦囊，負而前驅，及凱旋而納之。

方其係燕父子以組[8]，而函梁君臣之首[9]入於太廟，還矢先王，而告以成功，其意氣之盛，可謂壯哉！及仇讎已滅，天下已定，一夫夜呼，亂者四應[10]，倉皇東出，未及見賊而士卒離散。君臣相顧，不知所歸。至於誓天、斷髮、泣下沾襟[11]，何其衰也！豈得之難而失之易歟？抑本其成敗之迹而皆自於人歟？

《書》[12]曰：「滿招損，謙受益。」憂勞可以興國，逸豫[13]可以亡[14]身，自然之理也。故方其盛也，舉天下之豪傑莫能與之爭；及其衰也，數十伶人[15]困之而身死國滅，爲天下笑。夫禍患常積於忽微[16]，而智勇多困於所溺[17]，豈獨

伶人也哉？作〈伶官傳〉。

作者

歐陽修（西元一〇〇七年—一〇七二年），字永叔，自號醉翁，晚年號六一居士，謚文忠，世稱歐陽文忠公，吉安永豐（今屬江西）人，北宋時政治家、文學家、史學家和詩人。歐陽修與唐代韓愈、柳宗元，宋代王安石、蘇洵、蘇軾、蘇轍、曾鞏合稱「唐宋八大家」，是北宋詩文革新運動的領導者。喜獎掖後進，蘇軾父子及曾鞏、王安石皆出其門下，負責修《新五代史》。《五代史》記載後梁、後唐、後晉、後漢、後周五個王朝，有新、舊兩部。

題解

選自《新五代史》。歐陽修從後唐莊宗李存勗得天下後，又失去天下的興亡史，得出「憂勞可以興國，逸豫可以亡身」的結論，這既是對當時朝廷和統治者的警示，也對後人產生了很大的影響。文章表現出歐陽修對歷史與政治具有深刻的洞察力。

注釋

①莊宗：五時代後唐莊宗李存勗，寵用伶官，任其橫行不法，釀成兵變。勗，音ㄒㄩˋ。

②晉王：莊宗之父李克用，西突厥沙陀族人，曾參與鎮壓黃巢起義有功，封晉王。

③梁，吾仇也：指後梁太祖朱溫，僖宗賜名朱全忠，曾追隨黃巢，後降唐，成為軍閥。朱企圖謀害李克用，與李長期對峙，李亦屢次上書請求討伐朱全忠，因此結下世仇。

④燕王，吾所立：指劉仁恭與其子劉守光，劉守光受梁封為燕王。劉仁恭因李克用的推薦而擔任盧龍軍節度使，

據幽州，但之後叛晉歸梁，李克用發兵爭討，大敗，於是雙方結下深仇。

⑤ 契丹，與吾約為兄弟：指遼太祖耶律阿保機，曾與李克用結盟，共同起兵攻梁，但不久阿保機又與朱全忠聯合攻晉，因此與李反目成仇。

⑥ 乃父：汝父，你的父親。此為李克用對李存勗自稱。

⑦ 少牢告廟：祭拜祖廟。古代祭祀，單用豬、羊稱「少牢」。「廟」，指祖廟。古代自天子至諸侯，凡即位、出征、出獵等事，必稟告於供奉祖先神位的祖廟。

⑧ 係燕父子以組：李存勗破幽州，擒獲劉仁恭。劉守光出走，不久亦被擒。係，綁縛，同「繫」。組，繩索。

⑨ 函梁君臣之首：李存勗滅梁，梁末帝朱友貞及大臣皇甫麟自殺，詔漆其首裝入盒中，藏於太廟。函，匣子，此指用匣子裝著。

⑩ 一夫夜呼，亂者四應：軍士皇甫暉起兵於夜間，故稱「一夫夜呼」。皇號召黨羽作亂，唐軍相繼叛變，李存勗出京避亂，所部二萬五千人不久即散，李被亂兵殺死。

⑪ 至於誓天、斷髮、泣下沾襟：李存勗倉皇逃回，行至石橋西，置酒悲泣，跟隨他的將士百餘人都相對哭泣，隨從百餘人皆拔刀斷髮，誓言追隨至死。

⑫ 書：指《偽古文尚書》。

⑬ 逸豫：逸樂，放縱享樂。

⑭ 亡：喪失生命。

⑮ 伶人：演員、戲子。李存勗滅後梁以後，縱情聲色，能自度曲，寵信伶人宦官，朝政日益敗壞，導致最後伶官景進、郭門高等作亂，李存勗中流矢而死。伶，音ㄌㄧㄥˊ。

⑯ 忽微：指細小的事情。忽，寸的十萬分之一。微，寸的百萬分之一。

⑰ 溺：音ㄋㄧˋ，沉迷無節制。

評析

李存勗，一個墮落的英雄，倉皇地在人生舞台上謝幕。有句話說：「盡人事，聽天命。」國家盛衰、事業成敗，關鍵就在於「人事」，就是主事者的思想行爲。歐陽修藉著談論後唐莊宗李存勗先盛後衰、先成後敗的歷史事實，來說明這個道理，相當具有說服力。透過盛衰、興亡、得失、成敗的強烈對比，探討這樁悲劇的原因，也達到警醒世人的作用。

經典故事

「曾宴桃源深洞，一曲清歌舞鳳。長記別伊時，和淚出門相送。如夢，如夢，殘月落花煙重。……」

空曠的宮殿響起悅耳的絲竹歌聲，樂聲鏗鏘揚起，像一抹微風澆來了清涼。低吟淺唱中，歌女長袖一揮，隨著節奏翩然起舞。

李存勗斜倚龍座，閉目欣賞這曲由他親手寫成的〈憶仙姿〉，出眾的才華，使他自小就受到皇帝的賞識。十一歲時，他跟隨父親出征得勝回來，進宮見唐昭宗，昭宗非常驚訝，直呼：「這孩子相貌不凡！」然後輕撫著他的背：「小兒日後必定是國家的棟梁，不要忘了爲我唐盡忠！」

果如皇帝所言，當年十一歲的小兒，很快就長成出色的棟梁。李存勗自幼就喜歡騎馬射箭，膽識過人，體貌出眾，經常隨父親李克用作戰，同時也喜好樂曲、歌舞、戲劇，是個文武雙全的少年英雄。

「後來父親生病，快死了……」絲竹歌聲忽然轉爲哭腔悲調。

李克用臨死前，抖著雙手，親自交給兒子三支箭，說：「梁王朱溫是我的仇家，一直企圖謀害我。燕王劉仁恭是我提拔的，卻背叛我而歸順梁國。契丹耶律阿保機曾與我結爲兄弟，後來也投靠梁來攻打我。這三件事是我一生的遺恨。現在爲父交給你三枝箭，不要忘記爲你父親報仇。」不久就與世長辭。

李存勗將箭收藏在祖廟，只要出兵打仗便派遣屬下祭告祖先，恭敬地取出箭來，裝在錦繡織成的錦囊裡，背在背後，在大軍前方開路。

他先打敗梁王的五十萬大軍。接著攻破燕地，將燕王父子活捉回太原，用繩子綁住。最後用小木匣裝著梁國君臣的頭，走進祖廟，將箭交還到父親的牌位前。他那神情氣概多麼威風！九年後又大破契丹，將耶律阿保機趕回北方。

此時，後唐莊宗李存勗端坐在龍座上，睥睨天下，他已經完成了父親的遺命統一北方，後唐時代正式開始。

鏗鏗鏘鏘，鑼鼓絲竹響起。戲台上，生旦淨末丑賣力搬演，最耀眼的就是「李天下」。只見李天下面塗粉墨，簇新的戲服襯托出魁偉的身段，待樂聲稍歇，他提起渾厚的嗓音喊道：「李天下，李天下！」另一個伶人敬新磨忽然伸手打了他耳光，台下的觀眾都嚇出一身冷汗，樂工停止奏樂，伶人們更是僵住不敢亂動，原來這「李天下」不是別人，正是莊宗所扮。

莊宗見戲演不下去了，感到無趣，就問敬新磨爲何打他。

敬新磨說：「李（理）天下的只有皇帝，你叫了兩聲，還有一人是誰呢？」莊宗大笑：「有道理，但到了這台上，我就只是『李天下』。」立刻命人賞賜敬新磨，接著下令：「咱們再演下去吧！奏樂！」

戲台上，伶人繼續搬演小人物的悲歡離合；戲臺下，伶人受到皇帝寵幸，時常和皇帝打打鬧鬧、侮辱戲弄朝臣，群臣皆敢怒不敢言，還爭著送禮巴結。莊宗又派伶人、宦官搶民女入宮，使得眾叛親離，怨聲四起。

軍士皇甫暉終於在夜裡率先發難，人們紛紛響應。莊宗慌張地出兵，但還沒見到亂賊，兵士就四處逃散了。君臣你看我，我看你，不知到哪裡去，只能抱頭痛哭，最後十幾個樂官就將他們困住，終究，莊宗身死國滅，被天下人恥笑。

第三十六課

傷仲永

王安石

經典原文

金谿[1]民方仲永，世隸耕[2]。仲永生五年，未嘗識書具[3]，忽啼求之。父異焉，借旁近[4]與之。即書詩四句，并自爲其名。其詩以養父母、收族[5]爲意，傳一鄉，秀才[6]觀之。自是指物作詩立就，其文理[7]皆有可觀者。邑人[8]奇之，稍稍賓客[9]其父。或以錢幣乞之，父利其然[10]也。日扳[11]仲永環謁於邑人，不使[12]學。

予聞之也久。明道[13]中，從先人[14]還家。於舅家見之，十二三矣。令作詩，不能稱前時之聞[15]。又七年，還自揚州。復到舅家，問焉。曰：「泯然眾人[16]矣。」

王子[17]曰：「仲永之通悟[18]，受之天也。其受之天也，賢於材人[19]遠矣。卒[20]之爲眾人，則其受於人[21]者不至也。彼其受之天也，如此其賢也，不受之人且[22]爲眾人。今夫不受之天，固[23]眾人。又不受之人，得爲眾人而已邪[24]？」

作者

王安石（西元一〇二一年—一〇八六年），字介甫，號半山，謚文，封荊國公，後稱王荊公。江西省撫州市東鄉縣上池村人，北宋的宰相、文學家、思想家。文思敏捷，是唐宋八大家之一。著有《王臨川集》、《臨川集拾遺》等存世。亦擅長詩詞，最為人熟知的有〈泊船瓜洲〉：「春風又綠江南岸，明月何時照我還。」

題解

傷，哀傷、嘆息的意思。本文選自《王臨川集》。一個名叫方仲永的神童，五歲就能指物作詩，才華出衆，因爲父親不讓他讀書學習，又被父親當作賺錢工具，最後成了普通人。作者藉仲永的遭遇，告訴我們不斷地學習才是最重要的，人不能只依靠天分，必須注重後天的教育和學習。

注釋

①金谿：縣名，現在江西金溪。谿，音ㄒㄧ。
②世隸耕：世代耕田。隸耕，指佃農，向他人租地耕種的農家。
③書具：書寫的工具（筆、墨、紙、硯等）。在此指沒有機會就學。
④借旁近：就近借來。
⑤收族：團結宗族。
⑥秀才：指有學問的人。
⑦文理：文采、道理。
⑧邑人：同鄉的人。
⑨稍稍賓客：漸漸以賓客之禮相待。賓，名詞作動詞用，招待。

⑩利其然：認為這樣是有利可圖的。利，貪。
⑪扳：音ㄆㄢ，同「攀」，牽，引，攀附。
⑫使：讓。
⑬明道：宋仁宗趙禎年號（西元一〇三二年—一〇三三年）。
⑭先人：指王安石死去的父親王益。王安石於明道二年隨父回鄉，時年十三，路過舅家時，見過方仲永。
⑮前時之聞：以前的名聲。
⑯泯然眾人：和普通人沒有分別。泯然，不能分辨的樣子。泯，音ㄇㄧㄣˊ。
⑰王子：王安石的自稱。
⑱通悟：通達聰慧。
⑲賢於材人：勝過後天培養的人才。賢，勝過，超過。材，同「才」，才能。
⑳卒：最終。
㉑受於人：接受人為的教育。
㉒且：尚且。
㉓固：本來。
㉔邪：音ㄧㄝˊ，表示反問，相當於句末感嘆的「嗎」、「呢」。

評析

傷，是可惜的意思，仲永有過人的天資，只可惜未能受教育。王安石透過故鄉的神童方仲永的故事，說明人的資質並非永恆不變，而是與後天的教育、學習息息相關。一生務農的方父見錢眼開，不讓孩子入學接受教育，使得仲永最後成了「小時了了，大未必佳」的泛泛之輩。這例子告訴我們：即使是天才，倘若不重視學習，依然只是個平常人，那麼一般資質的人又怎能不努力學習呢？本書「經典故事」以「第一人稱」改寫，透過仲永的自白擬想其成長的心路歷程。

這是一個神童的自白：

我的名字叫方仲永，從小就被當作天才。我出生在務農的家庭，祖先世世代代都是農家子弟，過著勤儉忙碌的生活。從出生後直到五歲，我都沒有機會見到書紙筆墨，更不用說入學讀書了。

在我五歲的那年，不知受誰的影響，我忽然哭著向爹娘要筆墨紙硯。父親見我這般哭鬧，覺得很驚訝，又拗不過我，只好就近向鄰居借了一套文房四寶。沒想到，我一提筆就立刻寫了四句詩，還題上詩的題目和自己的名字。詩的內容主要是勸人奉養父母、團結族人。很快的，我的文章就被同鄉的讀書人傳閱，每個人都佩服我的才氣。

從那天開始，我家就變得異常熱鬧，整天拜訪的人、車川流不息，經常有大人因爲好奇心的驅使前來看我；有些人則是隨便指定某件物品，要求我作詩，而我總能一揮而就，從不令人失望。大人都說我寫的詩內容深刻，文采絢麗，裡面講的道理都有可取之處。我因此獲得眾人的讚賞。

這種天生的才能很快就傳到縣裡去了，縣裡的人同樣感到驚奇，就給我「神童」的封號，對我父親也另眼相看，尤其是那些紳士、名流之輩，都十分欣賞我。漸漸的，有些附庸風雅的大人，會招待我和父親吃吃喝喝，或是給點金錢，請我爲他們寫詩。父親認爲有利可圖，就時常帶我去拜見那些富豪，我家的農田就一天天的荒廢了。

父親非常喜歡四處炫耀我的才華，就放棄送我上學的念頭。至於我呢，小小孩兒哪裡懂什麼，大人要我怎麼做，我就怎麼做，而且成天被人誇獎，是多麼榮耀的事啊！我的天分很高，這就是我的靠山，哪會想到上學讀書呢？

幾年後，我宋朝的文學家王安石先生聽見我的事情，就趁著回到故鄉的機會，在他舅父家裡和我見面，當時我已經十二、三歲了。王先生是詩人，他便叫我作首詩來給他瞧瞧。我仍然一下子就完成了，但仔細一看，這些詩卻沒有像過去傳聞的那麼出色。我從王先生臉上的表情看到他的失望，而我內心也對自己失望透頂。

又過了幾年，當我二十歲時，才華已經全部消失，跟一般人沒什麼不同了，所有人都爲我感到遺憾，他們惋惜一個天才變成平庸的人。這時王安石先生又從揚州回來舅父家，他向家人問起我，大家都搖著頭說：「方仲永已經和平常人差不多了。」消息傳到我耳裡，令我相當的失落。

後來，王先生寫了一篇〈傷仲永〉的文章講述此事，他認爲我的聰明穎悟，是天生的好資質，這叫做「天才」，勝過普通有才能的人太多了，但仍然不幸成爲普通人，都是因爲爹娘沒有讓我受教育的緣故。他又說，那麼一般人既沒天賦，又不受教育，就只能當個平庸之輩了。

讀完王先生的文章，我感到懊悔不已，終於徹底了解自己爲何會變成平常人。從今天起，我要努力讀書、求學，希望能找回失落已久的天分。

第三十七課

方山子傳

蘇軾

經典原文

方山子，光、黃①間隱人也。少時，慕朱家、郭解②爲人，閭里之俠皆宗之③。稍壯，折節④讀書，欲以此馳騁當世，然終不遇。晚乃遯⑤於光、黃間，曰岐亭⑥。庵居蔬食⑦，不與世相聞，棄車馬，毀冠服，徒步往來山中，人莫識也。見其所著帽，方聳而高，曰：「此豈古方山冠⑧之遺像乎？」因謂之方山子。

余謫⑨居於黃，過岐亭，適見焉，曰：「嗚虖！此吾故人陳慥季常⑩也，何爲而在此？」方山子亦矍然⑪問余所以至此者，余告之故。俯而不答，仰而笑，呼余宿其家。環堵蕭然⑫，而妻子奴婢，皆有自得之意⑬。余既聳然⑭異之。

獨念方山子少時，使酒⑮好劍，用財如糞土。前十有九年⑯，余在岐山⑰，見方山子從兩騎，挾二矢，游西山。鵲起於前，使騎逐而射之，不獲；方山子怒馬⑱獨出，一發得之。因與余馬上論用兵，及古今成敗，自謂一世豪傑。今幾日耳，精悍之色，猶見⑲於眉間，而豈山中之人哉？

然方山子世有勳閥⑳，當得官，使從事於其間，今已顯聞。而其家在洛陽，園宅壯麗，與公侯等，河北有田，歲得帛千匹，亦足富樂。皆棄不取，獨來窮山中，此豈無得而然哉？余聞光、黃間多異人，往往佯狂㉑垢污，不可得而見。方山子儻㉒見之歟？

作者

蘇軾（西元一〇三七年—一一〇一年），北宋文學家。字子瞻，號東坡居士。眉州眉山（今屬四川）人。一生仕途坎坷，但是學識淵博，天資極高，精通詩文書畫。其文章與歐陽修並稱「歐蘇」，爲唐宋八大家之一；詩則清新豪健，善用誇張、比喻，與黃庭堅並稱「蘇黃」；詞開豪放一派，對後世有重要影響，與辛棄疾並稱「蘇辛」。著有《蘇東坡全集》和《東坡樂府》等。

題解

〈方山子傳〉透過作者與方山子的相遇與相交，了解作者的人生經歷，並且經由這些對於人生起伏跌宕的描述，表達他對方山子特立獨行的性格和人生取向的讚賞。同時，透過這兩個人物的對比，側面地道出作者在飽經憂患之後，終於看破世事的心情。

注釋

① 光、黃：光州和黃州。光州和黃州鄰接，宋時同屬淮南西路。

② 朱家、郭解：二人都是西漢時的遊俠，喜替人排憂解難。朱家，曾暗中解救季布，卻終身不與季相見，時人賢之。郭解，若朋友有難，必助其報仇；若不願報仇，則捐錢使其安居。見《史記．游俠列傳》。

③ 宗之：尊崇他為領袖。

④折節：改變志向。

⑤遯：音ㄉㄨㄣˋ，同「遁」，隱匿、逃。

⑥岐亭：宋代鎮名，在今湖北麻城。

⑦庵居蔬食：住在小茅屋，吃粗茶淡飯。庵，音ㄢ。

⑧方山冠：漢代祭祀宗廟時樂師所戴的帽子。唐宋時隱者常喜戴之。

⑨謫：音ㄓㄜˊ，降職，貶官。蘇軾在元豐三年貶到黃州，今湖北黃岡。

⑩陳慥季常：陳慥，字季常，自號龍丘居士，宋眉州青神人。晚年棄第宅，庵居蔬食，戴方形高冠，人稱方山子。妻子柳氏性妒悍，慥以懼內聞於世。慥，音ㄗㄠˋ。

⑪矍然：驚奇注視的樣子。矍，音ㄐㄩㄝˊ。

⑫環堵蕭然：家中除了四面的土牆，別無他物。形容居室簡陋。

⑬自得之意：自得其樂。

⑭聳然：驚奇的樣子。

⑮使酒：酗酒任性。

⑯前十有九年：即嘉祐八年，作者任鳳翔府簽判。有，音ㄧㄡˋ，同「又」。

⑰岐山：地名，指陝西鳳翔。

⑱怒馬：快馬，即縱馬向前。

⑲見：音ㄒㄧㄢˋ，同「現」，顯現。

⑳世有勛閥：世代有功勳，屬世襲門第。古時仕宦之家，大門外立兩柱以貼其功名，左柱稱閥，右柱稱閱。

㉑佯狂：假裝瘋狂。佯，音ㄧㄤˊ。

㉒儻：音ㄊㄤˇ，或許。同「倘」。

評析

遊俠和隱士，是歷史上各具特色的族群，他們的言行超凡脫俗，不拘常規，而方山子兩種特質都有。蘇軾描述與方山子相遇、相識的經過，我們從方山子的人生經歷，得見蘇軾很讚賞他的人生觀。蘇軾更將自己與方山子對照：方山子文武雙全，抱負遠大，卻得不到任用而退隱明志；蘇軾雖然憑著才學爲官，卻受到小人陷害，險些丟了性命，貶官到黃州，兩人遭遇類似，但方山子已遠離是非地，蘇軾仍在官場遭到迫害。蘇軾藉此抒發懷才不遇的感慨，也間接道出他在飽經憂患之後，看破世事的心情。

經典故事

方山子逍遙自在地徒步在深山裡，沒有人認識他。幽深的林子裡，那個窄小的茅草屋，就是方山子的房舍。他平日吃素，總是獨來獨往，不與人往來。他的頭上帶著高帽子，形狀方方正正的，人們紛紛說：「這很像是古代樂師戴的方山冠呢！」於是就稱他爲「方山子」。

回想方山子年輕時，很愛喝酒，縱情任性，非常仰慕漢代的遊俠朱家、郭解的爲人行事，他自己也是個喜歡使劍、揮金如土的遊俠，鄉里的遊俠都推崇他。等他年紀大了就改變志趣，開始發奮讀書，想憑著文學來成名，可惜一直沒有遇到賞識的人。

記得十九年前，我在岐這個地方，見到方山子帶著兩名隨從，神氣的騎著駿馬，身上藏著箭，在西山遊獵。只見前方有一隻鵲鳥沖天飛起，他便命令隨從追趕射鵲，但是隨從沒有射中。

方山子見狀，立刻拉緊韁繩，一人一騎躍馬奔馳，飛快地拉弓搭箭，一箭就射中了飛鵲，神技驚人。我們騎著馬，聊起了用兵之道及古今興衰，談話之間，他流露出充滿自信的神情，自認爲一代豪傑。

方山子本名陳慥，字季常，出身在功勳之家，照道理來說，他應該有官可做，如果他願意置身官場，到現在已經聲名顯赫了。

洛陽城裡那棟園林宅舍雄偉富麗，規模與公侯之家相同，就是方山子原來的住所。他家在河北還有田地，每年擁有上千匹的絲帛收入，足以讓他的生活富裕安樂了。

然而他將這些名利財富都拋開，來到這個窮鄉僻壤，是不是因爲他對人生有獨到的體會呢？

我因爲「烏臺詩案」被貶官，住在黃州，有一次經過岐亭，正巧遇到了方山子。乍見到他，我不敢相信自己的眼睛，說：「哎，這是我的老朋友陳季常呀！怎麼會出現在這裡呢？」

方山子也很驚訝：「這不是子瞻嗎？你又爲什麼到這裡來？」

我嘆了口氣，無奈的說：「朝廷有人從我寫的幾首詩，編造了罪名給我，說我諷刺皇上，差點就被定了死罪。現在是被貶到黃州來啦！」

方山子低頭不答，過了一會兒，忽然仰天大笑起來，請我到他家去住。他家四壁蕭條，陳設簡單，但是他的妻兒、僕人都是怡然自得的神態，似乎很甘於貧賤。我感到十分驚異。

再回頭看方山子，從年輕到現在，過了多少日子，他臉上那股英氣勃勃的神色，依然在眉宇之間顯現。我心想，這怎會是一個甘心在山中隱居的人呢？難道他眞的看破世事，對官場厭倦了麼？

方山子晚年隱居在光州、黃州的岐亭，放棄坐車騎馬的富貴生活，拋棄過去穿戴的書生衣帽，眞正做了隱士。我聽說那附近有很多奇人異士，穿著破爛的衣衫，看似瘋顛，其實深藏不露，方山子或許能見到他們吧！

明

第三十八課

司馬季主論卜

劉基

經典原文

東陵侯既廢①，過司馬季主而卜焉。季主曰：「君侯何卜也？」東陵侯曰：「久臥者思起，久蟄者思啓，久懣者思嚏②。吾聞之：『蓄極則洩，閟③極則達，熱極則風，壅極則通。一冬一春，靡屈不伸；一起一伏，無往不復。』僕竊有疑，願受教焉。」季主曰：「若是，則君侯已喻④之矣，又何卜爲？」東陵侯曰：「僕未究其奧也，願先生卒⑤教之。」

季主乃言曰：「嗚呼！天道何親？惟德之親⑥。鬼神何靈？因人而靈。夫蓍⑦，枯草也；龜⑧，枯骨也；物也。人，靈於物者也，何不自聽而聽於物乎？且君侯何不思昔者⑨也？有昔者必有今日。是故碎瓦頹垣，昔日之歌樓舞館也；荒榛斷梗⑩，昔日之瓊蕤玉樹⑪也；露蠶風蟬，昔日之鳳笙龍笛⑫也；鬼燐螢火，昔日之金釭華燭⑬也；秋荼春薺⑭，昔日之象白駝峰⑮也；丹楓白荻，昔日之蜀錦齊紈⑯也。昔日之所無，今日有之不爲過；昔日之所有，今日無之不爲不足。是故一晝一夜，華⑰開者謝；一春一秋，物故者新。激湍之下，必有深潭；高邱之下，必有浚谷⑱。君侯亦知之矣，何以卜爲？」

作者

劉基（西元一三一一年—一三七五年），字伯溫，浙江青田（今文成縣）人，南宋抗金將領劉光世後人。元末明初的軍事家、政治家及詩人，精通經史、曉天文、懂兵法。輔佐明太祖朱元璋完成帝業，開創明朝，並維持國家安定，被後人比爲諸葛亮。朱元璋多次稱劉基爲：「吾之子房也。」所爲文章氣昌而奇，與宋濂齊名，著有《郁離子》、《覆瓿集》、《犁眉公集》傳於世。

題解

司馬季主，漢時楚人，隱於長安東市占卜，曾向宋忠、賈誼談論對國政的看法，被認爲是賢者。作者藉司馬季主論卜一事，談論古今榮枯、貴賤、興廢、虛實、有無等相對應的哲理，以說明人生際遇有起有落的道理。作者一生艱苦，前半生鬱鬱不得志，後半生則享有權位尊寵，卻深知富貴有如浮雲，因此利用這個故事來闡述天道，以提醒人們不要忽略了反省自己的作爲，進而順應自然，坦然地面對人生際遇。

注釋

①東陵侯：指召平。秦朝時為東陵侯，秦朝滅亡後，為布衣，在長安城東種瓜，瓜的味道很甜美，稱為東陵瓜。見《史記．蕭相國世家》。廢，指失去封號。

②久蟄者思啓，久懣者思嚏：蟄伏已久的人想要出來，鬱悶很久的人想打個噴嚏。蟄，音ㄓˊ，隱藏潛伏。懣，音ㄇㄣˋ，憂鬱、煩悶。

③閟：音ㄅㄧˋ，閉塞、封閉。
④喻：明白、知曉。
⑤卒：盡，引申為澈底的意思。
⑥天道何親，惟德之親：天道親近什麼？只親近有德的人。《尚書・蔡仲之命》：「皇天無親，惟德是輔。」
⑦蓍：音ㄕ，多年生草本植物，古人用其莖來占卜。
⑧龜：古代取龜的腹甲用來占卜。
⑨昔者：指為官之日。下句「今日」指被廢之日。
⑩荒榛斷梗：遍地荒蕪。荒榛，指灌木叢生。榛，音ㄓㄣ。斷梗，草木的斷枝。
⑪瓊蕤玉樹：指珍貴美好的花草樹木。瓊，美玉。蕤，音ㄖㄨㄟˊ，草木的花下垂的樣子。
⑫鳳笙龍笛：指珍貴的樂器。鳳笙，笙的別稱。龍笛，笛的一種，笛管的前端用龍頭來裝飾。
⑬金釭華燭：指華麗的燈火。釭，音ㄍㄤ，燈。
⑭秋荼春薺：秋天茅、蘆的白花與春天的薺菜。荼，音ㄊㄨˊ。薺，音ㄐㄧˋ。
⑮象白駝峰：大象的脂肪和駱駝背上的肉峰，都是名貴食品。
⑯蜀錦齊紈：珍貴的布帛。蜀錦，四川出產的彩錦。齊紈，山東出產細緻而有光澤的白色細絹。紈，音ㄨㄢˊ。
⑰華：花。音ㄏㄨㄚ。
⑱浚谷：深谷。浚，音ㄐㄩㄣˋ。

評析

司馬季主是一位算命先生，他不說自己的占卜有多靈驗，反而一開始就自我否定，說人比占卜之物還要「靈」，鬼神之說不足信，這是他在思想上的進步，也是文章令人耳目一新的開場方式。接著，季主告訴東陵侯對眼前的困境要採取順應自然的態度，不必困惑，也不必刻意逆勢而爲，這就是順應自然的生存哲學。人生中有意氣風發的精采，但也不能避免有低潮的時候，人應當瞭解這

個道理，不要迷信命運，才不會忽略了自己應有的反省和作爲。

經典故事

東陵侯在秦朝滅亡以後，就被廢爲平民了，家境貧困，靠種瓜維生，他的「東陵瓜」有五種平凡的顏色，滋味甜美，遠近馳名。

但是這種平凡的日子過久了，東陵侯便不甘寂寞起來，很想尋求東山再起的機會，於是去拜訪司馬季主，請他卜卦算命。司馬季主不只是名氣響亮的算命師，他爲人賢明，相貌才華都相當出色。

東陵侯見了司馬季主，就嘆口氣說：「人啊，躺臥時間長了就想起來，沉潛獨居久了就想出去走走，胸中氣悶了就想打個噴嚏。聽說，任何事物累積太多就要宣洩。冬去，春來；有起，就有伏，這些都是自然的現象。但是我卻還有一些疑問，希望得到你的建議。」

季主微微一笑，說道：「既然您已經明白萬物變化的道理，又何必算命呢？」

東陵侯連忙搖手說道：「不，我還沒了解其中的奧妙，希望先生盡力開導。」其實東陵侯想了解自己被廢爲平民後，是否還有機會再起？

季主沉吟了一會兒，嘆口氣說道：「唉！天道和誰親近呢？只和有德的人親近。鬼神怎麼會靈？是靠著人們相信才靈。算命用的蓍草是枯草，龜甲只是枯骨，都是沒有生命的物。但是人是萬物之靈，爲什麼不相信自己，卻要聽從這些占卜之物呢？況且，您爲什麼不想想過去？有過去的因，就有今天的果。現在所擁有的很美好，但未來總有凋零的一天。」

司馬季主柔和的語聲，喚起了東陵侯的想像，他的眼前彷彿出現華麗的歌樓舞館，倏忽之間崩塌了，成爲斷壁殘垣；過去自家庭院繁花似錦的園林，顏色漸漸淡了，蕭條了，陳舊而荒廢。

東陵侯似乎聽見風露中的蟲鳴，過去耳邊聆聽的是樂隊演奏的美妙佳音，而今只剩下蟲聲，那是何等悽涼。想到自己過去富貴時享受的金燈華燭，餐餐食用的象脂駝峰等名貴食物，以及身上穿的綾羅綢緞，他不禁感嘆而有所領悟：是啊！過去沒有的而現在擁有，並不算過分；過去曾經有過但現在失去，也不能算是欠缺，這都是自然現象。

想到這裡，東陵侯的心逐漸平靜下來了。

司馬季主微笑說道：「這些道理您已經知道了，何必還要我占卜呢？」

第三十九課 賣柑者言

劉基

經典原文

杭有賣果者，善藏柑，涉寒暑不潰①；出之燁然②，玉質而金色③；置于市，賈④十倍，人爭鬻⑤之。予貿⑥得其一。剖之，如有煙撲口鼻，視其中，則乾若敗絮⑦。予怪而問之曰：「若⑧所市於人者，將以實籩豆⑨奉祭祀、供賓客乎？將衒⑩外以惑愚瞽⑪乎？甚矣哉，爲欺也⑫！」

賣者笑曰：「吾業是有年矣。吾賴是以食吾軀。吾售之，人取之，未聞有言，而獨不足子所乎？世之爲欺者，不寡矣，而獨我也乎？吾子未之思也。今夫⑬佩虎符、坐皋比者⑭，洸洸⑮乎干城之具⑯也，果能授孫吳之略⑰耶？峨大冠、佗長紳⑱者，昂昂⑲乎廟堂之器⑳也，果能建伊皋㉑之業耶？盜起而不知御，民困而不知救，吏奸而不知禁，法斁㉒而不知理，坐糜廩粟㉓而不知恥；觀其坐高堂、騎大馬、醉醇醴而飫肥鮮㉔者，孰不巍巍㉕乎可畏、赫赫㉖乎可象㉗也？又何往而不金玉其外、敗絮其中㉘也哉？今子，是之不察，而以察吾柑！」

予默然無以應。退而思其言，類東方生滑稽之流㉙。豈其忿世嫉邪㉚者耶？而託於柑以諷耶？

作者

劉基。

題解

柑，就是甜橙，橘類。作者由買賣一個壞的柑橘開始，假託賣柑者之言引起議論，揭示當時盜賊四起、官吏貪汙的社會狀況，以諷刺那些外表冠冕堂皇的文官、武將，其本質上都是「金玉其外，敗絮其中」的欺世盜名之輩，藉此抨擊當時政府的腐敗與無能。

注釋

① 涉寒暑不潰：經過寒暑的季節氣候也不會腐爛。涉，經過、經歷。潰，音ㄎㄨㄟˋ，腐爛、腐敗。

② 燁然：光彩燦爛的樣子。燁，音ㄧㄝˋ，火光盛大的樣子。

③ 玉質而金色：質地像玉而顏色像黃金一樣。

④ 賈：同「價」，價錢。

⑤ 鬻：音ㄩˋ，本義是賣，這裡是買的意思。古代「賣」有買、賣兩義。

⑥ 貿：買賣、交易，這裡是買的意思。

⑦ 敗絮：破敗的棉絮。

⑧ 若：你。

⑨ 實籩豆：填滿祭祀燕享時盛祭品用的禮器。實，填滿。籩，音ㄅㄧㄢ，古代祭祀用竹製的食器。豆，木製、陶製或銅製的食器。

⑩ 衒：同「炫」，炫耀，誇耀。

⑪ 愚瞽：愚蠢的人和瞎子。瞽，音ㄍㄨˇ，瞎子。

⑫甚矣哉，為欺也：做這種騙人的事情，太過分了！是「為欺也，甚矣哉」的倒裝句。為，做。
⑬夫：那些。
⑭虎符皋比：比喻帶兵者。虎符，虎形的兵符，古代軍中用的信物。皋比，皋，音ㄍㄠ，虎皮，將軍的坐席。比，同「皮」，毛皮。
⑮洸洸：音ㄍㄨㄤ ㄍㄨㄤ，威武的樣子。
⑯干城之具：捍衛國家城池的將才。干，盾牌。干和城都用以防禦。具，人才。
⑰授孫吳之略：拿出孫武、吳起這樣的謀略。授，拿出。
⑱峨大冠、佗長紳：帶著高帽，垂著細長腰帶的士大夫。峨，高，指高戴。佗長紳，垂著長長的腰帶。佗，音ㄊㄨㄛ，這裡是垂的意思。紳，古代士大夫束在外衣上的帶子。
⑲昂昂：器宇軒昂的樣子。
⑳廟堂之器：比喻有作事才能的人。廟堂，指朝廷。器，才也。
㉑伊皋：古代的政治家伊尹和皋陶。伊尹，商代賢相，輔佐商湯伐桀。皋陶，舜的刑官。
㉒斁：音ㄧˋ，敗壞。
㉓坐糜廩粟：白白領國家給的奉祿。坐，白白的。糜：同「靡」，浪費。廩粟，公家庫藏之糧，意指國家給的奉祿。
㉔醉醇醴而飫肥鮮：喝著美酒、飽食著鮮美的食物。醇醴，音ㄔㄨㄣˊ ㄌㄧˇ，味厚而純和的美酒。飫，音ㄩˋ，飽食。
㉕巍巍：高大威嚴的樣子。音ㄨㄟˊ ㄨㄟˊ。
㉖赫赫：顯赫的樣子。
㉗象：模仿。
㉘金玉其外、敗絮其中：比喻外表華美，內質破敗。
㉙類東方生滑稽之流：像東方朔這樣機智善辯的人。類，像。東方生，指東方朔。漢武帝時任太中大夫，性格詼諧，善於以詼諧滑稽之言談寓含諷諫。
㉚嫉：憤恨。音ㄐㄧˊ。

評析

那些欺世盜名的文武官員，就如同賣柑者所賣的爛橘：「金玉其外，敗絮其中」，人們應注意在光鮮亮麗底下的眞相，往往是腐敗不堪的。劉基的寫法別開生面，他先描述自己悠閒自在的買水果，因爲買到爛橘而生氣，進而逼出賣柑者的「眞心話」，自然而然地揭露當時盜賊四起、官吏昏庸、民不聊生的社會現象。不禁使人深深地反思：如果沒有迷戀表相、追逐流行的消費者，又怎會有製造假相的攤販？如果人民都擁有看清眞實的洞察力，就不會有腐敗無能的官吏橫行了。

經典故事

杭州有個賣水果的攤販，很擅長貯藏橘子，使它們經過一年也不會腐爛，把它拿出來，依然是色彩鮮豔的樣子，玉石般的質地，黃金似的顏色，在市場上賣，售價比一般橘子高出十倍，人們都爭相購買。

我也買了一個想嘗嘗。把它剖開，卻像有一股白煙撲向口鼻；再看裡面，乾枯得像破爛的棉絮。

我感到奇怪，就問攤販：「你賣的橘子，是要用來盛在祭器裡祭祀上天、在家招待賓客？還是用美麗的外表來愚弄那些傻子和盲人呢？太過分了，幹這騙人的勾當！」我越說越生氣。

但賣橘子的人卻笑著說：「我賣橘子已經有好多年了，就靠它養活自己。我賣它，別人買它，從來不曾有人說過什麼，怎麼只有您覺得不滿意呢？世上有欺騙行

爲的人不少，難道只有我一個嗎？您眞的沒有好好思考這件事啊！」

攤販不但不肯自我檢討，竟然還指摘我。

我正要發作，只聽那攤販又說：「現在那些佩戴兵符、坐虎皮椅子的軍人，一副威武的樣子，好像是保衛國家的人才，但他們眞的有孫武和吳起的謀略嗎？那些戴著高帽子，繫著大腰帶的官員，一副高傲神氣的模樣，好像坐在高堂上英明地做決策，但他們眞的能夠建立伊尹和皐陶的功業嗎？」

我感到驚訝，聽出這攤販說的話似乎頗有道理，氣就漸漸消了。

攤販又說：「現在盜賊四起，他們卻不懂該怎麼抵禦；百姓陷入困境，他們也不懂怎樣救助；官吏狡詐不懂怎樣禁止，法度敗壞不懂怎樣整頓，白白浪費國家糧食卻不知羞恥。」

他生氣的說：「看看那些坐在高堂上，騎著高頭大馬，喝著美酒、飽食的人，哪一個不是外表威風凜凜令人害怕，又顯赫得讓人羨慕？他們哪一個不是金玉其外、敗絮其中呢？您怎麼不看這些，卻來指責我？」

我聽了只能沉默，實在找不出話來回應。回家後思考這攤販說的話，感覺他像是東方朔那種詼諧機智的人，難道他也是對世事憤慨，所以假借橘子來諷刺的嗎？

第四十課

指喻

方孝孺

經典原文

浦陽鄭君仲辨，其容闐然①，其色渥然②，其氣充然③，未嘗有疾也。他日，左手之拇有疹④焉，隆起而粟⑤，君疑之，以示人。人大笑，以爲不足患。既三日，聚而如錢，憂之滋甚，又以示人。笑者如初。又三日，拇之大盈握⑥，近拇之指，皆爲之痛，若剟⑦刺狀，肢體心膂⑧無不病者。懼而謀諸醫。

醫視之，驚曰：「此疾之奇者，雖病在指，其實一身病也，不速治，且能傷生。然始發之時，終日可愈；三日，越旬可愈；今疾且成，非三月不能瘳⑨。終日而愈，艾可治也；越旬而愈，藥可治也；至於既成，其將延乎肝膈⑩，否亦將爲一臂之憂。非有以禦其內，其勢不止；非有以治其外，疾未易爲⑪也。」君從其言，日服湯劑，而傅⑫以善藥。果至二月而後瘳，三月而神色始復。

余因是思之：天下之事，常發於至微，而終爲大患；始以爲不足治，而終至於不可爲。當其易也，惜旦夕之力，忽之而不顧；及其既成也，積歲月，疲思慮，而僅克⑬之，如此指者多矣。蓋眾人之所可知者，眾人之所能治也，其勢雖危，而未足深畏；惟萌⑭於不必憂之地，而寓⑮於不可見之初，眾人笑而忽之者，此則君子之所深畏也。

作者

方孝孺（西元一三五七年—一四〇二年），字希直，又字希古，南明安宗追諡文正，明朝江浙行省台州路寧海縣（今屬浙江寧波市）人。以文章和理學著稱，其書齋名「遜志」，蜀獻王改為正學，世稱「正學先生」。明朝建文年間的重臣，後因為參與組織削藩，靖難之變後，又反對並拒絕與燕王朱棣合作，最後不屈而亡。

題解

〈指喻〉是明代文學家方孝孺的一篇散文。文中藉鄭君的手指生病而未能及時醫治，幾乎釀成大錯的故事，說明防微杜漸的重要性，是一篇典型的以小喻大、借事說理的文章。

注釋

①闐然：強壯、豐滿的樣子。闐，音ㄊㄧㄢˊ。
②渥然：紅潤的樣子。渥，音ㄨㄛˋ。
③充然：充盛的樣子。
④疹：音ㄓㄣˇ，皮膚上起的紅色小顆粒。
⑤隆起而粟：像小米粒那麼大。粟，音ㄙㄨˋ。
⑥盈握：拇指腫大到手掌可以握住。

⑦剟：音ㄉㄨㄛˊ，用刀刺或割。
⑧膂：音ㄌㄩˇ，脊梁骨。
⑨瘳：音ㄔㄡ，病癒。
⑩肝膈：泛指人體的內臟。膈，音ㄍㄜˊ。體腔中分隔胸腔與腹腔的膜狀肌肉。
⑪為：治。
⑫傅：敷。
⑬克：制服，壓制。
⑭萌：發生。
⑮寓：寄居、寄託。

評析

指喻，就是「以指病爲喻」，透過鄭仲辨的拇指生病，未能及時治療，差點釀成大患，說明錯誤往往在人們最容易忽略的地方發生，最後造成大災害，那是因爲在禍患最容易被處理的階段，人們總不肯多花一點的心思去關心，反倒疏忽不管；等到禍患形成了，甚至擴大了，就必須耗費許多時間和腦力才能勉強克服。其實只要能及時處理，或許問題就可能得到解決的機會。

經典故事

浦陽縣青年鄭仲辨，就像一尊高聳英挺的雕像，擁有健美壯碩的身材，臉色紅潤而有光澤，一副氣色飽滿的樣子，從未生過病。

有一天，他發現左手的拇指竟然冒出一粒紅色的小疹子，突起來有如米粒般大小，他感到疑惑，於是到處問人。人們見了疹子的反應，卻都是指著他哈哈大笑，認爲那是不重要的小毛病。他也就算了。

過了三天，鄭仲辨手指上的紅疹越長越多，漸漸聚集起來宛若錢幣大小，如暗瘡般的紅疹，就像打在手指頭上的紅印子，令人觸目心驚。

鄭仲辨心裡更加恐慌，於是又到處詢問別人的意見，但人們看了疹子後的反應，依舊是滿不在乎的大笑，覺得他眞是個「窮緊張」。

又過了三天，鄭仲辨的拇指腫得極大，大到手掌幾乎可以將它握滿的程度，而且靠近拇指的食指指頭，也跟著疼痛起來。

鄭仲辨痛苦極了，手指患部如同被針刺、被刀割那樣，他每天受著苦刑，四肢、心臟、脊椎骨無處不痛。他害怕極了，這才去請教醫生。

醫生看診完畢，皺起眉頭，非常擔心地對鄭仲辨說：「這種病最奇特的地方，就是症狀雖然出現在手指，但其實病人早就一身都是病了，如果不盡快治療，可能會危及生命。」鄭仲辨嚇得傻了。

接著醫生半認眞、半恐嚇似的說：「這病啊！剛發病時治療，一天就可以治好；發病三天再治療，大約過十天就能治癒；但現在病症已經形成了，沒有三個月是不能治癒的。病發一天的療法，用艾草就可以醫治；過十天，用藥物也可治好；等到病症形成，甚至將要蔓延到肝膈等內臟時，恐怕會導致你的一條手臂殘廢啊！必須內外兼治，才能徹底解決問題。」

醫生的這番話，只聽得鄭仲辨滿頭汗水涔涔流下。

從這天開始，鄭仲辨聽從醫生的診斷，每天内服湯藥、外敷藥物，兩個月後果然痊癒了，三個月以後，終於恢復原有的氣色與精神。

小病不醫，就成大病，類似鄭仲辨的例子實在太多了，人們應該要引以爲鑑啊！

第四十一課

秦士錄

宋濂

經典原文

鄧弼，字伯翊，秦①人也。身長七尺，雙目有紫棱②，開闔閃閃如電。能以力雄人。鄰牛方鬥，不可擘③，拳其脊，折仆地；市門石鼓，十人舁④，弗能舉，兩手持之行。然好使酒⑤，怒視人，人見輒避曰：「狂生不可近，近則必有奇辱。」

一日獨飲娼樓，蕭、馮兩書生過其下，急牽入共飲；兩生素賤其人，力拒之。弼怒曰：「君終不我從⑥，必殺君！亡命走山澤耳，不能忍君苦⑦也！」兩生不得已從之。弼自據中筵，指左右，揖兩生坐，呼酒嘯歌以爲樂；酒酣解衣箕踞⑧，拔刀置案上，鏗然鳴；兩生雅聞其酒狂，欲起走，弼止之曰：「勿走也，弼亦粗知書，君何至相視如涕唾？今日非速君飲，欲稍吐胸中不平氣耳！四庫書⑨從君問，即不能答，當血是刃。」兩生曰：「有是哉！」遽摘七經⑩數十義扣之，弼歷舉傳疏⑪，不遺一言；復詢歷代史，上下三千年，纚纚⑫如貫珠。弼笑曰：「君等伏乎未也？」兩生相顧慘沮，不敢再有問。弼索酒被髮跳叫曰：「吾今日壓倒老生矣！古者學在養氣，今人一服儒衣，反奄奄欲絕，徒欲馳騁文墨，兒撫一世豪傑⑬，此何可哉？此何可哉？君等休矣⑭。」兩生素負多才藝，聞弼言大愧，下樓足不得成步，歸詢其所與遊，亦未嘗見其挾冊呻吟也⑮。

泰定⑯末，德王⑰執法西御史臺，弼造書數千言袖謁之，閽卒⑱不爲通。弼曰：「若不知關中有鄧伯翊耶？」連擊踣⑲數人，聲聞於王，王令隸人捽入⑳，欲鞭之。弼盛氣曰：「公奈何不禮壯士？今天下雖號無事，東海島夷㉑，尚未臣順，間者駕海艦互市於鄞㉒，即不滿所欲，出火刀斫柱㉓，殺傷我中國民，諸將軍控弦引矢㉔，追至大洋，且戰且卻，其虧國體爲已甚。西南諸蠻㉕，雖曰稱臣奉貢，乘黃屋左纛㉖，稱制㉗與中國等，尤志士所同憤。誠得如弼者一二輩，驅十萬橫磨劍㉘伐之，則東西止日所出入，莫非王土矣！公奈何不禮壯士？」庭中人聞之，皆縮頸吐舌，舌久不能收。王曰：「爾自號壯士，解持矛鼓譟㉙，前登堅城乎？」曰：「能！」「百萬軍中可刺大將乎？」曰：「能！」「突圍潰陣得保首領乎？」曰：「能！」王顧左右曰：「姑試之。」問所需，曰：「鐵鎗良馬各一，雌雄劍二。」王即命給予。陰戒㉚善槊㉛者五十人，馳馬出東門外，然後遣弼往。王自臨觀，空一府㉜隨之。暨弼至，眾槊並進；弼虎吼而奔，人馬辟易㉝五十步，面目無色；已而煙塵漲天，但見雙劍飛舞雲霧中，連斫馬首墮地，血涔涔滴。王撫髀㉞驩㉟曰：「誠壯士！誠壯士！」命酌酒勞弼，弼立飲不拜。由是狂名振一時，至比之王鐵鎗㊱云。

王上章薦諸天子，會丞相㊲與王有隙，格㊳其事不下。弼環視四體，歎曰：

「天生一具銅觔鐵肋，不使立勳萬里外，乃槁死三尺蒿下㊴，命也，亦時也。尚何言！」遂入王屋山爲道士；後十年終。

史官曰：「弼死未二十年，天下大亂，中原數千里，人影殆絕。玄鳥來㊵，亦失其家，競棲林木間。使弼在，必當有以自見。惜哉！弼鬼不靈則已，若有靈，吾知其怒髮上衝㊶也。」

作者

宋濂（西元一三一〇年—一三八一年），字景濂，號潛溪，又號玄眞子，諡文憲，浙江省浦江縣人。明初大臣、文學家、史學家。方孝孺的老師，曾任翰林，參與修《元史》。後因故被明太祖朱元璋謫死蜀地。宋濂與劉基、高啓並列爲「明初詩文三大家」，且爲「明代開國文臣之首」。他以繼承儒家道統爲己任，爲文主張「宗經」、「師古」，取法唐宋，著作甚豐。其散文風格質樸簡潔，雍容典雅。

題解

選自《宋文憲公全集》。本文是一篇人物傳記，講述秦士鄧弼的事蹟和遭遇。作者截取鄧弼在酒樓獨飲時強拉儒生較量文學、獨闖王府陳述見識、比武藝等片段爲題材，動作描寫細膩，將鄧弼不同凡俗的性情、文武才能，以及不爲時所用的憤懣心態，生動地表現了出來。

注釋

①秦：今陝西省，又稱關中。
②雙目有紫棱：形容眼光銳利有神，有如紫石中散發出光芒。棱，音ㄌㄥˊ，木材的四角交接處。
③擘：剖，用手分開。音ㄅㄛˋ。
④舁：音ㄩˊ，共同舉起。
⑤使酒：藉酒意而任性使氣。
⑥不我從：不從我。
⑦不能忍君苦：不能忍受你們的輕視。苦，困辱。
⑧箕踞：即箕倨，兩腿前伸而坐，手據膝，形如箕狀。傲慢不敬之姿。箕，音ㄐㄧ。
⑨四庫書：唐玄宗於長安、洛陽兩都各聚書四部，以甲、乙、丙、丁為次，列為經、史、子、集四部。後稱為四庫書。
⑩七經：漢代以來推崇的七種儒家經典。文中泛指儒家經典。
⑪傳疏：闡明經義的文字叫「傳」，音ㄓㄨㄢˋ，解釋傳文的叫「疏」。
⑫纚纚：洋洋灑灑，次序井然。纚，音ㄕˇ。
⑬兒撫一世豪傑：把一世豪傑當小兒一樣看待。
⑭休矣：罷了，算了。
⑮挾冊呻吟：拿著書籍吟詠誦讀。
⑯泰定：元代泰定帝年號。
⑰德王：即馬札兒台，西元一三二七年（泰定四年）拜陝西行台治書侍御史。西元一三四〇年（至元六年）封忠王，死後改封德王。
⑱閽卒：負責守門的兵士。閽，音ㄏㄨㄣ。
⑲擊踣：擊倒。踣，音ㄅㄛˊ，仆倒。
⑳捽：音ㄗㄨˊ，揪、持也。

㉑東海島夷：指日本人。

㉒鄞：鄞縣，屬寧波。

㉓火刀斫柱：指裝備精良。火刀，倭刀，一種兵器。斫，音ㄓㄨㄛˊ，用刀斧砍削。

㉔控弦引矢：拉弓射箭。

㉕諸蠻：各種少數民族。蠻，古代對南方少數民族的泛稱。

㉖黃屋左纛：古代帝王所乘的車上以黃繒為裡的車蓋，名黃屋。帝王車上立在車衡左邊的大旗，以犛牛尾或雉尾裝飾，名左纛。纛，音ㄉㄠˋ，軍中大旗。

㉗稱制：行使天子的權利，猶言「稱帝」。

㉘橫磨劍：長而大的利劍，比喻精銳善戰的士卒。

㉙持矛鼓譟：手持武器，鳴鼓喧噪。激勵士氣之意。

㉚陰戒：暗中命令。陰，暗地的、偷偷的。

㉛槊：音ㄕㄨㄛˋ，長矛。

㉜空一府：一府的人全部出動。

㉝辟易：驚退、退卻。辟，同「避」。

㉞撫髀：拍著大腿。髀，音ㄅㄧˋ，大腿外側。

㉟驩：同「歡」。

㊱王鐵鎗：王彥章，字子明，五代後梁人。驍勇有力，每戰持鐵鎗，皆重百斤，馳騁如飛，軍中號王鐵鎗。

㊲丞相：其時左丞相為倒剌沙，右丞相為塔思帖木兒。

㊳格：阻止。

㊴槁死三尺蒿下：枯而死葬於三尺高之蒿草下。指不得志，寂寞而死。槁，枯。蒿，音ㄏㄠ。

㊵玄鳥：燕子。因毛色黑而得名。

㊶怒髮上衝：即怒髮衝冠，形容極為憤怒的樣子。

評析

眞正的豪傑重視自己的人格氣節，他們深藏不露，從不膚淺炫才。許多自認爲很強的人，在與人爭鬥之中獲得勝利，其實也只是雙方之間的勝利；但是豪傑的胸中藏著雄心壯志，有朝一日必能突破一切障礙，達到他想要達到的境界，這才是眞豪傑！鄧弼是文武雙全的人才，生性剛直，不幸遇到官場上的勾心鬥角，使得原本想報效國家的鄧弼，只能黯然地遁入山中當道士。宋濂此文，正是爲有志之士受到輕賤而抱不平。

經典故事

「嗤、嗤」，兩頭牛正在格鬥，鼻孔外掀，粗魯的噴出熱氣，兩對牛角緊緊的糾纏，誰也不肯放過誰。人們只能遠遠地觀望，不敢分開牠們，唯恐畜牲不長眼，一不小心就被牛踢死或是重傷。

此時，鄧弼忽然跳了出來，他身高七尺，目光銳利如電般散發紫色的光芒。只見他將雙拳重重地打在牛背上，牛立刻筋骨斷裂，身軀仆倒在地，人們看了都駭異不已。

陝西人鄧弼是個豪俠之士，天生勇力過人，市場門前有個鼓形的大石，十個人一起抬都抬不動，可是他光靠兩隻手，就可以舉起大石來回走動，像沒事一樣。

有一天，鄧弼獨自坐在酒樓喝酒，仗著酒意便開始亂發脾氣，怒目橫眉的模樣，每個人見了都嚇得躲開。

鄧弼正想找人麻煩，恰巧此時蕭、馮兩位書生從樓下經過。鄧弼見到他們，不禁「怒從心頭起」，立刻下樓將兩人拉進去，逼他們喝酒。

兩個書生平時就看不起鄧弼，極力抗拒。鄧弼憤怒地喝道：「你們若不肯依從我，我一定殺了你們，再改名換姓、亡命天涯，絕不能忍受你們的輕視。」兩人只好順從他。

鄧弼自己先坐上中間的座位，指著左右的空位，要兩個書生坐下，他一面喝酒，一面唱歌，自得其樂，書生則在旁邊嚇得簌簌發抖。喝到醺醺然的時候，鄧弼便把上衣解開來，伸直了兩腿坐著，「嗆」的一聲拔出明晃晃的刀來，放在桌上，嚇得店內所有人紛紛走避。

書生兩人也驚得魂飛天外，他們平常就知道鄧弼酒後會任性使氣，便想站起來逃走。

鄧弼卻將手一伸，制止他們說：「別走！我好歹也讀過書，你們憑什麼把我看得這麼卑賤？今天我不是找你們喝酒的，只是想發洩心裡的悶氣！現在經史子集隨便你們問，我如果答不出來，就用這把刀自殺！」

蕭、馮兩人面面相覷，說：「眞有這種事？」他們心想這莽漢哪裡讀過書，於是選取七部經典中的數十條經義來問他，鄧弼卻把七經的傳文和注疏列舉出來，毫無遺漏；書生又考鄧弼歷代的史事，他竟能將古今三千年的歷史，滔滔不絕地答出來了。

鄧弼笑著說：「你們服不服啊？」兩書生神情沮喪的相互對視。

鄧弼仰頭將酒一飲而盡，把碗摔在地上，披頭散髮狀似瘋人，跳著叫說：「我今天勝過飽學的書生了！古時學者讀書的目的是培養正氣，現代人穿上讀書人的衣服反而死樣活氣，只知道在文章上競爭，卻輕視當代豪傑，這怎麼可以呢？你們走吧！」

兩書生一向自視甚高，聽了鄧弼的話，非常慚愧，連滾帶爬的逃下樓，回去後向鄧弼的朋友打聽，卻從來也沒人看過他拿著書本誦讀。

清

第四十二課

逆旅小子

方苞

經典原文

戊戌秋九月①，余歸自塞上②，宿石槽③。逆旅④小子形苦羸⑤，敝布單衣⑥，不襪不履，而主人撻擊之甚猛，泣甚悲。叩之東西家，曰：「是其兄之孤⑦也。有田一區，畜產什器粗具⑧，恐孺子長而與之分，故不恤其寒饑而苦役之；夜則閉之戶外。嚴風⑨起，弗活矣。」余至京師，再書告京兆尹⑩，宜檄縣捕詰⑪，俾鄉鄰保任而後釋之。

逾歲四月，復過此里。人曰：「孺子果以是冬死，而某亦暴死，其妻子、田宅、畜產皆爲他人有矣。」叩以：「吏曾呵詰乎？」則未也。

昔先王以道明民，猶恐頑者不喻，故「以鄉八刑糾萬民」⑫，其不孝、不弟⑬、不睦、不婣⑭、不任⑮、不恤者，則刑隨之，而五家相保，「有罪奇衺則相及」⑯，所以閉其塗⑰，使民無由動於邪惡也。管子之法⑱，則自鄉師以至什伍之長⑲，轉相督察，而罪皆及於所司。蓋周公所慮者⑳，民俗之偷㉑而已，至管子而又患吏情之遁㉒焉，此可以觀世變㉓矣。

作者

方苞（西元一六六八年—一七四九年），清代散文家。字鳳九，號靈皋，晚年又號望溪，桐城（今安徽桐城）人。康熙五十年，因文字獄牽連入獄，得人營救，兩年後出獄。後官至禮部侍郎。桐城派古文創始人。主張寫文章應講究義法，「義」指文章內容，要符合傳統的倫理綱常；「法」指文章的形式技巧，要結構條理，語言雅潔，從而做到「言之有物，言之有序」。提倡義理、考據、詞章三者並重。著有《方望溪先生全集》。

題解

逆旅小子，指客店裡的小佣人。本文選自《方望溪先生全集》，不僅揭露當時社會的黑暗，表現作者對百姓的同情，並且對官吏怠忽職守表示了不滿，加以抨擊。方苞主張爲官應能去除百姓的疾苦，否則與貪官汙吏沒有兩樣，因此官吏不能盡職，朝廷就應嚴加督查，官員也應該彼此監督，才能改變風俗，澄清吏治。

注釋

① 戊戌：康熙五十七年，西元一七一八年。音ㄨˋ ㄒㄩ。
② 塞上：塞外，邊疆地區。方苞曾多次隨康熙皇帝到塞外承德的避暑山莊。塞，音ㄙㄞˋ。
③ 宿石槽：住在石槽。石槽，清代順天府順義縣，今北京順義縣。
④ 逆旅：迎賓客棧。逆，迎。
⑤ 羸：音ㄌㄟˊ，瘦弱。
⑥ 敝布單衣：破舊、單層的布質衣服。敝，音ㄅㄧˋ，破的、舊的。

⑦其兄之孤：店主的哥哥死後留下的孤兒。孤，父親去世者為孤。

⑧粗具：大體具備。

⑨嚴風：寒風，指冬季來臨。

⑩京兆尹：原指古代京師地區的行政長官，這裡是說清代的順天府尹，石槽屬順天府管轄。

⑪宜檄縣捕詰：應該行文到順義縣，將店主捉來偵訊。檄，音ㄒㄧˊ，用檄文告知。保任，擔保責任。

⑫以鄉八刑糾萬民：用在鄉野實施的八種刑法來糾正百姓的錯誤行為。八刑，對不孝、不弟、不睦、不姻、不任、不恤、造言、亂民等八種行為的刑罰。

⑬不弟：不順從兄長。弟，音ㄊㄧˋ，同「悌」。

⑭不婣：不和姻親和好親近。婣，音ㄧㄣ，同「姻」。

⑮不任：朋友間不講信用。

⑯有罪奇衺則相及：如果有人犯罪或從事邪惡的行徑，彼此都要連帶受罰。衺，音ㄒㄧㄝˊ，同「邪」。

⑰閉其塗：杜絕掉犯罪的途徑。

⑱管子之法：管子，即管仲，名夷吾，春秋時齊國政治家，被齊桓公任命為卿，改革政治，加強法制，在他的管理下使齊國迅速地強大起來。

⑲鄉師以至什伍之長：鄉師與什伍之長為監察與負責地方事務的官吏。鄉師為周代司徒的下屬，是監察地方事務和鄉民的官員。什伍之長，古代的戶籍編制五家為伍置伍長，十家為什置什長。

⑳周公所慮者：方苞認為八刑是周公深思熟慮所設的。

㉑民俗之偷：人民的品德低下。偷，澆薄。

㉒吏情之遁：官吏欺下瞞上的風氣。遁，欺瞞。

㉓觀世變：考察社會風氣的轉變。

評析

方苞認為，從前先王用「道義」開導百姓，擔心愚昧的人不明白，所以用「八刑」來督察百姓守法，對那些不孝順父母、不順從兄長、家庭不和睦、姻親不和善、對朋友不講信用、見別人有危難而不幫助的人，按照刑法給予處罰，還要五戶人家相互擔保，有犯罪的話，五家都會受到牽連，藉此達到互相監督的目的。春秋時，管仲治國，也規定若有犯罪發生，就要追究官吏的責任。從逆旅小子的事，與方苞提出用嚴格的手段管理治安，就可看出當時清代世道的墮落。

經典故事

夜深了，旅館依稀傳來小孩子的哭聲，一陣一陣地，哭得很悽慘，夾著大人的聲音，在寒風中更加淒厲。旅館裡的客人被驚醒了。

那時正是秋九月，這位客人奉命出使邊塞，才剛從塞上返回京師，就在石槽這個地方過夜。

客人躺在床上，輾轉反側，無法入眠，因為這哭聲實在令人揪心的疼。於是他披上外衣走出旅館，看到隔壁有幾位鄰居擺了張桌子，坐在門口喝茶乘涼，就過去向他們詢問：「不知哭泣的孩子是誰？有什麼可憐的身世？」

一位比較年長的鄰居嘆了口氣，說：「這是店主人的哥哥留下的孤兒。他們有一小塊田地，牲口、農具和生活用品大體都具備，但是店主人怕這小孩兒長大會來分家產，所以不管他受冷挨餓，天天差遣他做苦工。到夜裡就把他關在門外，寒風這麼一刮，恐怕就活不成囉。」

這件事讓客人一夜無眠。到了第二天早上，客人早早起床，故意繞到旅館後面散步，果然見到昨晚哭泣的小孩。

這小男孩身體蒼白瘦弱，模樣可憐，身上穿著破布單衣，沒有鞋襪，赤著一雙腳，腳趾和腳底都磨破了。再看看皮膚露出來的地方，青一塊、紫一塊，昨晚店主人凶狠地用鞭子抽打，難怪小孩哭得這樣淒慘。

客人感到忿忿不平，到了京師，就寫了兩封信告訴京兆尹：「應該發下公文，命令縣裡將店主人捉拿審問，讓鄉鄰擔保他以後要好好地對待小孩，然後再放他出去。」

信送出去以後，客人又奉命到別的地方辦公了，也不知道京兆尹是否採納他的意見，更不知道小男孩後來怎樣了。

第二年的四月，客人再次路過這裡，向鄉里人打聽那家旅館。鄉里人卻說：「這孩子在那年冬天就死去了，店主人也突然死了，他的妻子兒女、田地房屋、牲口財物，通通歸別人所有了。」

客人相當震驚，問他們：「那麼，縣裡的官吏曾經審問過店主人嗎？」

鄉人回說：「從來沒有聽說過。」

客人大嘆：「唉，小小孩兒的性命就葬送在這些無能的官吏手中了。店主人爲了謀奪財產，狠心害死哥哥留下的孤兒，到頭來，還不是得將財產拱手讓人？」

第四十三課

左忠毅公軼事

方苞

經典原文

先君子①嘗言：鄉先輩左忠毅公，視學京畿②。一日，風雪嚴寒，從數騎③出，微行④入古寺。廡下⑤，一生伏案臥，文方成草。公閱畢，即解貂覆生，爲掩戶⑥。叩⑦之僧寺，則史公可法也。及試，吏呼名至史公，公瞿然⑧注視，呈卷，即面署第一。召入，使拜夫人曰：「吾諸兒碌碌⑨，他日繼吾志事，惟此生耳。」

及左公下廠獄⑩，史朝夕窺獄門外。逆閹防伺⑪甚嚴，雖家僕不得近。久之，聞左公被炮烙⑫，旦夕且死⑬，持五十金，涕泣謀於禁卒⑭。卒感焉。一日，使史更敝衣草屨，背筐，手長鑱⑮，爲除不潔者⑯，引入。微指左公處，則席地倚牆而坐，面額焦爛，不可辨，左膝以下，筋骨盡脫⑰矣。史前跪，抱公膝而嗚咽。公辨其聲，而目不可開，乃奮臂以指撥眥⑱，目光如炬，怒曰：「庸奴⑲！此何地也？而汝來前。國家之事，糜爛至此，老夫已矣！汝復輕身而昧大義⑳，天下事誰可支拄者？不速去，無俟姦人構陷㉑，吾今即撲殺汝！」因摸地上刑械，作投擊勢。史噤㉒不敢發聲，趨㉓而出。後常流涕述其事，以語人曰：「吾師肺肝，皆鐵石所鑄造也。」

崇禎末，流賊張獻忠㉔出沒蘄、黃、潛、桐㉕閒，史公以鳳廬道㉖奉檄㉗守禦。每有警，輒數月不就寢。使將士更休㉘，而自坐幄幕㉙外，擇健卒十人，令二人蹲踞而背倚之，漏鼓移則番代㉚。每寒夜起立，振衣裳，甲上冰霜迸落，鏗然有聲。或勸以少休，公曰：「吾上恐負朝廷，下恐愧吾師也。」史公治兵，往來桐城，必躬造㉛左公第㉜，候太公太母㉝起居，拜夫人於堂上。

余宗老塗山㉞，左公甥也，與先君子善，謂獄中語乃親得之於史公云。

作者

方苞。

題解

左忠毅公（西元一五七五年－一六二五年），名光斗，字遺直，號浮丘，明朝桐城人。萬曆進士，曾任大理少卿，左僉都御史。天啓四年，左光斗上奏彈劾魏閹黨三十二條斬罪，被魏忠賢誣陷下獄，受酷刑死於獄中。魏忠賢死後，左被追謚爲「忠毅」，贈太子少保。軼事，不被世人所知的事蹟。

注釋

① 先君子：兒子對已故父親的敬稱。

②視學京畿：在京城地區擔任考官，時為天啓初年。古代稱擔任考官為視學。畿，音ㄐㄧ，京城的轄區。
③從數騎：帶著幾個騎馬的隨從。騎，音ㄐㄧˋ。
④微行：隱藏身分改裝出行。
⑤廡：廂房、廊屋。音ㄨˇ。
⑥掩戶：關門。
⑦叩：詢問。
⑧瞿然：驚慌而恐懼的樣子。瞿，音ㄐㄩˋ。
⑨碌碌：平庸、無能。
⑩廠獄：明朝東廠所設的監獄。東廠，負責緝查謀反等案件，由太監掌管，為皇帝的特務機關。魏忠賢擅權時期掌管東廠，正直的官吏多受陷害，左光斗也被誣下獄。
⑪逆閹防伺：防範謀逆的宦官窺視。閹，音ㄧㄢ，宦官。
⑫炮烙：以金屬燒紅，燒燙人身的酷刑。音ㄆㄠˊ ㄌㄨㄛˋ。
⑬旦夕且死：命在旦夕。
⑭禁卒：獄卒。
⑮手長鑱：手拿著長柄鏟子。鑱，音ㄔㄢˊ，鏟子。
⑯為除不潔者：裝作打掃糞便的人。為，裝作，同「偽」。
⑰盡脫：全部露出。
⑱以指撥眥：用手指撥開眼眶。眥，音ㄗˋ，眼眶。
⑲庸奴：不識大體的奴才。
⑳昧大義：不明事理。昧，音ㄇㄟˋ，不明白，糊塗。
㉑構陷：編造罪名來陷害。
㉒噤：閉口。
㉓趨：小步走。

㉔流賊張獻忠：明末流寇，後為清兵所殺。

㉕蘄、黃、潛、桐：蘄，蘄州府，今湖北蘄春一帶。黃，黃州府。潛，今安徽潛山。桐，今安徽桐城。

㉖鳳廬道：管理鳳陽府、廬州府的官。明朝在省下設分巡道、兵巡道、兵備道等官，管轄幾個府的軍政等事。鳳陽府，今安徽鳳陽一帶。廬州府，今安徽合肥一帶。

㉗奉檄：奉上級命令。檄，古代官府用以徵召、曉諭或聲討的公文。

㉘更休：輪流休息。

㉙幄幕：軍用的帳幕。

㉚漏鼓移則番代：過了一更鼓時間就輪流替換。漏，古代用滴水計時的器具，名銅壺滴漏。鼓，打更的鼓。番代，輪換。

㉛造：到，往。

㉜第：宅第。

㉝太公太母：指左光斗的父母。

㉞宗老塗山：同族的長輩中號塗山的。塗山，名文，方苞的同族祖父。宗老，同族中輩分高的。

評析

如果你是左光斗，你會不會提攜這位學生？史可法刻苦學習，在風雪嚴寒的日子裡，仍在古寺中苦讀不輟；他尊敬師長，爲老師被捕入獄而擔憂，更冒險進入黑牢探望老師，足見對恩師的關心；他有情有義，在老師不幸死後，仍然經常到老師的家中問候老師的家人；他盡忠職守，工作的時候盡心盡力，時常幾個月不上床睡覺，更能體恤下屬，以身作則。這樣爭氣、努力的史可法，難怪左光斗願意重用他。從這些事件片段中，我們也得以見到左光斗剛強不屈、愛才惜才，以及忠貞爲國的人格精神。作者將左光斗與史可法互相烘托，彼此投射，寫法高妙。

生命的遇合在於「交集」，可以改變人的命運。

左光斗到京城附近督察學政，負責那裡的科舉考試。這晚風雪交加，大街上空無一人，左光斗帶著幾個隨從騎馬出門，暗中進行查訪。

一行人經過一座古寺，見古寺環境十分清幽，便決定進去參訪。古寺的廂房陳設簡單，但頗爲雅致。左公經過一間廂房，看到房裡有個書生趴在桌上睡著了，旁邊放著一篇文章，才剛打好草稿。

一時好奇，左公便拿起卷子來看，越看越驚奇，隨即脫下自己穿的貂皮大衣蓋在書生身上，還替他關上門。出來後詢問和尚，才知道那書生名喚「史可法」。

左公暗暗地將名字記在心裡。考試那天，考場官員對考生一一點名，點到史可法的時候，左公特別注意看他，果然是那晚見到的書生，生得儀表堂堂；再細看卷子，文筆也是第一，就當面簽署爲狀元。

左公請史可法來家中作客，讓他拜見夫人，還當著夫人的面誇獎說：「我的幾個兒子都很平庸，將來能繼承我的志向和事業的，只有這位學生了。」

史可法深深感謝老師對他的賞識與恩情。

當時宦官魏忠賢掌握東廠，壞事作盡，左公和其他人反對魏忠賢，卻不幸被捏造罪名陷害入獄。左公被拘禁到監獄時，史可法每天早晚都到門外偷看，可是宦官們戒備得很嚴密，令史可法相當著急。

很久之後，壞消息傳來了，史可法聽說左公受了酷刑，就快死了，連忙拿了五十兩銀子，哭著向獄卒請求入見。獄卒被感動了，教他換上破衣草鞋，背著竹筐，拿著長鏟子，打扮成清除垃圾的工人，帶他進去探視左公。

史可法一進去，就看到左公靠著牆壁坐在地上，他的面頰、額頭都已經焦黑潰爛，變成一團血肉模糊，左腿膝蓋以下的筋骨都脫離了。

史可法難過得上前跪下，抱著左公的膝蓋便哭泣起來。

左公聽出是史可法的聲音，可是眼睛被血黏住了張不開，就努力舉起胳臂，用手指撥開眼眶，眼神有如火炬般明亮，憤怒地說：「蠢材！這是什麼地方？你敢來！國家的政事敗壞到這個地步，我已經沒希望了，你卻輕忽自己的生命，天下大事還能依靠誰！快走！不用等壞人陷害，我現在就打死你！」

左公隨即摸取地上的刑具，作出要丟擊的樣子。史可法閉口不敢發出聲音，便跑了出來。後來他常流著眼淚說：「老師眞是鐵石心腸啊！」

崇禎末年，史可法去打流寇張獻忠，奉令防守鳳廬道。每當有緊急狀況，就幾個月不上床睡覺，讓將士們輪流休息，自己坐在營帳外面擔任守衛，或者挑選十個健壯的士兵，讓他們兩人一組蹲坐在地上，背靠著他們；一個時辰過去，就換另一組來替代。

這種體恤士兵的心，令人感動。有人勸史可法休息，他就說：「不行！我怕辜負朝廷，更怕對不起我的老師啊！」

史可法感念老師的恩情，每當帶領軍隊經過彭城時，一定親自到左公的府上拜訪，問候太公、太母的生活，並在廳堂上拜見左夫人。

第四十四課

湖之魚

林紓

經典原文

林子①啜茗②於湖濱之肆③，叢柳蔽窗，湖水皆黯碧④若染，小魚百數來會其下。

戲嚼豆脯⑤唾之，群魚爭喋⑥；然隨喋隨逝，繼而存者，三四魚焉。再唾之，墜綴葑⑦草之上，不食矣。始謂魚之逝者皆飽也。尋⑧丈之外，水紋攢動⑨，爭喋他物如故。

余方悟：釣者將下鉤，必先投食以引之。魚圖食而併吞鉤。久乃知，凡下食者皆將有鉤矣。然則名利之藪⑩，獨無鉤乎？不及其盛下食之時而去之，其能脫鉤而逝⑪者幾何也？

作者

林紓（西元一八五二年—一九二四年），近代文學家、翻譯家。原名群玉、秉輝，字琴南，號畏廬、畏廬居士，別署冷紅生。晚稱蠡叟、踐卓翁、六橋補柳翁、春覺齋主人等。福建閩縣（今福州）人。擅長詩詞古文，以翻譯外國名家小說著名。著有《畏廬文集》、詩集、春覺齋題畫跋及小說筆記等。

題解

選自《畏廬文集》。作者從餵魚、觀察魚兒爭食等小事，思考現實中人們爭名奪利的現狀，因而興起感悟，他提醒世人要學聰明的魚，不要貪戀一時的利益，應該即時醒悟，回頭是岸，才是處世的大智慧。

注釋

①林子：林紓自稱。紓，音ㄕㄨ。
②啜茗：喝茶。茗：本指較晚採取的茶葉，現為茶的通稱。
③肆：市集貿易的地方、店鋪。這裡指茶館。
④黯碧：深青綠色。黯，深黑。
⑤豆脯：也就是「豆腐」。脯，音ㄈㄨˇ。
⑥喋：音ㄉㄧㄝˊ，形容成群的魚吃東西的聲音。
⑦葑：音ㄈㄥ。草本植物名。即蕪菁。十字花科蕓薹屬。根扁球形，白色肉質。根和嫩葉可供食用。
⑧尋：古代八尺稱「一尋」。
⑨攢動：形容聚集的樣子。攢，音ㄘㄨㄢˊ，聚合。
⑩藪：音ㄙㄡˇ，原指水少而草木茂盛的湖澤，後比喻人物聚集的地方。
⑪逝：離開。

評析

魚兒爭食是出於生存的需要，然而魚不貪戀一處吃食，也是在險惡的自然環境中發展出來的生存法則。魚兒還有警覺之心，何況是萬物之靈的人？貪官汙吏應該及早懸崖勒馬，才不至落得身陷囹圄的下場。林紓在不到一百五十字的篇幅內，從觀魚搶食而興起感悟，抒發對現實人生的感慨，目的是提醒追逐名利的人，不要被名利誘惑而吞下釣鉤，成為他人的俎上肉。故事寓意深遠，發人深省。

經典故事

林先生坐在西湖邊上的茶館裡喝茶。

坐在窗戶旁，看得到西湖的春波碧草。四周淡雅、幽靜的氣氛，使所有的嘈雜似乎都沉靜下來了。他聽著南屏晚鐘，觀賞雷峰夕照，望向蘇堤春曉。下垂的柳枝條兒半遮著窗口，眼前那一汪湖水深蒼碧綠，宛若明鏡，猶如被綠染過一樣，底下有百餘條小魚正聚集在窗戶下的水面之中，搖頭擺尾的動作著，十分可愛。

林先生試著將豆脯嚼碎，朝水面吐去，想要餵食這些魚兒，藉以取樂。魚兒紛紛聚攏過來爭著搶食，一隻疊一隻，互相推擠，你爭我奪好不熱鬧。可是牠們一邊爭食，卻一邊游開了，只有三、四條小魚一直在原地覓食而不走。

林先生覺得很奇怪，不懂那些魚為什麼要游開？於是便再次嚼碎豆脯唾下，這次食物碎片緩緩的沉入水底，而且黏結在茭白的根上，魚兒就不再去吃了。

他一開始以爲魚群游開是因爲都吃飽了的緣故，可是他看見距離窗下一丈左右的地方，水面又泛起一圈圈的漣漪，湖水不住地晃動，那些小魚又像剛剛那樣在爭食其他的東西。

水底下熱鬧非凡。

林先生見了這番景象，頓時想到：

釣魚的人在垂下魚鉤的時候，必定先以魚餌來引誘魚，如果魚兒要想吃食，就會同時吞下釣鉤，那就難逃一死了。但是時間久了，魚兒便看穿這些伎倆，牠們知道凡是有餌的地方多半有釣鉤。魚兒眞聰明啊！

林先生忍不住從「魚」聯想到「人」了：

在那些名利聚集的地方，人們也像魚兒搶食一樣，對功名利祿你爭我奪，難道這其中沒有一種「釣鉤」，專門釣這些人「上鉤」麼？

如果不趁著別人拼命爭奪時，及時逃走，遠離名利是非，最後可能就會遭到不幸。只不過能夠脫鉤而遠走他方的，又有幾個人呢？

第四十五課

費宮人傳

陸次雲

經典原文

費宮人，年十六，未詳其何地人。德容莊麗①。懷宗②語周后，命侍公主③，主絕憐④之。

宮人見上憂寇氛昌熾⑤，未嘗不竊⑥抱杞人憂也。王承恩⑦者，懷宗之近侍也，宮人私向之問寇警。承恩曰：「若⑧居深禁，何用知此？」宮人曰：「惟居深禁，不可不知而豫⑨爲計也。」承恩奇之。

寇愈熾，懷宗憂愈深，宮人之問承恩者愈數⑩。承恩曰：「若何不詢諸他人，而惟予數數也？」宮人曰：「人皆泄泄⑪，孰是以君國爲意者？吾見公忠誠，故相問耳。」承恩益奇之，曰：「若云『豫爲計』，計安出？」宮人曰：「設不幸，計惟有死；要不可徒死耳。」承恩曰：「古人云：『使生者死，死者復生，生者不食其言⑫，可謂信矣。』若能之乎？」宮人曰：「請驗之異日！」

有魏宮人者，年差⑬長於費，亦端麗，素與費善，聞其言，曰：「卿⑭計甚難。吾不能爲難者，當其時，惟一死以伸吾志耳！」承恩並奇之。

甲申⑮三月十九日，李自成⑯破都城；王承恩走報帝，帝與后泣別，宮中之人皆環泣。后自縊，袁貴妃亦自縊[17]。帝拔劍刃嬪妃[18]數人，召公主至，曰：「爾年十五矣，何不幸生我家！」左袖掩面，右手揮刃，斷左臂，未死，手慄[19]而止。隨與承恩至南宮，登萬歲山[20]之壽皇亭自縊；帝居中而承恩右，承恩且從容拜命而相隨於鼎湖[21]也。

時尚衣監[22]何新者，趨入宮見帝，不得；見公主仆地，他宮人悉散走，惟費宮人哭侍其側；相與救之而甦。公主曰：「父皇賜我死，我何敢偷生？且賊至，必索宮眷，我終難匿也。」宮人曰：「請以主服賜婢，婢當誑賊以脫主；顧[23]安所往乎？」何新曰：「國丈[24]第可也。」主授衣與婢泣而與之別。新倉皇負主出。

李自成射承天門[25]，將入宮，魏宮人大呼曰：「賊人入大內[26]，我輩必受辱，有志者早爲計！」奮身躍入御河[27]。須臾，從之者盈三百，翠積脂凝[28]，河水爲之不流，而香且數日也。

費宮人目送其死而還，服主服，匿智井[29]中。賊鉤而出，見李自成，曰：「我，長公主也，若不得無禮！」自成見其豐豔，心欲納之，而每陞御座，輒神搖目眩，見白衣人長數丈者在前立，又恍如帝之辟易[30]於其左右也，心畏之而不敢，以賜其愛將羅姓者。羅於闖衙陷攻取，居首功，故自成賜之以酬勳。羅甚喜。宮人曰：「闖命，吾不敢違矣！然我，帝子[31]也。爾能設祭祭先帝，而祔[32]從難太監王承恩於其側，從容盡禮，則從子矣。」羅更喜甚，從其請。宮人泣拜先帝畢，併拜承恩，曰：「王公！王公！爾能死而復生以驗吾言乎？

吾將踐平生言矣！」

諸賊大張樂，爲羅賀。羅痛飲大醉。入內，宮人亦具酒，爲同牢巹酌㉝，又以大觥㉞連飲羅。羅曰：「吾得子，欲草一疏㉟謝闖王，而愧無文。」宮人曰：「是何難？我能之。君盍㊱寢，俟我撰就語君也。」羅愈喜，陶然㊲就臥，鼾如雷。

宮人屏去㊳侍女，挑燈㊴獨坐。聞中外之籟㊵俱靜，於是以纖指挾匕首，睨羅賊之喉，力刺之。羅頸裂，負痛躍起；屢仆屢躍而始僵。賊眾驚起，排闥㊶救之，已無及。時華燭㊷尚明，眾見宮人盛妝端坐而無語，審視之，則已剄㊸粉項㊹而悠然逝矣！聞於自成，自成駭歎而禮葬之，遂以爲公主已死而不復索。

作者

陸次雲，生卒年不詳，約康熙年間人。字雲士，人號北墅。浙江錢塘人。康熙十八年（西元一六七九年）舉「博學鴻儒」，可惜並未中選。次年，授郟縣（今屬河南）知縣。因父喪而辭去。後又擔任江蘇江陰知縣，有德政。擅長詩文，著作有《澄江集》一卷、《八紘譯史》四卷、《圓圓傳》等，內容多荒誕迷信的題材。

題解

明末時，闖王李自成攻進北京，崇禎皇帝自縊，大臣棄主逃走，當時宮中有長平公主、太子永王及宮人費貞娥。費宮人出生在天津東門里大費家胡同，是天津僉事費敬的族人，從小機智靈敏。

事發當晚，她要公主和太子急速逃走，自己扮成公主。當闖王進宮，費宮人被抓，她自稱長平公主，闖王見她相貌出眾，就將她賜與羅將軍。洞房花燭夜，費宮人用酒將羅灌醉後，用利刃刺死，自己也自盡而死。

注釋

① 德容莊麗：形容女子品德端莊，容貌美麗。

② 懷宗：明崇禎皇帝，即朱由檢，在位十七年，李自成攻入北京後，自縊而死。諡思宗。

③ 公主：懷宗的次女，周后所生，稱坤興公主，清朝追謚為長平公主。被懷宗以劍砍斷左臂後，藏匿於民間。清順治二年上書清廷，願削髮為尼，清廷不許，命她仍和未婚夫周顯成婚。順治三年病死。

④ 絕憐：很喜愛。絕，很。憐，愛。

⑤ 氛昌熾：氣勢昌盛。熾，音ㄔˋ，旺盛。

⑥ 竊：私下。

⑦ 王承恩：懷宗時為司禮秉筆太監，極獲信任。城破，隨懷宗自縊身亡。

⑧ 若：你。

⑨ 豫：同「預」，預先。

⑩ 數：音ㄕㄨㄛˋ，常常。

⑪ 泄泄：音ㄧˋㄧˋ，從容自在的樣子。

⑫ 不食其言：不會違背諾言。

⑬ 差：音ㄘ，略，稍。

⑭ 卿：你。

⑮ 甲申：明懷宗崇禎十七年，西元一六四四年。

⑯ 李自成：明陝西米脂人，崇禎初年自立為闖王，又稱李闖。崇禎十七年三月十九日攻陷北京城，懷宗自縊而死。

吳三桂引清兵入關後，李往西遁走，清順治二年九月，在湖北通城九宮山被村民所困，自殺而死。

⑰ 袁貴妃亦自縊：袁貴妃自縊時繩斷未死，懷宗拔劍殺之，仍未死。清廷命有司給其錢穀，贍養終身。

⑱ 刃嬪妃：砍殺宮妃。刃，動詞，殺。嬪：音ㄆㄧㄣˊ，古代帝王身邊的侍妾或宮女。

⑲ 慄：顫抖。音ㄌㄧˋ。

⑳ 萬歲山：指景山，相傳明永樂年間修築宮殿時曾在此堆煤，又稱煤山，在今北京神武門外。

㉑ 鼎湖：傳說古代黃帝乘龍昇天的地方，後來指帝王之死。

㉒ 尚衣監：明代官名，掌供天子衣服，由宦官擔任。

㉓ 顧：但，只是。

㉔ 國丈：指周后的父親周奎。

㉕ 承天門：在北京舊紫禁城午門內，明朝皇極殿的正門，現已沒有此門名。

㉖ 大內：皇宮。

㉗ 御河：皇宮裡的河。

㉘ 翠積脂凝：形容宮女的屍體堆滿了河中。翠，首飾。脂，音ㄓ，脂粉。

㉙ 眢井：枯井。眢，音ㄩㄢ，枯井無水。

㉚ 辟易：同「避移」，形容懷宗身影閃躲的樣子。

㉛ 子：指女兒。古人稱子兼指男女。

㉜ 祔：音ㄈㄨˋ，原指新死者與祖先合享的祭祀，此指王承恩附隨懷宗一起受祭。

㉝ 同牢巹酌：古代婚禮中夫婦共食一牲並合飲交杯酒。牢，祭祀用的牲畜。巹，音ㄐㄧㄣˇ，古代婚禮用的酒器。

㉞ 觥：音ㄍㄨㄥ，用兕牛角製成的酒器。

㉟ 疏：音ㄕㄨ，奏章。

㊱ 盍：音ㄏㄜˊ，何不。

㊲ 陶然：這裡形容醉飲而怡然自得的樣子。

㊳ 屏去：遣走，支開。

㊴挑燈：撥動燈芯，使燈火更明亮。

㊵籟：聲響。

㊶排闥：推開門。闥：音ㄊㄚˋ，門。宋．王安石有詩句：「一水護田將綠繞，兩山排闥送青來。」（〈書湖陰先生壁〉）

㊷華燭：花燭。

㊸剄：音ㄐㄧㄥˇ，以刀割頸。

㊹粉項：形容女子頸子的柔白，好像粉一樣。

評析

本文出現的兩位女性費宮人與魏宮人，在國破家亡後選擇的路並不同：魏宮人衡量自己沒有報仇的能耐，選擇跳河自盡；費宮人則謀劃報仇的計畫，等到仇報了才自盡殉國。兩者都需要莫大的勇氣，但是費宮人又多了智謀，是有勇有謀的奇女子。太監王承恩也是有始有終的人，陪伴崇禎到最後，上吊殉國。作者利用對比的方式，突顯了兩位女性、忠臣、昏君、流寇的形象，人物栩栩如生。

經典故事

莊重美麗的費宮人，是崇禎皇帝賜給公主的侍女，今年才十六歲，照理說，還在天真稚氣的時期，然而現在她卻蹙著眉頭，臉上充滿了擔憂。

近來流寇猖獗，皇帝非常憂心，費宮人便也跟著擔心。有一天，她忍不住拉了皇帝的近侍王承恩問長問短。王承恩說：「像妳這樣住在深宮的人，哪用得著知道。」費宮人卻說：「就是因爲住在深宮，才必須提前知道啊！」王承恩感到訝異，認爲費宮人不是普通的女子。

賊寇越來越猖獗，皇帝更擔心了，費宮人問王承恩的次數也更多了。王承恩有些不耐煩，說：「妳爲什麼只問我呢？」費宮人說：「因爲別人都不關心皇上與政事，只有您盡忠職守，所以才問您。」

王承恩更加認爲費宮人是奇女子，就問：「上回妳說要提前知道，是爲什麼？」費宮人說：「假如眞的發生不幸，當然只有一死殉國，不過我要報仇了才能死。」王承恩奇道：「此話當眞？」費宮人說：「以後就知道了。」

另一個魏宮人，年紀比費宮人大些，也很端莊美麗，聽她這樣說便道：「報仇很難，我怕做不到，如果大難眞的來臨，我只能一死表明心跡了。」王承恩暗暗納罕，認爲魏宮人也是奇女子。

闖王李自成終於攻破皇城。王承恩將噩耗報告上來，崇禎皇帝與周皇后哭著告別，所有人都哭了，周皇后與袁貴妃上吊自盡，皇帝拿劍殺了許多妃子，又把長平公主叫來說：「妳爲何要生在帝王家！」說完，就用左袖擋住臉，右手提劍砍去，如同切豆腐般砍斷了公主的左臂。

公主躺在血泊中一時沒死，皇帝看見親生女兒的慘狀，手不禁顫抖起來，沒有力氣再砍，於是出宮在景山上吊自殺。王承恩從容地拜了幾拜，也殉死了。

宮中一片死寂，費宮人的哭聲在走廊間迴盪，十分淒涼，她和太監何新把公主救醒。公主虛弱的說：「父皇讓我死，我怎麼敢偷生？等下賊人入宮，我終究會被找到的。」

費宮人溫柔但是堅定的說：「請把您的衣服賜給我，我冒充您，好讓您逃走。」公主就把衣服給了費宮人。何新背著公主匆匆逃走了。

終於，李自成從承天門入宮來了。魏宮人大聲喊：「賊人來了！妳我必定受到汙辱，該做最後的打算了！」說完就跳河自盡，跟她跳河的宮女超過三百人，女子的裝飾和脂粉鋪滿了河面，河水還因此阻塞，香味幾天也散不去。

費宮人目送魏宮人自盡後，就轉身回去換上公主的衣服，將自己藏在井中。闖王的軍隊進來後，大肆搜索，把她強行拉了上來。

費宮人見到李自成，嚴正的說：「我是長公主，不可無禮！」

李自成見到她的花容月貌，便想將她收爲妻妾，但是每次坐在龍椅上，就覺得頭暈眼花，看到好幾丈高的白衣人站在前面，彷彿看到崇禎皇帝趕他走。李自成心裡害怕，於是把她賜給了羅將軍。

羅將軍自然非常歡喜。費宮人卻說：「我畢竟是公主，如果你讓我祭拜父皇，我就心甘情願的嫁給你。」羅將軍很高興，便聽從了她的請求。

新婚之夜，羅將軍在喜筵上喝到大醉。回新房後，打扮得如花似玉的費宮人也準備好筵席，不停勸酒。羅將軍高興得喝醉了，就躺下來睡覺，鼾聲大作。費宮人便打發掉侍女，聽到周圍都沒聲音了，就拿出刀來，往羅將軍的喉嚨砍下，他痛得從床上跳起來，掙扎了幾下就死了。

屋外的人大驚，連忙推門進來搶救，但已經晚了，只見費宮人盛裝打扮好，低頭沉默的坐在床上。侍衛上前一看，才知道她已經刎頸自盡。

這件事傳到李自成那裡，李自成相當驚嘆，就將「公主」以禮安葬，於是賊人都以爲公主已死，從此不再追緝，眞正的長平公主才能逃過此劫。

第四十六課

偷靴

袁枚

經典原文

或著①新靴行市上，一人向之長揖②，握手寒暄，著靴者茫然曰：「素不相識。」其人怒罵曰：「汝著新靴便忘故人③！」掀其帽擲瓦④上去。著靴者疑此人醉，故酗酒。方彷徨間，又一人來，笑曰：「前客何惡戲耶！尊頭暴烈日中，何不上瓦取帽？」著靴者曰：「無梯，奈何？」其人曰：「我慣作好事，以肩當梯，與汝踏上瓦，何如？」著靴者感謝。乃蹲地上，聳其肩。著靴者將上，則又怒曰：「汝太性急矣！汝帽宜惜，我衫亦宜惜。汝靴雖新，靴底泥土不少，忍汙我肩上衫乎？」著靴者愧謝，脫靴交彼，以襪踏肩而上，其人持靴徑⑤奔，取帽者高居瓦上，勢不能下。市人以爲兩人交好，故相戲也，無過問者。失靴人哀告街鄰，尋覓得梯才下，持靴者不知何處去矣。

作者

袁枚（西元一七一六年—一七九七年），清代詩人。字子才，號簡齋，又號隨園老人，浙江錢塘（今浙江杭州市）人。曾任知縣。辭官後定居江寧，在小倉山下購築「隨園」隱居。袁枚在《隨園詩話》中說：「詩人者，不失其赤子之心者也。」強調作詩要有眞性情、有個性。詩作多寫性靈，抒發閒情逸致，有關民生社會的題材不多，卻別具清新靈巧。著有《小倉山房詩文集》、詩評《隨園詩話》、筆記小說《子不語》等。

題解

選自《子不語》，是一篇筆記小說。筆記小說，是內容以異聞、瑣事、雜事爲主的文言短篇小說。本文敍述一個穿新靴的人在街上行走，被兩個歹徒連哄帶騙地拿走靴子，手法猶如現代的「金光黨」。文章雖短，但作者用對話和動作描摹人物靈活生動，結局令人啼笑皆非，而且具有警世意義。

注釋

①著：音ㄓㄨㄛˊ，穿上。
②長揖：拱手高舉，自上而下的相見禮。
③故人：老友。
④瓦：覆於屋頂上，用以遮蔽風雨的建築材料。此指屋頂。
⑤徑：直接。

評析

袁枚曾說：「作人貴直，作詩文貴曲。」這篇〈偷靴〉便是用「曲折」的方式說故事。第一個丟帽子的騙子，讓人誤以爲他只是惡作劇。第二個騙子，則讓人以爲是善心人。直到最後，讀者才發現：原來是兩個騙子串謀設計的偷靴方法。騙子是洞察人性的詐騙者，他們善於洞察人性，往往利用人性的弱點達到詐騙的目的，現今社會中也有許多這類的拐騙事件，本文正有警惕人心的作用。下文「經典故事」以第一人稱改寫文章，透過騙子的角度來書寫，描寫騙子的心理，可製造懸疑的戲劇效果。

經典故事

我從事的這行業很辛苦，就像一般人需要努力工作才能豐衣足食。這工作特別的是很需要團隊合作，所以我和同事們培養出很好的默契。

今天我走在街上，準備工作了，忽然見到一個人穿著新靴子在街上走，那是一雙經典的黃色圓頭靴，簇新的料子柔軟服貼的包裹在腿上，輕便又保暖。

我朝著他走去，對他拱手行禮，拉著手親切問候：「老兄，咱們好久不見，真巧在這裡遇到你。」

他一臉茫然的看著我，說：「我和你不認識啊！」他緊皺著眉，像要從腦中搜索關於我的記憶。

我還是笑著對他說：「老兄，你穿上新靴就忘了老朋友嗎？」我打算捉弄他，就掀起他的帽子，丟上旁邊房屋的屋頂，又怕被責怪，就迅速的跑走了。

跑了一小段路，回頭看看，穿靴的並沒有追上來，我就偷偷的從另一條路溜回原來的地方，一看，他果然還在那裡，正抬頭望著屋頂上的帽子，不知該如何是好。

我偷偷地笑了，他一定是懷疑我喝醉了藉酒鬧事，才這樣捉弄他。我便留在附近看好戲。

這時候，又有一個人走了過來，那人的長相斯文，頭上戴著讀書人的頭巾，衣著十分整潔，他笑著對穿靴的說：「剛才那人怎麼對你惡作劇呢？現在你的頭暴露在大太陽底下，恐怕會被晒暈，爲什麼不爬上屋頂拿回帽子呢？」

穿靴的苦著一張臉，說：「唉，算我倒了楣！這下沒有梯子該怎麼辦？」

讀書人搖著頭，嘆口氣說：「算了算了！我經常做好事，那就用我的肩膀當作梯子，讓你踏上去屋頂拿帽子，怎麼樣？」

穿靴的很感謝，高興的對讀書人行禮。讀書人就蹲下去，聳起肩頭。

穿靴的正要踏上去，讀書人卻生氣的說：「你太性急了吧！你珍惜你的帽子，我也珍惜我的衣服啊！你的靴子雖然很新，但是鞋底的泥土也不少，你忍心弄髒我的衣服嗎？」

穿靴的非常不好意思，羞愧地道歉，便急急忙忙脫下靴子交給他，只穿襪子踏著讀書人的肩頭，順利的爬上了屋頂。

穿靴的很輕鬆就拿到他的帽子，當他要下來地面時，卻見讀書人拿著他的靴子跑走了。他愣住了，站在屋頂上無法下來，只能看著那人的身影越來越遠，最後終於看不見了。

街上的行人以爲他們是好朋友，只是故意戲弄對方而已，因此也沒人理會。失去靴子的人，只好在屋頂上苦苦哀求街坊鄰居找來梯子救他，弄了老半天才下來地面，而拿走靴子的人已經不知去向了。

我看到這裡，忽然背後有一隻手輕輕的拍我肩膀，回頭看，那個讀書人手上拎著一雙新靴子，得意的對我說：「這靴子很值錢呢，咱們拿到城裡賣，一個月吃穿都不是問題啦！」

我也得意的笑了。這行很辛苦，得大傷腦筋才能有收穫，而且如果「目標」太精明，防備心太高，可能就做白工了，但幸好愚昧的人多，而聰明的人少，看來這份工作可以持續下去了，哈哈！

第四十七課

芋老人傳

周容

經典原文

芋老人者，慈水祝渡①人也。子傭出②，獨與嫗居渡口。一日，有書生避雨檐下，衣濕袖單，影③乃爲瘦。老人延入座，知從郡城就童子試④歸。老人略知書，與語久，命嫗煮芋以進，盡一器，再進，腹爲之飽，笑曰：「他日不忘老人芋也。」雨止，別去。

十餘年，書生用甲第爲相國⑤，偶命廚者進芋，輟箸歎曰：「何向者祝渡老人之芋之香而甘也！」使人訪其夫婦，載以來。丞、尉⑥聞之，謂老人與相國有舊⑦，邀見，講鈞禮⑧。子不傭矣。

至京，相國慰勞曰：「不忘老人芋，今乃煩爾嫗一煮芋也。」已而嫗煮芋進，相國亦輟箸曰：「何向者之香而甘也！」老人前曰：「猶是⑨芋也，而向之香且甘者，非調和⑩之有異，時位之移人⑪也。相公昔自郡城走數十里，困於雨，不擇食矣。今者堂有錬珍⑫，朝分尚食⑬，張筵列鼎⑭，尚何芋是甘乎？老人猶喜相國之止於芋⑮也。老人老矣，所聞實多。村南有夫婦守貧者⑯，織紡井臼⑰，佐讀勤苦，幸獲成名，遂寵妾媵，棄其婦，致鬱鬱死。是芋視乃婦⑱也。城東有甲乙同學者，一硯一燈、一窗一榻，晨起不辨衣履。乙先得舉⑲，登仕路，聞甲落魄，笑不顧，交以絕。是芋視乃友也。更聞誰氏子⑳讀書時，願他日得志，廉幹如古人某，忠孝如古人某；及爲吏，以汙賄不飭㉑罷。是芋視乃學也。是猶可言也。老人鄰有西塾㉒，聞其師爲弟子說前代事，有將相，有卿尹㉓，有刺史守令㉔，或綰黃紆紫㉕，或攬褰裳帷㉖，一旦事變中起㉗，釁孽外乘㉘，輒屈膝叩首，迎款㉙唯恐或後，竟以宗廟社稷、身名君寵，無不同于芋焉。然則世之以今日而忘其昔日，豈獨一箸間哉！」

老人語未畢，相國遽懼謝曰：「老人知道㉚者。」厚資而遣之，于是老人之名大著。

作者

周容（西元一六一九年—一六七九年），字鄮山，一字茂三，一作茂山。號躄堂，鄞（今浙江寧波）人。明亡後曾落髮爲僧，後因奉養母親而還俗。周容負才名，有俠氣，曾受到戴殿臣御史的提攜，戴被海寇所掠時，他便以身爲質，代替受刑，以致足跛。康熙十八年，清廷開設詞科，召周容入京，他堅辭不就。於詩文書畫用工皆勤，時人稱他「畫勝於文，詩勝於畫，書勝於詩」。著有《春涵堂集》。

題解

選自《春涵堂集》。講述一位老人以煮芋頭招待貧寒的書生，書生覺得芋頭的味道十分香甜，立誓不忘老人的恩情。後來書生當上宰相，一日，吃廚師煮的芋頭，卻覺得沒有從前吃過的香甜，便將老人接來問究竟。老翁說，味道的好壞不是由於烹調方式，而是由於時空環境和個人際遇，人不能因爲眼前的榮華而忘掉過去。文章蘊含深刻的道理，發人省思。

注釋

①慈水祝渡：浙江慈溪縣祝家渡，在慈溪縣西南約三十華里。
②傭出：外出做僱工。
③影：身影，指體形。
④童子試：明清科舉時代童生的進學考試。
⑤用甲第為相國：由考取一甲進士而官至宰相。
⑥丞、尉：縣官的副職和助理官員。
⑦舊：舊誼、舊交。
⑧講鈞禮：行平等之禮，免除了尊貴上下之禮。鈞，同「均」。
⑨是：此。
⑩調和：烹調的意思。
⑪移人：改變人的性情。
⑫錬珍：烹製精美的食品。
⑬朝分尚食：於朝廷中分得皇帝賞賜的食品。尚食，官名，掌皇帝飲食。
⑭列鼎：比喻聲譽崇高，享有尊榮的地位。古時王侯公卿列鼎而食。鼎是青銅鑄成的炊器，後表示饌食豐美。
⑮止於芋：只是食芋時味覺有了改變。
⑯有夫婦守貧者：有一對貧苦的夫婦。強調「守貧」，含褒意。
⑰織紡井臼：操辦衣食，勤苦度日。井臼，汲水、舂（ㄔㄨㄥ）米。

⑱是芋視乃婦：這芋頭如同其妻子。是，此。乃，他的，其。指文中相國食芋昔甘今厭的態度。
⑲得舉：科舉及第。
⑳誰氏子：不知名的人，猶某家子。
㉑不飭：不守規矩，行為不軌。飭，音ㄔˋ。
㉒西塾：學塾。古時禮儀，主位在東，賓位在西。所以稱塾師為西賓，稱學塾為西塾。
㉓尹：京尹，京城地方長官。音ㄧㄣˇ。
㉔剌史守令：指府、州、縣三級地方長官。
㉕綰黃紆紫：形容官員身繫官印。綰，音ㄨㄢˇ，繫。黃，指代金印。紆，音ㄩ，繫戴，佩帶。紫，指代繫印的紫色絲帶。
㉖攬褰裳帷：撩起車轎的簾幔，形容官員做出要匡世濟民的模樣。褰，音ㄑㄧㄢ。裳，音ㄔㄤˊ。
㉗事變中起：宮廷中發生政治變故。
㉘釁孽外乘：外來的禍患乘機發生。釁，音ㄒㄧㄣˋ，爭端。孽，音ㄋㄧㄝˋ，災禍。乘，音ㄔㄥˊ，趁機。
㉙迎款：迎降歸順。
㉚知道者：懂得道理的人。

評析

荀子說過：「時位移人。」意思是隨著時間的推移、個人地位的變化，將使人在思想和品格等方面跟著改變。又有句話說：「換了位子就換了腦袋。」世上有太多因爲地位改變而改變初衷的例子，周容借賣芋老人之口揭露了這些現象。其實人的思想本來就不斷在變化，「時位移人」是自然，也是必然的。賣芋老人提出「莫忘初衷」，提醒相國要回到最初的心意，他想喚醒的，其實是人性中純樸與善良的一面，同時也是提醒享受榮華富貴的爲官者，不要忘記爲官的初衷是勤政愛民、清廉自持。

賣芋的老人與妻子是一對獨居老人，他們的兒子出外工作，只剩下老夫婦住在渡口相依爲命。

那天老人和平常一樣在家裡，忽然發現有位書生站在外頭的屋簷下躲雨，他身上的衣裳單薄，而且被雨水淋濕了，看起來弱不禁風的樣子。

老人便請書生進來坐坐，一問之下，才知道原來書生剛從城裡參加考試回來。老人略懂些詩書，談吐不凡，兩人談了好一陣子，老人就要求妻子煮芋頭請書生吃。

不久芋頭煮好，端出來時香味四溢，書生禁不住吃了一碗又一碗，十分飽足，他摸著肚子笑說：「將來一定不忘您老人家請的這頓芋頭！」等雨停了，書生就告辭離去。

時光飛逝，轉眼十多年過去了，書生已經擔任相國，富貴至極。

有一回相國心血來潮，要廚師煮好芋頭呈上，但他吃沒兩口就放下筷子嘆道：「爲什麼從前老人請的芋頭那麼香甜呢？」於是派人將老夫婦請過來敘舊。

相國高興的見過老人，寒暄後，終於開口要求：「我一直無法忘記您家的芋頭，今天想請老太太爲我煮芋。」老夫婦很乾脆的答應了。

不久老太太再度端上芬芳的芋頭，但相國嚐了幾口，還是失望的放下筷子，嘆道：「爲什麼從前吃過的芋頭比較甜美呢？」

老人眼神柔和的看著他，說：「那是因爲您的地位改變了呀！您當時只是個窮書生，淋雨後飢不擇食，吃什麼都覺得香，但現在天天有精美的佳餚可品嘗，怎能再體會芋頭的甜美呢？芋頭沒變，變的是人，但我還是很高興您只有口味改變而已。」相國聽了，一時半刻說不出話來。

老人又悠悠的說：「我年紀大了，聽過不少故事。村子南邊有對貧苦夫妻，妻子辛苦的操持家務幫助丈夫讀書，丈夫功成名就後，卻拋棄糟糠之妻而寵愛小老婆，害妻子憂鬱而死。城東有甲、乙兩位同學，他們一起苦讀，不分彼此，後來乙先做官，聽說甲潦倒了卻袖手不管，全忘了過去的友情。又聽說某人的孩子讀書時，家人對他殷切期待，指望他廉潔、有操守，但是他做官後，卻因爲貪汙被免職，所學的道理被拋在腦後。鄰居的私塾老師爲學生講故事，說到前朝高官得到朝廷俸祿、君王寵愛，卻在異族入侵時背叛國家，將往日的恩義拋棄。人有了今天就忘記昨天，豈止這頓芋頭而已！」老人語重心長的說著。

相國聽了老人的這番話，內心十分感動，連忙向老人行禮道謝。此後，老人賢明的名聲便傳揚開來，而相國不忘當初的芋頭和老人的恩情，也表現出他的賢達。

第四十八課

鵝籠夫人傳

周容

經典原文

鵝籠①夫人者，毗陵②某氏女也。幼時，父知女必貴，慎卜③婿，得鵝籠文，即婿之。母曰：「家云何？」曰：「吾恃④其文為家也。」家果貧，數年猶不能展一禮⑤。妹許某，家故豪⑥，遽行聘⑦。僮僕高帽束絛⑧者將百人，筐篚⑨亙里許。媒簪花曳彩，嘿⑩部署，次第⑪充庭戺⑫，錦繡、縠⑬、珠釧⑭，金碧光照屋梁。門外雕鞍駿騎，起驕嘶聲。宗戚壓肩視，或且曰：「乃姊家何似矣？」媼婢共圍其妹，歡笑吃吃。夫人靜坐治針𥻨黹⑮，無少異容。一日，母出妹所聘幣⑯，裁為妹服，忽慍曰：「爾姊勿復望此也！身屬布矣！」夫人聞之，即屏⑰去絲帛，內外惟布。再數年，鵝籠益落魄⑱。夫人妹已結鴛鴦枕，大鼓吹，簇鳳輿⑲出閣去。夫人靜坐治針黹，無少異容。

壬子⑳秋，鵝籠歲二十四，舉於鄉。夫人母謂已出意外，即鵝籠亦急告娶，夫人謂母曰：「總遲矣。」於是鵝籠愧而赴京。中兩榜㉑，俱第一人，名哄天下。南京兆㉒聞狀元貧，移公帑㉓金代行聘，官吏奔走執事㉔，宗戚媼婢閒，視妹時加甚。夫人仍靜坐治針黹，無少異容。已而鵝籠奉特恩賜歸，以命服㉕娶。撫、按㉖使者已下及郡守，俱集驛庭候，鵝籠親迎。自毗陵抵鵝籠家，絳紗併兩岸數十里，縣令角帶㉗出郊，伏道左。女子顯榮，聞見夫有也。十年爲相，夫人常以禮規放佚㉘，故鵝籠當時猶用㉙寡過聞。壬申，夫人卒於京邸㉚，朝廷賜祭者七，遣官護喪歸，敕㉛有司營葬。紼引㉜日，公卿勳貴，尊幄㉝鱗次，東郊如雲。水陸南經二十餘里，幾筵相接。卒時語鵝籠曰：「地高墜重，公可休矣！妾不自如何故，以今日死爲幸。」

閱歲，鵝籠予告㉞回里。久之，復夤緣㉟再相，縱淫恣亂政，賜死。

贊㊱曰：予至燕，聞鵝籠小帽青衫死古廟中，刑部錦衣諸官鑰門，覆命去。屍掛三日，旨下始殮，牛車載柳棺出郭㊲，無一視者。未死時，京師盛傳「十子謠」，十子者，如葉子㊳、附子㊴類。葉子戲初起，鵝籠篤好之，偕客鬥，恆通曙。直宿內閣㊵，輒攜女子男妝入。予友徐心水時爲侍御，嘗語予曰：「鵝籠善啖附子，對客不去口，故面如紅玉。」其賄也，厭銀矣，以金；金厭矣，以珠，俗稱金球俱親之以子，故與在十子，餘子予偶忘焉。鵝籠再相如此，知夫人卒時所言，固已窺其微也。嗚呼！夫夫㊶之得罪於國也，固先得罪於婦矣。

【作者】

周容。

題解

本文的鵝籠，據說影射明崇禎的宰相周延儒。作者藉著鵝籠夫人的言行與鵝籠對比，諷刺鵝籠的墮落。周延儒，字玉繩，號挹齋，江蘇宜興人。癸丑科連中會元、狀元。崇禎二年，命入內閣爲首輔。崇禎六年，周被溫體仁逐出京城；崇禎十年，溫體仁被罷免，周又入閣。崇禎十六年，清軍大兵壓境，周請求帶兵抗清，但出了京城後卻駐軍不敢迎戰，每日與部屬飲酒作樂，向朝廷謊報軍情。後來清軍兵退，錦衣衛指揮使駱養性上疏揭發眞相，其他官員也彈劾周。崇禎十七年，周被削職安置正陽門外古廟，賜自盡。

注釋

① 鵝籠：據《續齊諧記》記載，宜興人許彥遇一書生腳痛，要求坐進許彥的鵝籠裡，許彥讓書生入籠，負之不覺重。書生又從口中吐出佳餚器皿與許共飲。情節與幻術有關。這裡鵝籠喻宜興書生，借指周延儒。

② 毗陵：古縣名，即江蘇省武進縣。毗，音ㄆㄧˊ。

③ 卜：選擇。

④ 恃：音ㄕˋ，依靠。

⑤ 一禮：古代在確立婚姻過程中的六種禮儀。即納采、問名、納吉、納徵、請期、親迎。一禮指其中之一。

⑥ 豪：奢侈。

⑦ 行聘：下聘訂婚。

⑧ 絛：音ㄊㄠ，用絲編成的繩帶。

⑨ 篚：音ㄈㄟˇ，古代盛物用的圓形竹器。

⑩ 嘿：音ㄇㄛˋ，同「默」，閉口不說話。

⑪ 次第：轉眼，頃刻。

⑫ 戺：音ㄕˋ，堂前階旁所砌的斜石。

⑬ 縠：音ㄏㄨˊ，縐紗。

⑭ 珠釧：珠寶首飾。釧，音ㄔㄨㄢˋ，手鐲。

⑮ 針黹：縫紉、刺繡等工作。黹，音ㄓˇ，女紅的通稱。指刺繡、縫紉等事。

⑯ 幣：禮物，財物。

⑰ 屏：音ㄅㄧㄥˇ，除去。

⑱ 落魄：失意，窮困。

⑲ 鳳輿：花轎。輿，音ㄩˊ，轎子。

⑳ 壬子：萬曆四十年（西元一六一二年）。

㉑ 中兩榜：會試、殿試皆考中。明萬曆四十一年，周延儒會試、殿試均為第一名。

㉒ 南京兆：南京的京兆尹。

㉓ 帑：音ㄊㄤˇ，國有的錢財、公款。

㉔ 執事：擔任工作，從事勞役。

㉕ 命服：古代官員按其等級所穿著的衣服。

㉖ 按：巡按。明代派監察御史分視各省區，考核吏治，稱巡按。

㉗ 角帶：裝束打扮。角，結髮為飾。帶，束衣帶。

㉘ 放佚：放縱享樂。佚，音ㄧˋ，同「逸」，放蕩的、放縱的。

㉙ 用：以，因此。

㉚ 邸：音ㄉㄧˇ，府第。

㉛ 敕：音ㄔˋ，命令。

㉜ 紼引：牽引靈車的繩索。此指靈柩啟程。紼，音ㄈㄨˊ，下葬時拉引靈柩入墓穴的繩索。

㉝ 尊幄：舉行祭奠的帷帳。

㉞ 予告：准予休假。告，官吏請假回家稱告歸。

㉟夤緣：比喻攀附權貴以求進身。夤，音 ㄧㄣˊ，攀附求進。
㊱贊：評語。
㊲郭：城牆。
㊳葉子：一種紙牌，可作為賭具。
㊴附子：中藥名。具有回陽袪寒等功效。
㊵直宿內閣：於內閣值夜班。直宿，守夜。內閣，官署名。入閣者多為尚書、侍郎，實際掌握宰相權力。
㊶夫夫：音 ㄈㄨˊ ㄈㄨ。第一個「夫」，發語詞。第二個「夫」，丈夫。

評析

鵝籠夫人出嫁前就不慕榮利，成爲宰相夫人後，也沒有得意忘形，繼續嚴以律己，用她不同凡俗的見識與德行，當丈夫的賢內助。她對丈夫有深刻的了解，知道鵝籠雖然有才華，個性卻極有問題，得勢後，也將因爲行爲驕奢而走向敗亡，文中描寫迎娶及送葬的盛大場面，就暗示了鵝籠好大喜功的性格。夫人因此勸退鵝籠。鵝籠夫婦一個賢明、一個墮落，形成強烈的對比，揭示驕奢必敗的道理。

經典故事

鵝籠死了，用七尺白綾結束了一生。

他頭戴小帽，身穿青衫，身體懸掛在古廟的梁上，足足三天之久。據說他自盡前聲聲喊著：「夫人，我對不起妳！」但夫人已聽不見了。

鵝籠夫人是毗陵某户人家的女兒。小時侯，父親懷抱聰慧的她，慈愛地說：

「妳將來肯定貴不可言。」便愼重地選擇女婿。某次得到書生鵝籠的文章，驚爲天人，立刻就定他爲女婿。母親問：「他家境怎樣？」父親回答：「我把他的文章當作他的家產。」鵝籠家的確很窮，幾年來都還不能下聘迎娶。

夫人的妹妹則許配給有錢人家，很快就要下聘。那天，護送聘禮的僮僕將近百人，他們頭戴高帽繫絲帶，光是裝聘禮的籮筐就綿延了約一里路。媒人周身插花掛彩，喜氣洋洋地，聘禮擺滿了庭院的臺階。各類絹絲及珠子串成的手鐲，耀眼奪目，照亮了整間屋子。門外的駿馬也驕傲地長聲嘶鳴。

親友們擠成一團圍觀。有人問妹妹：「妳姐夫家也像這樣嗎？」丫頭們圍住妹妹，掩著嘴兒吃吃笑。鵝籠夫人仍靜靜地做針線活，一點也不爲所動。

有一天，母親拿出妹妹的聘禮準備製作新衣，忽然扔下針線生氣地說：「妳姐姐沒指望了！這輩子只能穿粗布衣服了吧！」鵝籠夫人聽見，馬上進房脫去絲織衣服，裡外都換上了粗布衣裳，以表明心志。

又過幾年，鵝籠更加不得志，也更加不敢想娶妻的事。但夫人的妹妹卻要出嫁了，出閣那天鑼鼓喧天，熱鬧非凡，妹妹乘坐紮成鳳形的車駕離開家門。但鵝籠夫人仍靜靜地做針線活，一點也不爲所動。

鵝籠二十四歲時，在鄉試中了舉人。夫人的母親驚訝不已，鵝籠急忙請求迎娶。鵝籠夫人卻淡淡的對母親說：「反正已經遲了。」鵝籠知道後深感愧疚，便立即進京趕考，在會試、殿試考取狀元，名聞天下。

南京府尹聽說狀元家裡很窮，便私自動用公款為他準備聘禮，大小官吏總動員，都前來幫忙，親友及丫頭比圍觀妹妹受聘禮時還要興奮。然而鵝龍夫人仍靜靜地做針線活，一點也不為所動。

不久，皇帝特別恩賜鵝籠回家娶妻。巡撫等官員到驛站等候，縣官盛裝伏道迎接，河岸數十里都是迎親的絳紗。一個女人如此顯貴，實在從沒見過。

「十年了，」夫人望著宰相丈夫，說道：「您要改掉放縱驕逸的行為啊！」十年來在夫人的規勸下，鵝籠成為有名的清官。然而夫人病了，她伸出蒼白細瘦的手，握著丈夫說：「站得越高，摔得越重，夫君可以退下了。不知什麼緣故，我感到今天死了才是幸運。」但鵝籠不能理解妻子的話。

夫人蒼白的手，終於向人間揮手告別。朝廷賞賜祭祀的禮儀，為夫人舉行了盛大的葬禮，連續進行了七天七夜，比她的婚禮更隆重鋪張。

過了一年，鵝籠辭官請假回鄉。又過了幾年，他攀附權貴再度當上宰相，此時他開始縱欲專權，紊亂朝政，終於獲罪被皇帝賜死，屍體懸掛了三天才入殮，牛車將柳木薄棺抬出城外時，沒有人觀看。

風噓溜溜的掠過了棺木。

唉，一個人對不起他的國家，肯定先前就對不起他的夫人了。

第四十九課

口技

林嗣環

經典原文

京中有善①口技者。會②賓客大宴，於廳事③之東北角，施八尺屏障，口技人坐屏障中，一桌、一椅、一扇、一撫尺④而已。眾賓團坐。少頃⑤，但聞屏障中撫尺一下，滿坐寂然，無敢嘩者。

遙聞深巷中犬吠，便有婦人驚覺欠伸⑥，其夫囈語⑦。既而⑧兒醒，大啼。夫亦醒。婦撫兒乳⑨，兒含乳啼，婦拍而嗚之⑩。又一大兒醒，絮絮⑪不止。當是時⑫，婦手拍兒聲，口中嗚聲，兒含乳啼聲，大兒初醒聲，夫叱大兒聲，一時齊發，眾妙畢備⑬。滿坐賓客無不伸頸，側目⑭，微笑，默嘆，以爲妙絕⑮。

未幾⑯，夫齁聲⑰起，婦拍兒亦漸拍漸止。微聞有鼠作作索索⑱，盆器傾側⑲，婦夢中咳嗽。賓客意少舒⑳，稍稍正坐。

忽一人大呼「火起」，夫起大呼，婦亦起大呼。兩兒齊哭。俄而㉑百千人大呼，百千兒哭，百千犬吠。中間力拉崩倒㉒之聲，火爆聲㉓，呼呼風聲，百千齊作；又夾百千求救聲，曳屋許許聲㉔，搶奪聲，潑水聲。凡所應有，無所不有㉕。雖㉖人有百手，手有百指，不能指其一端㉗；人有百口，口有百舌，不能名其一處也。於是賓客無不變色[28]離席，奮袖出臂，兩股戰戰[29]，幾欲先走。

忽然撫尺一下，群響畢絕[30]。撤屏視之，一人、一桌、一椅、一扇、一撫尺而已。

作者

林嗣環（西元一六〇七年—一六六二年），字起八，號鐵崖。福建安溪赤嶺後畬人（現安溪縣官橋鎮赤嶺村）。自幼聰穎，七歲能寫文章。早年應試，因文字出色，被主考官誤以爲他人代筆，因而落榜。順治六年己丑科進士，授大中大夫，調任廣東瓊州府先憲兼提督學政。康熙初年，擔任山西左參政道，口碑甚佳。死於西湖寓所，家貧無法爲其入斂，好友將他葬在昭慶寺西五里龍潭。著有《鐵崖文集》、《海漁編》、《嶺南紀略》、《荔枝話》、《湖舫集》、《過渡詩集》、〈口技〉等。

題解

〈口技〉選自清代張潮所輯的《虞初新志．秋聲詩自序》。本文原是林嗣環的〈秋聲詩〉的序言，作者原意是藉描寫口技者的「善畫聲」，說明〈秋聲詩〉亦是善於描寫的作品。口技是一種傳統技藝，是藝人長期在生活中觀察、揣摩、勤學苦練而得的，本文的絕妙處，就在藝人能用嘴巴和簡單的道具，摹擬出各種聲響，讓聽者如臨其境、如聞其聲；而作者的描寫技巧也如同故事中的藝人，出神入化，令讀者讚嘆不已。

注釋

①善：擅長，善於。
②會：適逢。
③廳事：大廳，客廳。本為衙署裡的大堂，後私人房屋稱之。
④撫尺：藝人表演用的道具，也叫「醒木」。撫，音ㄈㄨˇ。
⑤少頃：音ㄕㄠˇ ㄑㄧㄥˇ，一會兒。
⑥驚覺欠伸：驚醒後打哈欠，伸懶腰。
⑦囈語：說夢話。囈，音ㄧˋ。
⑧既而：不久。
⑨乳：餵奶。
⑩嗚之：輕聲哼唱著哄小孩入睡。
⑪絮絮：連續不斷地說話。
⑫當是時：在這時候。
⑬衆妙畢備：各種妙處都具備，指各種聲音都模仿得極像。
⑭側目：斜眼旁視。
⑮妙絕：奇妙極了。
⑯未幾：不多久。
⑰齁聲：打鼾的聲音。齁，音ㄏㄡ。
⑱作作索索：狀聲詞，老鼠活動的聲音。
⑲傾側：偏斜。傾，音ㄑㄧㄥ。
⑳意少舒：心情稍微放鬆了些。
㉑俄而：一會兒。

㉒力拉崩倒：劈里啪啦，房屋倒塌。

㉓火爆聲：烈火燃燒物品爆裂的聲音。

㉔曳屋許許聲：衆人拉倒燃燒的房屋時，一齊用力呼喊的聲音。曳，音ㄧˋ，拉。許許，音ㄏㄨˇ ㄏㄨˇ，狀聲詞。

㉕凡所應有，無所不有：凡是在這種情況下應該有的聲音，沒有不具備的。形容聲音之雜。

㉖雖：即使。

㉗不能指其一端：不能指明其中的一種聲音。

㉘變色：面色改變。

㉙戰戰：打哆嗦，發抖。

㉚群響畢絕：各種聲音都沒有了。

評析

口技是雜技的一種，包含了腹語術，口技藝人運用嘴、舌、喉、鼻等發音技巧，模仿出各種聲音，不論是活著的人、動物或是無生命的物體都能模仿，使聲音歷歷在耳，更藉由聲音激發出無限的想像力。上古時候，人類爲了狩獵而模仿各種鳥獸的聲音，藉此引誘鳥獸；直至數千年前，發展成口技與腹語術等表演。讀者在故事中所「聽」到的聲音，都是口技藝人模仿出來的，作者描述得十分細膩而有層次。

經典故事

今晚，京城裡的官宦人家大宴賓客，請知名的口技藝人來演出。府中處處張燈結綵，語笑喧譁，眼見天色已暗，僕人便點燃了紅燭，大廳被燭火映照得紅豔豔的，流露出官宦人家的富貴風流。

大廳的東北角落，張設著寬約八尺的大紅繡花細紗帳幕，圍得密密嚴嚴的，口技藝人就坐在裡面。帳幕中只有一張桌子、一把椅子、一面扇子和一塊醒木而已。所有賓客團團圍坐在帳幕外。一會兒，就聽到帳幕裡頭一聲醒木響起，所有人精神一振，四下靜悄悄的，沒人敢大聲喧鬧。

就在屏氣凝神之際，遠遠地，聽見深巷裡有狗兒「汪汪」吠叫，有婦人驚醒了，邊「哎」地打呵欠、邊伸懶腰。她的丈夫正喃喃說著夢話。

不久婦人的孩子醒了過來，「哇哇」大聲哭了；丈夫也跟著醒了過來。婦人一邊安慰小孩、一邊餵小孩吃奶，她輕拍小孩並輕聲地哼唱，很溫柔的。又有個較大的孩子醒過來了，童言童語地說個不停。

這時，婦人用手拍拍小孩、嘴裡唱歌的聲音，小孩邊吸奶、邊哭的聲音，大孩子剛醒過來絮叨的說話聲音，人在床上動的聲音，丈夫粗聲斥責大孩子的聲音，尿瓶的叮噹聲，尿尿在尿桶裡的聲音，全部在同一時間發了出來，具備了各種聲音的巧妙，描繪出鮮活的家庭故事。

在座賓客，沒有人不伸長了脖子、側著頭注意聆聽，臉上微微含笑，心頭默默讚嘆著，認爲這口技藝人的表演眞是妙極了！

沒多久，丈夫發出了陣陣的鼾聲，婦人拍孩子也漸漸地停下來了。房屋的一角，似乎有老鼠正在窸窸窣窣地活動，盆盆罐罐傾斜翻倒，都是細細微小的雜音。

婦人在睡夢中輕輕咳嗽了。

賓客的心情也跟著這些細小日常的聲音，稍微放鬆了些，也稍稍地坐正了。

忽然有個人大喊：「失火了！」丈夫起來大叫，婦人也起來大叫，兩個小孩一起哭了。不久便有幾千幾百人大叫，幾千幾百個小孩在哭，幾千幾百條狗吠叫。當中混雜著房屋崩倒、瓦石掉落的聲音，火燒爆裂的聲音，呼呼的風聲，幾千幾百種聲音同時發出來，又夾雜著幾千幾百人的求救聲，眾人拉倒房屋「許許」的聲音，搶救東西和潑水的聲音。

凡是火場該有的聲音，帳幕中通通都有了。即使一個人有百隻手，一隻手有百枝指頭，也不能夠一樣樣地指出這些聲音；即使一個人有百張嘴，一張嘴有百條舌頭，也不能夠一樣樣地形容出來。此刻卻聽得分明。

於是，所有的賓客無不被「火災」嚇得變了臉色，他們離開座位，甩甩袖子，伸出手臂，兩腿發抖，差點就想搶先逃離「火場」。

忽然帳幕裡敲了一下醒木，聲音全部停止了。等僕人撤走屏帳，賓客們仔細一看，裡頭不過是一個人、一張桌子、一把椅子、一面扇子和一塊醒木而已。

第五十課　兒時記趣

沈復

經典原文

余憶童稚時，能張目對日，明察秋毫[1]。見藐小微物，必細查其紋理，故時有物外之趣[2]。

夏蚊成雷[3]，私擬[4]作群鶴舞空。心之所向[5]，則或千或百，果然鶴也；昂首[6]觀之，項爲之強[7]。又留蚊於素帳中，徐噴以煙[8]，使之沖煙飛鳴，作青雲白鶴觀；果如鶴唳[9]雲端，爲之怡然稱快[10]。

又常於土牆凹凸處、花臺小草叢雜處，蹲其身，使與臺齊；定神細視，以叢草爲林[11]，蟲蟻爲獸；以土礫[12]凸者爲丘，凹者爲壑[13]；神遊[14]其中，怡然自得。

一日，見二蟲鬥草間，觀之，興正濃，忽有龐然[15]大物，拔山倒樹而來，蓋[16]一癩蝦蟆[17]也。舌一吐而二蟲盡爲所吞[18]。余年幼，方出神，不覺呀然[19]驚恐。神定，捉蝦蟆，鞭[20]數十，驅[21]之別院。

作者

沈復（西元一七六三年—一八二五年），字三白，號梅逸，蘇州人。年輕時曾擔任幕僚，後從事商業。沈復出生於師爺世家，父親在貧困中死去，他子承父業，拜師學做師爺。他擅長繪畫、文章。娶妻芸娘，夫婦頗相愛，但因爲不見容於翁姑，幾至離異，芸娘鬱鬱而終。著有《浮生六記》，文字簡潔而生動，爲自傳小說。

題解

選自《浮生六記》，本文敘述作者童年生活的情趣。作者童年時以敏銳的觀察力和豐富的想像力，將平常的事物幻想成新奇的景象，並從中獲得許多生活的樂趣。撰寫時，作者先描述其觀察力之敏銳，再分別敘述觀察夏蚊、草石、蟲蟻以及癩蝦蟆吞蟲等三件趣事的過程，引人入勝。

注釋

① 明察秋毫：形容視力敏銳，能清楚地看見極微小的東西。秋毫，鳥獸到秋天新生的細毛。

② 物外之趣：指事物本身以外的樂趣。

③ 夏蚊成雷：夏天蚊子成群飛鳴，嗡嗡聲像雷鳴似的。

④ 私擬：私自比擬。

⑤ 心之所向：內心所想到的。向，往的意思，意志之歸趨。

⑥ 昂首：抬頭。

⑦ 項為之強：脖子因此僵硬了。項，脖子後部。為，音ㄨㄟˋ，因為。之，此，指「抬頭看蚊子」這件事。強，音ㄐㄧㄤˋ，僵硬。

⑧徐噴以煙：即「以煙徐噴」，用煙慢慢地噴。以，用。徐，緩慢。
⑨唳：音ㄌㄧˋ，鳥類高聲鳴叫。
⑩怡然稱快：高興的叫好。怡然，喜悅的樣子。稱快，叫好。
⑪以叢草為林：把叢生的雜草當作樹林。
⑫礫：音ㄌㄧˋ，小石子。
⑬壑：音ㄏㄨㄛˋ，山谷。
⑭神遊：足跡未到，而心神已遊歷該處。
⑮龐然：巨大的樣子。
⑯蓋：原來是。
⑰癩蝦蟆：音ㄌㄞˋ ㄏㄚˊ ˙ㄇㄚ，又名蟾蜍，蛙類，身體呈暗褐色，背有斑點。
⑱盡為所吞：全部被（癩蝦蟆）吞食。盡，完全。為，音ㄨㄟˊ，被。
⑲呀然：吃驚的樣子。呀，音ㄧㄚ。
⑳鞭：鞭打。動詞。
㉑驅：趕走。

評析

童年時期的沈復以敏銳的觀察力和豐富的想像力，在看似平凡無奇的事物中，找到了生活的樂趣，開拓出屬於自己的精神世界。人的生活雖然充滿了酸甜苦辣，但也充滿了情趣，只要抱持一顆純眞的童心，對周遭事物多一點關注，多些觀察，多些想像，就能化腐朽爲神奇，獲得無窮的閒情逸趣。希望每個人都保有一顆赤子之心，以美的角度和喜樂的心情，用心看待日常生活中的平凡事物，並且尊重生命、熱愛生命。

記得當時年紀小，我睜大了眼睛看著太陽，眼力極好，可以看清楚極其細小的東西，比如說，秋天的鳥兒新生出來最纖細的羽毛。只要看到細小的東西，我一定仔細地觀察它的紋路，所以常能感受超越事物本身或世俗以外的樂趣。

夏天的傍晚，蚊子嗡嗡發出像雷聲般的飛鳴聲，我將牠們比做一群在空中飛舞的鶴。每當我內心有這樣的想法，那些成千成百飛舞著的蚊子，果然就像滿天飛舞的鶴了。我抬起頭觀賞這奇異的景象，看得出神，脖子都僵硬了。

我留了幾隻蚊子在白色的蚊帳裡，用煙慢慢地噴牠們，讓牠們在煙霧的逼迫下直向上飛舞鳴叫，我把這景象比做白鶴飛舞在青雲中，果然牠們眞的像白鶴在雲端高亢地叫著，我也因爲這樣高興得拍手大呼痛快。

我也常常在低窪、凹凸不平的土牆邊，還有雜草叢生的花台邊，蹲下自己的身子，使身體和花台一樣高，聚精會神地觀察著。

那時，我會把繁茂的雜草當作樹林，把昆蟲螞蟻想像成野獸，把有泥土瓦礫高起的地方當作山丘，而把低陷下去的地方當作山溝。我想像自己縮得很小很小，我的心在這片小世界裡悠閒自在的遊歷，感到心情舒暢，自得其樂。

有一天，我看見兩隻小蟲在草叢之間打鬥，我就仔細的觀察牠們，正看得興致勃勃的時候，忽然有一個體型龐大的傢伙，像搬開大山、撞倒大樹一樣地闖了過來，聲勢浩大——原來是一隻癩蛤蟆。

只見癩蛤蟆伸出長長的舌頭，這兩隻小蟲就全被吞進肚裡去了。

我當時年紀很小，冷不防見到這一幕，不禁「哎呀」一聲驚叫出來，心頭不禁害怕起來。等到心神安定了，才捉住這隻癩蛤蟆，拿草鞭打了牠幾十下，把牠趕到別的院子去了。

《新古文觀止的故事》閱讀素養100題

1.（　）燭之武是以什麼論點說服秦穆公？何者為非？（《左傳・燭之武退秦師》）

(A)晉國想藉著戰爭削弱秦國。
(B)燭之武稱晉文公曾食言，沒有將焦、瑕二地贈給秦穆公。
(C)晉與鄭締結聯盟，由晉軍在戰爭中倒戈陷害秦軍。
(D)攻鄭是為了協助晉文公對鄭文公報仇，秦國得不到利益。

2.（　）晉文公阻止子犯請擊秦師的主因是（《左傳・燭之武退秦師》）

(A)晉文公感念秦穆公，亟思回報。
(B)秦國倒戈與鄭國結盟，造成晉國勢單力孤。
(C)晉國未來還要與秦國合作霸業。
(D)晉文公不願意背棄結盟的友邦。

3.（　）晉文公「退避三舍」的目的是什麼？（《左傳・退避三舍》）

(A)為報答過去楚成王收留公子重耳（晉文公）的恩情。
(B)為在歷史上留下「誠信」的美名。
(C)為讓士兵養精蓄銳，故先以退為進。
(D)為使楚軍驕傲輕敵，好引誘楚軍到城濮一舉消滅。

4.（　）楚成王為何不接受子玉的建議除掉重耳？（《左傳・退避三舍》）

(A)認為重耳必能回國即位，多一個朋友就少一個敵人。

(B)忌憚重耳身邊的隨從本領高強。
(C)打算隔岸觀虎鬥，讓晉惠公對付重耳。
(D)老天眷顧重耳，除掉重耳就是逆天而行。

5.（　）鄭莊公對付共叔段的過程，何者為非？（《左傳・鄭伯克段於鄢》）
(A)不給共叔段制地，是因為制的地理形勢適合作戰。
(B)為顧念母親武姜的感受，而縱容弟弟共叔段的行為。
(C)允許京地城牆超越國都，是為了陷共叔段於不義。
(D)確定共叔段叛變的日期再反擊，方能師出有名。

6.（　）〈鄭伯克段於鄢〉一文對人物的描述，何者正確？（《左傳・鄭伯克段於鄢》）
(A)武姜圖謀叛變，於是慫恿共叔段發兵偷襲鄭國國都。
(B)公子呂欲離開鄭莊公，轉而追隨共叔段。
(C)祭仲看清共叔段擴張土地是為了圖謀造反。
(D)子封想儘早消滅共叔段，以建立功業。

7.（　）史官董狐撰史寫「趙盾弒其君」的原因是（《左傳・趙盾弒其君》）
(A)使趙盾背負罵名。
(B)趙盾唆使趙穿弒君，是幕後的主使者。
(C)晉靈公派人刺殺趙盾，趙盾因而有弒君的念頭。
(D)趙盾「亡不越竟，反不討賊」，故有弒君的惡名。

8.（　）孔子讚美趙盾為「古之良大夫」，最可能的原因是（《左傳・趙盾弒其君》）

(A)這是明褒暗貶的「詭詞」，孔子本意是譴責趙盾。
(B)趙盾勤政愛民，天未亮就準備上朝議政。
(C)趙盾聽到晉靈公被殺，立刻返回穩定民心。
(D)趙盾沒有弒君之實，卻被董狐誣指弒君，値得同情。

9.（　　）〈周鄭交質〉一文顯示的政治現實，何者爲非？（《左傳・周鄭交質》）
(A)周是天子，鄭是諸侯，《左傳》將周、鄭二國並稱，於禮不合。
(B)周平王自降身分與鄭交換人質，失去天子的尊嚴。
(C)周、鄭皆以王子爲人質，展現了最高的誠意。
(D)周平王身爲天子而沒有實力，不能壓制諸侯。

10.（　　）「信不由中，質無益也」，說明什麼道理？（《左傳・周鄭交質》）
(A)交換人質以約束信用，是最有效的方式。
(B)信用如果不是發自心中，交換人質也沒用。
(C)人質的本質條件若不好，交換人質也沒用。
(D)訂立合約不如交換人質來得有約束力。

11.（　　）面對晉國要求借道，虞公犯了什麼錯誤？（《左傳・宮之奇諫假道》）
(A)晉侯連同祖兄弟虢國都能誅殺，何況遠親的虞國。
(B)如果君王無所作爲又引狼入室，神明也無法保佑。
(C)虢是虞的敵人，正好可以借晉國之力除之。
(D)晉侯和虞公的祖先有血緣關係，可以信任。

12.（　）「輔車相依，脣亡齒寒」所指的政治形勢是（《左傳・宮之奇諫假道》）
(A)相鄰的虞、虢等小國，應團結起來抵禦外侮。
(B)同宗的虞、晉要團結起來消滅虢國。
(C)晉國假意借道，再與虢國團結起來併吞虞。
(D)晉、虞、虢都是周的諸侯國，不應自相殘殺。

13.（　）子魚認爲發動進攻最有利的時機是（《左傳・子魚論戰》）
(A)在鄭國與楚國結盟後，爲了削弱楚的力量，應儘快攻打鄭。
(B)趁敵軍渡水，尚未整軍完備時發動攻擊。
(C)要在宋襄公最有鬥志時與楚軍一戰。
(D)兵在精不在多，趁宋軍人少時發動攻擊，更可發揮力量。

14.（　）宋襄公遲遲不攻擊的主因是（《左傳・子魚論戰》）
(A)我仁義待人，他人必如此待我。
(B)欲以仁愛之心感化敵軍，使敵人自願投誠。
(C)攻擊還沒有排好陣勢的敵人，是小人的行爲。
(D)戰爭會造成雙方的死傷，不如化敵爲友。

15.（　）曹劌認爲「可以一戰」的先決條件是（《左傳・曹劌論戰》）
(A)君主將衣帛分享給百姓，獲得民心。
(B)祭祀時，誠實地奉獻祭品給神明。
(C)將兵馬、糧草都準備妥當，方能出兵。

(D)君主盡心盡力照顧百姓，官司與賞罰公平合理。

16.（　）曹劌爲何三番兩次阻止魯莊公開戰？（《左傳・曹劌論戰》）
(A)魯軍擊鼓的氣勢不夠，需再勤加鍛鍊。
(B)齊軍擊鼓時可能假裝力弱，必須加以觀察。
(C)齊軍退兵時車輪痕跡整齊，高舉旗幟，必定有詐。
(D)趁我軍擊鼓氣盛而敵軍氣竭時攻擊，才有勝算。

17.（　）「介之推不言祿」是因爲（《左傳・介之推不言祿》）
(A)晉文公賞賜給無功之臣，而這群小人也爭著討封賞。
(B)晉文公忘記介之推的功勞。
(C)介之推埋怨沒有得到封賞，索性歸隱山林。
(D)介之推欲藉「不言祿」警醒晉文公遠離小人。

18.（　）晉文公沒有封賞介之推，較合理的答案是（《左傳・介之推不言祿》）
(A)介之推鼓動百姓寫詩嘲笑晉文公。
(B)介之推割股救主，卻也因此功高震主。
(C)介之推爲人耿直，得罪了晉文公。
(D)介之推的功勞太大，沒有合適的封賞可以給他。

19.（　）楚莊王對王孫滿「問鼎」的目的是（《左傳・王孫滿對楚子》）
(A)想知道鼎的重量是多少。
(B)想了解鼎的歷史。

(C) 表示企圖奪取周天子的政權。
(D) 爲了侮辱周室。

20.（　）王孫滿是用什麼論點使楚莊王退兵？（《左傳・王孫滿對楚子》）
(A) 鼎上面的圖畫能避邪，所以上天會庇護周朝。
(B) 鼎有固定安放的位置，任何人都無法移動。
(C) 天命在周，楚莊王若有侵犯之心，老天會降下災禍。
(D) 周天子有德，楚莊王無德，鼎只跟隨有德之人。

21.（　）勾踐在國內如何「生聚教訓」？何者爲非？（《國語・勾踐復國》）
(A) 臥薪嘗膽，國仇家恨不敢一日或忘。
(B) 親自下田耕作，與人民同甘共苦。
(C) 重用文種、范蠡等賢臣，採納建議。
(D) 自居吳王的奴隸，爲其親嘗糞便，以獲得信任。

22.（　）「古之賢君，不患其衆之不足也，而患其志行之少恥也」，意思是（《國語・勾踐復國》）
(A) 君主必須獲得多數人民支持，才能鞏固政權。
(B) 軍隊最重紀律，若軍人不知羞恥，就無法服從指揮作戰。
(C) 君主知廉恥，才能作爲人民的表率。
(D) 越多人支持君主，越能使國家免於敵國的恥辱。

23.（　）敬姜與兒子文伯談話的主要目的是（《國語・敬姜論勞逸》）
(A) 要文伯盡忠職守，不要忘記祖先的功業。

(B)文伯已經位居大夫，勸他不必再辛勤勞累。
(C)希望帝王、后妃都以身作則勤奮工作，國家才能強盛。
(D)文伯如果殆忽職守，可能招來禍患。

24.（　）「民勞則思，思則善心生；逸則淫，淫則忘善，忘善則惡心生。」意思是（《國語・敬姜論勞逸》）
(A)過於勞累、思慮過甚，會有邪惡淫逸的念頭產生。
(B)業精於勤，荒於嬉。
(C)勤勞使人向善；安逸則使人墮落。
(D)勤勞可致成功，懶惰則導致失敗。

25.（　）「防民之口，甚於防川。川壅而潰，傷人必多；民亦如之。」何者為非？（《國語・召公諫厲王弭謗》）
(A)治理人民，一如治理河川。
(B)杜悠悠之口最好的方式，就是堵塞。
(C)民心之向背，需要在上位者時時體察。
(D)民情輿論需要有合理的發洩管道。

26.（　）以下何者不是召公規勸厲王的言論？（《國語・召公諫厲王弭謗》）
(A)治理河川，必須予以疏導。
(B)大夫獻詩的目的，是要表達諂媚之意。
(C)人民之有口，猶如大地有河川。

(D)人民認爲好的，君主就應該推行，認爲壞的就應該防範。

27.（　）以下何者不是齊人之妻跟蹤齊人的原因？（《孟子．齊人乞墦》）

(A)良人出，則必饜酒肉而後反。

(B)蚤起而出。

(C)問其與飲食者，盡富貴也。

(D)未嘗有顯者來。

28.（　）〈齊人乞墦〉一文所表達的中心主旨爲何？（《孟子．齊人乞墦》）

(A)富貴險中求。

(B)與富貴者相交，必須仰賴特殊的手段。

(C)人不可以無恥。

(D)跟蹤、偷窺是找到眞相的好方法。

29.（　）以下何者不是庖丁的刀十九年不鈍的原因？（《莊子．庖丁解牛》）

(A)技經肯綮之未嘗。

(B)以無厚入有間。

(C)以目視而不以神遇。

(D)批大郤，導大窾，因其固然。

30.（　）以下何者不是〈庖丁解牛〉所倡言的「道」？（《莊子．庖丁解牛》）

(A)行到水窮處，坐看雲起時。

(B)見山是山，見水是水。

(C) 小樓昨夜又東風，故國不堪回首月明中。
(D) 觀天之道，執天之行。

31.（　）以下何者不是妻、妾與客人堅持鄒忌比徐公美的原因？（《戰國策・鄒忌諷齊王納諫》）
(A) 有求於他。
(B) 偏愛於他。
(C) 畏懼於他。
(D) 嫉妒於他。

32.（　）下列何者是〈鄒忌諷齊王納諫〉一文點出主旨的關鍵句？（《戰國策・鄒忌諷齊王納諫》）
(A) 城北徐公，齊國之美麗者也。
(B) 徐公不若君之美也。
(C) 由此觀之，王之蔽甚矣！
(D) 吾與徐公孰美？

33.（　）以下何者不是燕后出嫁時，趙太后所表現出愛的行爲？（《戰國策・觸讋說趙太后》）
(A) 持其踵爲之泣。
(B) 念悲其遠也。
(C) 祭祀必祝之，祝曰：「必勿使反！」
(D) 盛氣而揖之。

34.（　）觸讋用什麼理由說服趙太后讓長安君去當人質？（《戰國策・觸讋說趙太后》）

(A)父母之愛子，則爲之計深遠。
(B)封之以膏腴之地，多予之重器，而不及今令有功於國。
(C)位尊而無功，奉厚而無勞，而挾重器多也。
(D)以上皆是。

35.（　）「夫斶前爲慕勢，王前爲趨士；與使斶爲慕勢，不如使王爲趨士。」以下何者爲非？（《戰國策．顏斶說齊王》）
(A)「趨士」指「禮賢下士」。
(B)「前」指「上前」。
(C)「斶」音ㄓㄨㄛˊ。
(D)「使」是「讓」的意思。

36.（　）《易傳》云：「居上位，未得其實，以喜其爲名者，必以驕奢爲行；據慢驕奢，則凶從之。」以下何句意義與例句不同？（《戰國策．顏斶說齊王》）
(A)無其實而喜其名者削。
(B)自古及今，而能虛成名於天下者，無有。
(C)矜功不立，虛願不至。
(D)晚食以當肉，安步以當車。

37.（　）馮諼替孟嘗君收帳，爲何最後空手而回？（《戰國策．馮諼客孟嘗君》）
(A)薛地人民不肯還債，馮諼悻悻然而歸。
(B)馮諼過河時，帳本掉進河中流走。

(C)馮諼將欠條燒掉，幫孟嘗君收買人心。
(D)馮諼將收回的銀兩據爲己有，騙孟嘗君沒有收到帳。

38.（　）馮諼爲孟嘗君所鑿「三窟」，不包含以下何者？（《戰國策・馮諼客孟嘗君》）
(A)請齊立宗廟於薛。
(B)爲其於薛地市義。
(C)西遊於梁，謂惠王齊放其大臣孟嘗君於諸侯。
(D)請齊王以孟嘗君爲相。

39.（　）望帝杜宇化身的杜鵑鳥爲何日夜哀鳴？（《蜀王本紀・杜宇》）
(A)思鄉之情深切。
(B)與鱉靈爭奪情人朱利失敗。
(C)憂心蜀國的水災災情。
(D)眷戀帝位。

40.（　）李商隱〈錦瑟〉詩句「望帝春心託杜鵑」的寓意是（《蜀王本紀・杜宇》）
(A)杜鵑鳥爲望帝捎來春天的消息。
(B)望帝化作杜鵑鳥，將愛情的嚮往寄託在哀鳴聲。
(C)杜鵑鳥的鳴聲，使望帝對愛情燃起了希望。
(D)望帝請杜鵑鳥爲他傳遞愛的訊息。

41.（　）雞鳴、狗盜救了孟嘗君，告訴我們（《史記・孟嘗君列傳》）
(A)門客中有雞鳴、狗盜之徒，眞正有才能的人就不願歸附了。

(B)狀況越危急，不學無術的人越能發揮作用。
(C)孟嘗君求賢若渴，連雞鳴、狗盜之徒都願意重用。
(D)人人都有可取之處，雞鳴、狗盜的技能也曾有適合的用處。

42.（　）孟嘗君和門客運用的策略，以下何者爲非？（《史記・孟嘗君列傳》）
(A)雞鳴用的是「瞞天過海」的疑兵之計。
(B)狗盜用的是「順手牽羊」的偷盜技巧。
(C)雞鳴用的是「調虎離山」之計。
(D)孟嘗君用的是「三十六計，走爲上策」。

43.（　）以下何者是漁父的人生觀？（《史記・屈原賈生列傳》）
(A)離苦得樂。
(B)獨善其身。
(C)隨波逐流。
(D)憤世嫉俗。

44.（　）從屈原與漁父的對答，可知屈原是個（《史記・屈原賈生列傳》）
(A)自命清高的人。
(B)有先見之明的人。
(C)有潔癖的人。
(D)不願同流合汙的人。

45.（　）在楚王面前，晏子用什麼說話技巧維護國家尊嚴？（《史記・管晏列傳》）

(A)以子之矛，攻子之盾。
(B)以強勢的言辭壓倒楚王。
(C)直接侮辱楚國爲「狗國」。
(D)爲了兩國和諧，不與楚王計較。

46.（　）車夫的妻子要求與丈夫離婚的原因爲何？（《史記・管晏列傳》）
(A)丈夫只是個車夫，地位卑下。
(B)丈夫的身材矮小。
(C)晏子氣燄囂張。
(D)丈夫驕傲自滿，不知上進。

47.（　）淳于髡用「隱語」說服齊威王勤於政事，以下何者正確？（《史記・滑稽列傳》）
(A)震撼教育，以大鳥的鳴聲警醒齊威王。
(B)負面警惕，提醒齊威王不要像大鳥總是不飛不鳴。
(C)正面激勵，將齊威王比喻爲一鳴驚人的大鳥。
(D)委婉諷喻，讚美齊威王有能力，只是還沒發揮出來。

48.（　）淳于髡說自己喝「一斗酒也能醉，喝一石酒也能醉」，意思是（《史記・滑稽列傳》）
(A)酒量極佳，喝到一石都不是問題。
(B)能自我節制，喝一斗就醉了；縱酒狂歡，就能喝到一石。
(C)大王在旁觀看，所以食不下嚥，只能喝一斗。
(D)能視場合和對象來調整自己該喝多少酒。

49.（　）從「完璧歸趙」事件可知，下列何者可形容藺相如在秦國的表現？（《史記・廉頗藺相如列傳》）

(A)智勇雙全。

(B)有勇無謀。

(C)不自量力。

(D)畫龍點睛。

50.（　）藺相如「完璧歸趙」所採用的策略，以下何者爲非？（《史記・廉頗藺相如列傳》）

(A)假稱璧玉有瑕，先將玉騙回手中。

(B)威脅砸玉，逼秦昭王信守承諾。

(C)騙秦昭王齋戒，暗地裡卻將玉送回趙國。

(D)相信秦昭王的承諾，以玉交換秦國的城池。

51.（　）宗定伯用巧計騙鬼，以下何者爲非？（《列異傳・定伯賣鬼》）

(A)先和鬼做朋友，以獲得信任。

(B)經常遇到鬼，是騙鬼的高手。

(C)假裝是新鬼，以套出鬼的弱點。

(D)態度鎭定自若，不讓鬼看出破綻。

52.（　）〈定伯賣鬼〉一文告訴我們什麼？（《列異傳・定伯賣鬼》）

(A)人可以出賣鬼，鬼不可出賣人。

(B)教人遇到鬼的應對方法。

(C)人比鬼更可怕。

(D)鬼比人還可怕。

53.（　）陶淵明撰寫〈桃花源記〉的動機是（陶淵明〈桃花源記〉）

(A)有感於政治黑暗，嚮往人間淨土。

(B)避免受到迫害，亟思避難的所在。

(C)生活困窘，尋求自給自足。

(D)不願爲五斗米折腰，推崇避世隱居的思想。

54.（　）作者設定「劉子驥」角色的目的是表達（陶淵明〈桃花源記〉）

(A)桃花源之神祕。

(B)桃花源是每個人心中的嚮往。

(C)桃花源是隱居的理想地點。

(D)桃花源只是個理想，現實中找不到。

55.（　）干將留下「謎語」主要的意義是（《搜神記・眉間尺》）

(A)表示重男輕女的思想。

(B)根本就不希望孩子報仇。

(C)先測驗孩子的體力、智力，方能決定報仇。

(D)爲了避免楚王得到雌劍。

56.（　）劍客已爲赤比報仇成功，爲何還要自刎？（《搜神記・眉間尺》）

(A)無法逃脫只好自刎。

(B)寧死不屈的義烈。

(C)以一死回報赤比的信任。

(D)心願已了，從容赴死。

57.（　）何氏殉情的悲劇由幾個原因造成，以下何者爲非？（《搜神記．韓憑》）

(A)何氏長得花容月貌，遭人嫉妒。

(B)宋康王貪圖他人的妻子。

(C)大臣蘇賀破解了何氏的謎語。

(D)韓憑夫婦婚姻幸福，遭人嫉妒。

58.（　）按照文意，關於「相思樹」的意義何者正確？（《搜神記．韓憑》）

(A)兩地相思仍舊想念對方。

(B)糾結的樹根和枝葉象徵永不分離。

(C)樹上的鴛鴦鳥象徵自由。

(D)以種樹來表示對愛人的思念。

59.（　）許允婦如何在新婚時贏得丈夫的心？（《世說新語．許允婦》）

(A)用心穿著打扮，使外表美麗得體。

(B)委託才子桓範，積極向丈夫說情。

(C)展現聰明才智，以吸引丈夫注意。

(D)婉言諷諫，提醒丈夫娶妻應重品德。

60.（　）許允婦教兒子怎麼做，以避免司馬師的追殺？（《世說新語．許允婦》）

61.（　）王承福以身爲泥水匠自得的道理何在？（韓愈〈圬者王承福傳〉）

(A)薪水不多，但自由自在，沒有壓力。
(B)能自食其力又能幫助別人，問心無愧。
(C)錢賺再多，未必能永遠守住財富。
(D)不願爲五斗米折腰，因而放棄官勛。

62.（　）王承福的事蹟使人感佩，以下何者爲非？（韓愈〈圬者王承福傳〉）

(A)有功不居，甘願回鄉自食其力。
(B)有敬業精神，工作勤奮而不貪工錢。
(C)有憐憫心，薪水微薄卻樂善好施。
(D)有鴻鵠之志，向聖人的言行看齊。

63.（　）區寄最後如何從強盜手中逃脫出來？（柳宗元〈童區寄傳〉）

(A)使反間計，讓強盜自相殘殺。
(B)僞裝弱小，趁敵人不備，殺之。
(C)假意歸順，再趁強盜不備，將其殺死。
(D)大聲呼叫，驚動整個集市的人前來救援。

64.（　）柳宗元撰寫〈童區寄傳〉主要的寓意爲何？（柳宗元〈童區寄傳〉）

(A)反映奴隸制度的不公不義。

(B)反映越地人天性涼薄。

(C)反映社會混亂及對英雄撥亂反正的期待。

(D)反映強盜的殘忍可怕。

65.（　）〈捕蛇者說〉一文，對蔣氏的自述理解不正確的是（柳宗元〈捕蛇者說〉）

(A)揭露統治階級橫徵暴斂的罪惡。

(B)說明捕蛇給蔣氏三代人帶來的好處。

(C)表現了蔣氏及鄉鄰的悲慘生活。

(D)揭示了「賦斂之毒有甚是蛇者」的社會現實。

66.（　）下列寫作手法，何者不是作者用來寫賦稅之害？（柳宗元〈捕蛇者說〉）

(A)以層遞法表現苛稅的兇猛。

(B)用鄉鄰之苦對比補蛇者之樂。

(C)引用孔子的話強調苛稅之毒。

(D)以毒蛇比喻更毒的苛稅。

67.（　）〈黔之驢〉描述虛有其表的驢子被虎吃掉，寓意是（柳宗元〈黔之驢〉）

(A)如果沒有自知之明必招來禍患，必須注重眞才實學。

(B)加強應變能力，才能夠面對危險時刻。

(C)在狩獵以前必須先觀察對手後，再伺機行動。

(D)即使面臨失敗，仍然要盡力地最後一搏。

68.（　）〈黔之驢〉一文中，老虎如何觀察驢子？（柳宗元〈黔之驢〉）

(A)大膽假設，小心求證。

(B)敵明我暗，由遠而近，最後採取行動。

(C)運用視覺、聽覺、嗅覺等感官觀察。

(D)站在制高點全面地觀察。

69.（　）〈新五代史伶官傳序〉一文的寫作技巧，何者正確？（《新五代史・伶官傳序》）

(A)全篇議論，最後總結莊宗「身死國滅」的主因是寵倖伶人。

(B)先寫李克用的三項遺恨，再寫莊宗報仇，烘托出後唐盛世。

(C)從莊宗的崛起、極盛寫至衰微，呈現盛衰消長之變，再引出教訓。

(D)全文抑揚頓挫，情感充沛，善用抒情筆調。

70.（　）莊宗演戲時喊「李天下」被敬新磨打耳光，未賜罪，因爲莊宗認爲（《新五代史・伶官傳序》）

(A)敬新磨演技精湛，是不可多得的戲劇人才。

(B)敬新磨盡心維護皇帝尊嚴及「天子」稱號。

(C)敬新磨是陪莊宗嬉遊玩樂的近臣。

(D)敬新磨將莊宗當作演員，打耳光是打演員而非打皇帝。

71.（　）方仲永最後成爲平庸之輩的關鍵在於（王安石〈傷仲永〉）

(A)爲了改善家境，過度投入工作。

(B)以天賦謀利，而未能持續學習。
(C)小時了了，大未必佳。
(D)家裡沒有錢讓仲永繼續受教育。

72.（　）王安石對教育有一番見解，以下何者爲非？（王安石〈傷仲永〉）
(A)天賦異稟之人仍須接受教育。
(B)常人不接受教育，其程度恐怕將低於衆人。
(C)強調後天教育的重要。
(D)常人受限於天分，受教育也無法成爲天才。

73.（　）方山子聽了蘇軾的遭遇，「俯而不答，仰而笑」，原因是（蘇軾〈方山子傳〉）
(A)兩人遭遇相同，能夠感同身受。
(B)他鄉遇故知而生歡欣之情。
(C)能深刻體會當時政治環境的腐敗。
(D)取笑蘇軾不早日退出政壇，明哲保身。

74.（　）蘇軾撰寫〈方山子傳〉的用意是（蘇軾〈方山子傳〉）
(A)寫方山子，其實是悲自己被貶黃州懷才不遇的境況。
(B)讚賞和記載朋友陳慥的俠義言行。
(C)羨慕方山子隱居山林、逍遙自在的生活方式。
(D)爲了揭露北宋政治黑暗、險惡的現實。

75.（　）〈司馬季主論卜〉一文的寫作手法，以下何者爲非？（劉基〈司馬季主論卜〉）

76.（　）在司馬季主的啓發下，東陵侯領悟了什麼道理？（劉基〈司馬季主論卜〉）
(A)不可迷信命運，以免做出錯誤的選擇。
(B)萬物都有凋零的一天。
(C)人生中有得、有失，都是自然的現象。
(D)獨善其身勝於圖謀再起。

77.（　）〈賣柑者言〉一文藉賣柑者之言針砭時弊，以下何者爲非？（劉基〈賣柑者言〉）
(A)威武的軍人面對盜賊四起，沒有能力抵禦。
(B)有權勢的大官不知如何整頓敗亂的法度。
(C)官吏昏庸無能，不能解決百姓的痛苦。
(D)譴責當時攤販的詐欺行爲。

78.（　）〈賣柑者言〉的作者劉基藉著買柑的故事說明（劉基〈賣柑者言〉）
(A)提醒消費者不要再迷信表象，而應重視本質。
(B)有眞本領的人，不會永遠被埋沒。
(C)嘲諷當時昏庸的文臣武將是「金玉其外，敗絮其中」。
(D)世上多的是外表光鮮亮麗，行爲譁衆取寵的人。

79.（　）「指喻」就是以指病爲喻，比喻什麼道理？（方孝孺〈指喻〉）
(A)懼怕看病，往往會拖延治療的良機。
(B)禍患如同指病，剛開始容易被忽略，最後終成大患。
(C)等到禍患形成後再一次處理，才能根治問題。
(D)身體髮膚，受之父母，不可毀傷。孝之始也。

80.（　）〈指喻〉一文中，醫生建議要「內外兼治」的原因是（方孝孺〈指喻〉）
(A)病情已從外傷擴散到內臟，必須全面治療。
(B)方能表現其醫治內外傷的功力。
(C)爲了即時制止病勢，必須加重藥量。
(D)這是醫治指病的必要療程。

81.（　）〈秦士錄〉對鄧弼形象的描述，下列何者爲非？（宋濂〈秦士錄〉）
(A)鄧弼力氣極大，嗜好喝酒，常藉酒使性，人們看見他就遠遠地躲開。
(B)鄧弼博通經傳，讓兩儒生非常羞愧，自此他們再也不敢拿書吟誦。
(C)鄧弼建議德王要居安思危，禮賢下士，這樣就能安撫邊夷，天下皆爲王土。
(D)德王向朝廷舉薦鄧弼，但丞相從中作梗，鄧弼壯志難酬，只好遁跡山林。

82.（　）鄧弼爲何要羞辱那兩位儒生？（宋濂〈秦士錄〉）
(A)曾經受過儒生的輕視，要報昔日宿怨。
(B)心中煩悶，就要儒生作陪喝酒。
(C)酒量驚人但酒品不佳，藉酒使性之故。
(D)認爲讀書人只知在文章競爭，卻輕視當代豪傑。

83.（　）〈逆旅小子〉一文寫造成小孩之死的原因，下列何者爲非？（方苞〈逆旅小子〉）

84.（　　）

(A)店主人的哥哥怕孩子分家產，而長期虐待他。

(B)縣的官吏對孩子遭虐待之事不聞不問。

(C)作者沒有立刻帶孩子脫離凌虐他的人。

(D)京兆尹收到作者的信，並未積極處理。

85.（　　）〈逆旅小子〉一文的寫作手法，以下何者正確？（方苞〈逆旅小子〉）

(A)細膩地描繪小孩被店主人哥哥虐待的經過。

(B)間接透過哭聲、鄰人之口，描述小孩遭虐待情況。

(C)從第三者的觀點敘述事件的開頭、經過和結尾。

(D)夾敘夾議，敘述時一邊加入作者對事件的評論。

86.（　　）〈左忠毅公軼事〉中，左光斗提攜史可法的原因何者爲非？（方苞〈左忠毅公軼事〉）

(A)史可法出身貴族，儀表堂堂，氣質不凡。

(B)史可法刻苦學習，風雪嚴寒仍在古寺中苦讀不輟。

(C)史可法有情有義，冒險入獄探望老師左光斗。

(D)史可法盡忠職守，帶兵作戰盡心盡力，以身作則。

87.（　　）史可法冒險入獄，左光斗爲何嚴厲地驅趕他？（方苞〈左忠毅公軼事〉）

(A)監獄不是無罪之人能進入的地方。

(B)擔心拖累史可法，故意疾言厲色趕他離開監獄。

(C)因爲史可法不聽從老師的吩咐。

(D)史可法因爲私情而忘記帶兵的重責大任。

〈湖之魚〉一文表面寫魚兒爭食，主要寫的是（林紓〈湖之魚〉）

(A)進行任何競爭都要想好後路，以避開風險。

(B) 釣魚時要了解魚的習性，才能釣魚上鉤。

(C) 提醒人們不要受名利的誘惑，而成爲他人的俎上肉。

(D) 要學習魚兒時時保持警覺心，以免誤入陷阱。

88.（　）〈湖之魚〉故事中的魚兒表現怎樣的智慧？（林紓〈湖之魚〉）

(A) 飄浮在湖面的餌比較美味，所以只在接近湖面處爭食。

(B) 群魚爭食，唯有靠著大力推擠才能吃到餌。

(C) 從經驗學習到分辨眞假魚餌。

(D) 魚能看穿餌的誘惑，所以一邊吃、一邊避開有釣鉤之處。

89.（　）費宮人爲國報仇的計畫周密，以下何者爲非？（陸次雲〈費宮人傳〉）

(A) 冒充長平公主被敵人俘虜，以接近敵人。

(B) 率領宮人們守住宮門，阻止敵人入宮。

(C) 假意答應與敵人的婚事，伺機報仇。

(D) 在新婚之夜趁敵人酒醉不備，刺殺成功。

90.（　）〈費宮人傳〉的寫作手法，以下何者正確？（陸次雲〈費宮人傳〉）

(A) 寫作脈絡是：入宮—救主—報仇—殉國。

(B) 崇禎昏庸無道，爲反面人物；李自成率農民起義，是正面人物。

(C) 將費宮人與魏宮人對比，突顯費宮人有勇有謀的特質。

(D) 前文皆敘事文，結尾則議論費宮人之忠烈。

91.（　）〈偷靴〉故事中，騙子用什麼方法詐騙成功？（《子不語・偷靴》）

(A) 先丟帽子騙人脫鞋上屋頂，再偷走受害者脫下的新鞋。

(B)賣一袋舊鞋給受害者，騙他是昂貴的新鞋。
(C)將帽子放在屋頂，再騙受害者去屋頂幫忙取帽。
(D)先買通路人，使偷靴的行動順利進行。

92.（　）從〈偷靴〉一文，可知人性的弱點是（《子不語．偷靴》）
(A)人性脆弱，無法抵擋騙子的花言巧語。
(B)人性善良，好心人更容易受騙。
(C)人性貪婪，得隴忘蜀的結果是被騙得更多。
(D)人性單純，無法看穿騙術，被騙而不自知。

93.（　）相國停箸嘆息道：「何向者之香而甘也！」老人認爲原因是（周容〈芋老人傳〉）
(A)這不是老人的妻子煮的。
(B)調味實在不佳，是以令人食不下嚥。
(C)時位移人，相國吃過佳餚，很難再體會芋頭的甜美。
(D)相國忘舊，愛吃精緻美食而不愛吃芋頭了。

94.（　）作者撰寫〈芋老人傳〉主要是傳達什麼？（周容〈芋老人傳〉）
(A)人的味覺感受會隨著生活和際遇而起變化。
(B)藉故事針砭人情忘舊之弊，提醒人「莫忘初衷」。
(C)譴責相國忘恩負義的行爲，有警世意義。
(D)從品味食物之中，領悟廚藝應熟能生巧的道理。

95.（　）鵝籠夫人出嫁前面對親友的奚落，爲何不肯辯白？（周容〈鵝籠夫人傳〉）
(A)不屑與虛榮膚淺的親友們多費唇舌。

(B)知道未來夫家的背景不如妹妹，自慚形穢。
(C)性格柔弱，只能以沉默表達內心的不滿。
(D)認定鵝籠爲夫君，不在乎鵝籠貧賤，甘貧守志。

96.（　）爲何鵝籠夫人臨死之前要求丈夫退隱？（周容〈鵝籠夫人傳〉）
(A)深知丈夫驕奢，沒有夫人勸諫早晚出事。
(B)政治環境險惡，希望丈夫能明哲保身。
(C)夫人性格樸實，勸丈夫也離開名利場。
(D)隱士之風盛行，作官不如修道讀書。

97.（　）〈口技〉一文的寫作手法，以下何者爲非？（林嗣環〈口技〉）
(A)採用誇飾，極盡所能地誇大描寫口技藝人的技藝。
(B)寫口技人的表演內容，屬於直接描寫。
(C)寫賓客們的表情動作，屬於象徵描寫。
(D)賓客們幾欲逃走的情形，烘托了口技藝人的高超技藝。

98.（　）〈口技〉中，描寫聲音的變化有何特點？以下何者爲非？（林嗣環〈口技〉）
(A)一開始聲音由遠到近，由外到內。
(B)運用譬喻來形容每一種聲音。
(C)寫屋內夫妻小孩時，突顯老鼠傾盆器的聲音來烘托屋內的靜。
(D)寫到失火的場面時聲音由少而多，應接不暇。

99.（　）下列有關〈兒時記趣〉一文的詮釋，何者正確？（沈復〈兒時記趣〉）
(A)認眞觀照萬物，可獲得許多意想不到的知識及樂趣。
(B)見藐小微物，必細察其紋理，是雞蛋裡挑骨頭。

(C) 留蚊於素帳中，徐噴以煙，有虐待動物之嫌。
(D) 使之沖煙飛鳴，作青雲白鶴觀，是一種理性的推論。

100.（　）作者沈復鼓勵的是怎樣的生活態度？（沈復〈兒時記趣〉）
(A) 培養出「打破砂鍋問到底」的積極態度。
(B) 建立「物我合一」的美學思想。
(C) 沉浸在想像世界中的浪漫生活。
(D) 在看似平凡無奇的事物中，找到生活的樂趣。

答案

1. C	11. D	21. D	31. D	41. D	51. B	61. B	71. B	81. B	91. A
2. B	12. A	22. B	32. C	42. C	52. C	62. D	72. D	82. D	92. D
3. D	13. B	23. A	33. D	43. B	53. A	63. C	73. C	83. C	93. C
4. A	14. C	24. C	34. D	44. D	54. D	64. C	74. A	84. B	94. B
5. B	15. D	25. B	35. C	45. A	55. C	65. B	75. B	85. A	95. D
6. C	16. D	26. B	36. D	46. D	56. C	66. A	76. C	86. B	96. A
7. D	17. A	27. B	37. C	47. C	57. A	67. A	77. D	87. C	97. C
8. A	18. B	28. C	38. D	48. B	58. B	68. B	78. C	88. D	98. B
9. C	19. C	29. C	39. A	49. A	59. D	69. C	79. B	89. B	99. A
10. B	20. D	30. C	40. B	50. D	60. C	70. D	80. A	90. C	100. D

國家圖書館出版品預行編目資料

新古文觀止的故事（古今對照版）／高詩佳著. -- 三版. -- 臺北市：五南圖書出版股份有限公司，2025.06
面；　公分

ISBN 978-626-423-430-6(平裝)

835　　114006092

ZX2W

新古文觀止的故事
（古今對照版）

作　者 — 高詩佳(193.2)
編輯主編 — 黃惠娟
責任編輯 — 魯曉玟
封面設計 — 黃聖文、張明真
版式設計 — 呂靜宜
出 版 者 — 五南圖書出版股份有限公司
發 行 人 — 楊榮川
總 經 理 — 楊士清
總 編 輯 — 楊秀麗
地　址：106臺北市大安區和平東路二段339號4樓
電　話：(02)2705-5066　傳　真：(02)2706-6100
網　址：https://www.wunan.com.tw
電子郵件：wunan@wunan.com.tw
劃撥帳號：01068953
戶　名：五南圖書出版股份有限公司
法律顧問　林勝安律師
出版日期　2014年7月初版一刷（共十七刷）
2023年8月二版一刷（共三刷）
2025年6月三版一刷
2025年8月三版二刷
定　價　新臺幣480元